Best Time

白 马 时 光

崔斯坦看起来毫无异样,即便是迪伦现在把他拉到了一个跟他完全格格不入的环境,他依然像在荒原上一样从容不迫。迪伦想到自己在面对他的世界时曾经痛哭流涕、乱作一团,不禁窘得脖子都红了。

看着迪伦灿烂的笑容,崔斯坦觉得不能把那个正在折磨自己的沉重包袱又压在迪伦肩上。她还这么年轻,就经历了这么多事。他可以替她扛起这副重担,他会找出一个办法为他们两个犯下的可怕错误做出弥补。

审判官的目光像聚光灯一样打到她的身上,把一切都照亮了,一直透到骨头里,直达她的灵魂。

崔斯坦不知道当他潜回荒原后,接下来会发生什么事,将他们两个紧紧连在一起的不可思议的命运纽带又会怎样。但他现在下定决心按照自己的计划行事,他必须干到底。

别再有刺激,也别再有灾祸了!她已经在列车事故中死过一次了,后来在她的劝说下,来自另一个世界的他跟她一起来到人间。现在她只想和他一起过美好平凡的生活。

崔斯坦注视着她,眼睛含笑。他把她拉到身边,然后,像过去四个月里每天做的那样,在她耳边轻声说:"我爱你。"

TRESPASSERS

摆渡人 2

重返荒原

纪念版

〔英〕克莱儿·麦克福尔 著
付强 译

图书在版编目（CIP）数据

摆渡人.2,重返荒原：纪念版/(英)克莱儿·麦克福尔著；付强译.—南昌：百花洲文艺出版社，2022.11
ISBN 978-7-5500-4775-4

Ⅰ.①摆… Ⅱ.①克…②付… Ⅲ.①长篇小说－英国－现代 Ⅳ.①I561.45

中国版本图书馆 CIP 数据核字（2022）第 166426 号

江西省版权局著作权合同登记号：14-2022-0071

TRESPASSERS
Copyright © 2017 by Claire McFall.
Published by arrangement with Margot Edwards Rights Consultancy, U.K. working on behalf of the Ben Illis Agency, U.K., arranged through CA-LINK International LLC (www.ca-link.com).
Simplified Chinese translation copyright © 2022 by Beijing White Horse Time Culture Development Co., Ltd.
All rights reserved.

摆渡人 2 重返荒原：纪念版
BAIDU REN 2 CHONGFAN HUANGYUAN: JINIAN BAN

〔英〕克莱儿·麦克福尔 著 付强 译

出 版 人	章华荣
出 品 人	李国靖
特约监制	王俊艳
责任编辑	游灵通 程 玥
特约策划	王 瑜 刘丽娟
特约编辑	石 雯
封面绘图	陶 然
封面设计	林爪 QQ:450611716
版式设计	彭 娟
版权支持	程 麒
出版发行	百花洲文艺出版社
社　　址	南昌市红谷滩区世贸路 898 号博能中心 I 期 A 座 20 楼
邮　　编	330038
经　　销	全国新华书店
印　　刷	三河市金元印装有限公司
开　　本	880mm×1230mm 1/32
印　　张	8.75
字　　数	220 千字
版　　次	2022 年 11 月第 1 版
印　　次	2022 年 11 月第 1 次印刷
书　　号	ISBN 978-7-5500-4775-4
定　　价	49.80 元

赣版权登字：05-2022-168
版权所有，侵权必究
发行电话 0791-86895108　　　网　址 www.bhzwy.com
图书若有印装错误，影响阅读，可向承印厂联系调换。

序　幕

他就这样……消失了。

他就这样消失了。

苏珊娜坐在山坡潮湿的草地上，凝视着隧道入口。自称崔斯坦的那个摆渡人刚才就是在那里消失的。她在此处徘徊，等着拦截下一个灵魂。她很清楚，自己无权进入隧道，但她是看着他步入歧途的。

他和他引导的灵魂走向生者的世界，然后消失了。

只有一种可能的解释，但问题是，那样的事情怎么可能发生呢？她在原地坐了许久，尽管在这荒原上，时间只是相对存在。

崔斯坦没有再出现。除了一个答案，苏珊娜心里想不出别的来，而那答案既让她惶恐不安，又让她血脉偾张。

不管怎样，崔斯坦找到了一条通向人世的路。

无论怎样，他已经穿越了过去。

他和她一样，都是摆渡人，而他现在离开了自己的岗位。

下一个即将相遇的灵魂与下一项任务牵绊着她，摩擦着她每一处神经末梢，令她痛苦不堪，但苏珊娜依然待在原地未动。她情不自禁地看着崔斯坦慢慢走出荒原，看着他宽阔的肩膀和淡茶色的蓬松头发一点点被黑暗吞噬。

Chapter 1

迪伦感觉自己的身体正在飘浮着，暖洋洋、昏沉沉的。她闭着眼睛平躺着，身子下面是厚厚的软垫子，被子几乎遮住了下巴。她感觉浑身舒适、惬意，想就这样永远赖在床上。

不幸的是，她必须马上醒来了。附近传来的几个声音正在搅扰着她此刻的清静。至少，想对其中的一个声音继续置若罔闻是不可能的。

"小伙子，你到底是谁？"琼的声音冷若冰霜。迪伦了解那种说话的口气，她太熟悉了，这样的声音听到过多少回，连她自己都数不过来。不过，之前她并未察觉到，其中隐含着的焦虑和恐慌将声音的边缘磨得异常锋利。

"我是和迪伦一起的。"第二个声音响起，迪伦的双眼霍然睁开。

她实在忍不住了。她穿越了整个荒原，遭遇了之前她在吉斯夏尔中学受排挤的时候想都不敢想的各种致命怪物，这一切都是为了那个迷人的声音。为了它，迪伦没有什么是不能做的。当然，眼下有一件事她还做不到——现在她的脖子还被封在坚不可摧的塑料颈围里面,所以她还不能转过头去看一下崔斯坦,确认他依然在自己身边。尽管迪伦在尽力转动着脖子,不惜让坚硬的塑料刺进锁骨;尽管她的眼珠使劲向上转,带得太阳穴一阵抽痛,但他却依然令人沮丧地在她的视线之外。

"真的吗?"琼的声音一顿,带着满腹狐疑。迪伦不禁皱了皱眉。

琼继续说道:"我以前怎么没听说过你?真是可笑!医生,你怎么能让这小子就这么接近我女儿?烦劳解释一下!他一直就坐在这里,完全没人管。"她的声音越来越高亢,越来越愤怒,"我女儿现在躺在这里人事不省,他可什么事都可能干得出来!"

迪伦早就听够了,她又羞又恼,想要拼命叫喊,结果从喉咙里只能发出低哑的一声"妈"。

除了头顶上丑陋的白色条灯还有医院病床四周最常见的环形帘导轨,迪伦什么都看不见。

她等了十几秒,琼的脸闯进了她的视野:"迪伦,现在感觉好点了吗?"

琼看上去像是已经年逾百岁,眼睛里充满了血丝,眼袋上挂着一道道花了的睫毛膏痕迹;原本紧扎着的发髻现在湿透了,一缕缕头发蓬乱地贴在脸颊四周。她依然穿着她的护士服,里面是件松松垮垮的开襟羊毛衫。迪伦突然想到,自己当时和她告别的时候,她穿的就是这件衣服。不,不算告别,她们明明只是吵了一架,就在那天早上——几天以前。过去的几天似乎像一个世纪那么漫长,岁月的痕迹都留在了琼的脸上。

没有任何征兆,迪伦突然热泪盈眶,泪水顺着脸颊滚落,消失在长发里。

"妈!"她又喊了一声,脸上的肌肉一动,眼睛、鼻子和喉咙都一阵剧痛。

"没事了,宝贝儿,妈在这儿。"琼紧握着迪伦的左手。虽然琼的手指冷冰冰的,迪伦心里却感到宽慰。

迪伦试着抬起右手擦拭脸颊,但随即感到一阵剧痛,她的手被什么东西拽着,于是只能中途作罢。迪伦倒吸一口气,想同时抬起头和手,然而不仅脖子上有累赘的颈托,肩膀上还绑了一根带子,身体连一寸也抬不起来,稍一起身就疼痛难忍。

琼赶紧放开她的左手,抓着她的右手阻止她。"先别动,孩子。"她柔声说道,"我们现在是在医院里,你出了很严重的事故,需要静养。"她轻轻捏了捏迪伦的右手,继续说道,"这会儿正在打点滴,要是你就这样……就这样一动不动就最好了,好吗?"她的声音有些哽咽。

不,一点都不好。迪伦心想,就这样平躺在这里,让她感到无助,而且什么也看不到。

"我能不能坐起来?"她问,只恨自己的声音又虚弱又可怜巴巴的。

"不知道这个床能不能移动。"琼朝病床一侧的栏杆下面看了看。如果迪伦的下巴再向下移几毫米,就能够勉强看到栏杆。

"她现在需要这么平躺着。"另一个声音插了进来,一位医生歪斜着进入了迪伦的视线(她现在只能看到琼对面的床),他脖子上挂着听诊器,看起来跟琼一样疲惫,但还是笑着对迪伦说:"我知道你现在这样可能挺难受的,但我们需要检查一下你的伤势,然后才好让你活动活动。你可能伤到了脊髓,我们不敢大意了。"

迪伦想起了那节恐怖的车厢,瞬时心里满是恐惧。

"我的腿……"她喃喃自语。

她想起了自己被埋在废墟下面时的痛苦,每呼吸一次,身子每动一下,都会感觉腿被火烧着似的。现在……什么感觉都没有了,只是一片麻木。她努力想扭动一下脚趾,却完全分辨不出它们到底动没动。

"我的腿怎么了?"

"它们还在。"医生脸上依然挂着微笑,举起双手示意她保持镇静。迪伦暗自揣测,医生是不是在告诉别人噩耗的时候也是这副笑模样,在他让患者家属安坐下来然后宣布他们的至亲没能挺过去的时候,是不是也是这样一副表情?这么一想,突然间,这微笑也不再让人放心了。

他一只手垂下,停在被子上。迪伦分辨不出他的手有没有碰到自己,她完全感觉不到。

"我一点都没有……我完全不能……"

"放松点,迪伦。"一个不容反抗的声音插了进来,"不必惊慌。因为给你服用了大剂量的镇痛剂,加上一些伤口很深的地方用纱布裹得严严实实的,所以你的腿现在才会没有感觉,明白了吗?"

迪伦盯着医生看了一会儿,觉得他的话应该是真的,轻舒了口气。

"我过会儿再来,你还需要拍个X光片。"医生补充道,然后微笑着退出了他们的帘子。

"妈。"她吞了下口水,轻咳了几声,感觉嗓子里像是有张砂纸。

"给。"琼赶紧递来塑料杯,吸管离嘴唇尚有一寸,迪伦就开始贪婪地吮吸起来。还没有过足瘾,琼就把杯子收走了。"现在喝这点水就够了。"琼说这话时带着股"病房腔"。迪伦以前出水痘还有得重感冒时琼护理过她,所以迪伦对这种嗓音深有体会,琼的"病房腔"比她的"老妈腔"更让人受不了。

"妈!"迪伦又喊了一声,这次加重了些语气,她再次想把头抬高一点,依然没有成功,"崔斯坦在吗?"

琼使劲抿着嘴,轻轻把头转向一边,像是闻到了某种难闻的气味般。迪伦突然感到一阵恐慌,胸口发闷,寒意袭人。

"我想我听到了——"迪伦极力想把胳膊肘撑在床单上摆脱那些束缚她的劳什子,"他在哪儿?"

"我在这儿。"好在这次不光有声音,崔斯坦的脸庞也慢慢出现在迪伦的眼前。他站在医生身旁,尽量跟琼保持着距离。这样做可谓明智,因为此刻琼正对他怒目而视,丝毫不遮掩自己的疑虑和愤怒。

崔斯坦!

安心和欢喜交织在一起,如水流般在迪伦的心中涌动。

他在这儿!他成功了!

他们两个都成功了!

崔斯坦伸手去够迪伦的手,此刻一支讨嫌的输液器还插在这只手的血管里,然而琼的一声尖叫让他的手停在了半途。迪伦太需要他的爱抚了,她顾不得痛,紧紧攥住了他的手。

他也紧紧地握着迪伦的手,握得她生疼,她却在对着他笑。

"你在这里。"她低语道。

之前她也曾说过同样的话。那时的她仰面躺在轮床上,两个护工正把她从列车的废墟里抬出来。这段记忆重重地撞在她内心深处,她本以为已经失去了他,本以为自己松手将他永远留在了身后,却蓦然看到他就在身边,活生生、实实在在、真真切切地站在那里。她的双眼又泛起泪光,泪水顺着脸颊滑落。

"你看!你看!"琼伸手想把崔斯坦的手打到一边去,但齐腰高的护栏还有中间的床挡着她,"你在伤她的心!放开她!"

"别!妈——"迪伦把崔斯坦的手握得更紧了,还没等琼再一次伸手要分开他们,迪伦就用自己空出来的手把琼的胳臂推到了一边,"住手!"

"显然你已经迷惑了她。"琼开始训人了,"你一来就把她弄得神魂颠倒的,她现在正是容易受骗的年纪,根本分不清好歹!"

"妈!"

琼理也不理迪伦,把全部注意力都放在崔斯坦身上。"我现在要你马上离开!"她斩钉截铁地说。

她看向帘子的另一边,对医生说:"我要他走人。他不是我们家的人,没权利待在这儿!"

"麦肯齐女士……"医生拨开帘子开口道。但琼完全是在冲他咆哮:"别,我知道规矩,我在这儿干了八年了。我不知道是谁让这小子进来的,但是……"

迪伦不去理会琼的长篇大论,她全神贯注地看着崔斯坦。他也同样对她妈妈视而不见,手依然紧紧攥着她的手。他的蓝色眼睛凝视着她的脸,目光犀利,像是要把她的容貌印在脑子里。

"别走!"她恳求道。

他的手上又微加了一分力,迪伦随即有一丝痛感。

崔斯坦轻轻摇了摇头。"我哪儿也不去。"他向她保证。

琼还在对着医生喋喋不休,但有了崔斯坦的注视,迪伦对母亲的咆哮充耳不闻:"我现在都不敢相信你真的在这儿。"

"我还能去哪儿呢?"他向她投来狡黠一笑,两眼之间生出一道淡淡的细纹,似乎她的话很让人费解。

"你懂我的意思。"她说。迪伦每眨一下眼,都害怕崔斯坦会马上消失,会被拽回到那片荒原,继续完成那无休无止的任务。他竟然如此轻而易举地就摆脱了奴役的枷锁,实在是匪夷所思。

"我们命中注定要在一起。"他一边说,一边向迪伦靠得更近了,"不管你在哪儿,我都会在你身边。"

"好。"迪伦笑了,心存侥幸,希望事情真像他说的那样容易。她朝自己脚趾的方向看去，琼正站在那里，双手叉腰，面部因为愤怒有些变形。

"妈。"

琼没有回答，看都不看她一眼。

"妈！"这次，迪伦稍微提高了点分贝，但仍是白费力气。

"琼！"

这次终于有回应了，琼朝她扭过头来，准备将满腔怒火射向新的目标："迪伦——"

可惜迪伦不像那位医生那么蠢，她根本不打算让琼有开口的机会。"我想让崔斯坦留下。"她的话清晰而坚决，"要是他不能在这儿，那我也不想让你在这儿。"

琼身子向后一踉跄，像是挨了一耳光："我是你的母亲，迪伦。"

"我不在乎。"迪伦说的不是事实，琼受伤的表情让她哽咽，但她只能不顾一切地继续放狠话，"我要的是崔斯坦。"

"好。"这一次琼似乎被气得说不出话来了，愤怒地眨着眼睛。迪伦发现她的眼泪快下来了，心里不禁一阵恐慌。她从未见琼哭过，一次也没有。看到此情此景，迪伦心里好似有几条蛇在盘旋，她强压住哽咽，坚持毫不让步。

这时两个护工慢慢走了进来，完全没察觉到眼前紧张的一幕。"有人要去放射科吗？"其中一个人问道。

片刻后，医生似乎恢复了理智。"是的。"他说。僵局及时得到缓解，他看起来挺欣慰。"是这儿的迪伦。"他朝迪伦挥手示意。

护工没有带轮椅，他们把病床的轮子松开，把迪伦连同输液架等一股脑儿地推了出去。

把崔斯坦和琼留在病房，迪伦既如释重负又倍感担心。没有她的缓冲，琼会说些什么难听话？她会不会已经把崔斯坦从医院赶出去了？崔斯坦会被抓起来吗？

一个护工看到迪伦担忧的神色，试图安抚她："走不了多远，亲爱的，放射科就在拐角处，马上就到了。"

但这并不足以使迪伦平静下来，离崔斯坦越远，恶心和头痛的感觉便愈加强烈。要是自己回来的时候他不在了怎么办？

不，他不会离开的。他刚才发过誓了。

迪伦躺在那里，时间过得极慢，止痛药的药性似乎开始减弱，她的腿开始一阵阵抽痛，依然感到头痛和恶心。

终于轮到迪伦了。放射科的医师说话简单生硬，效率奇高，X光拍片师甚至一句话都没跟迪伦说，但迪伦并不在意，因为她所有的注意力都集中在控制自己不要呕吐上。她的腿疼痛难忍，迫不及待地想要快速回病房再吃些止痛药。

奇怪的是，又一次穿过走廊的时候，疼痛缓解了，当护工把她送到病房时，不管是头痛还是恶心都好多了，腿疼也消停了，迪伦心里舒了一口气。

等他们回到病房，刚才那位医生已不见了踪影，不过琼还在，正像只老虎一样在屋子里来回踱步。让迪伦感到宽慰的是，崔斯坦也在。他坐在一把皮质扶手椅上，脸色苍白，琼一定趁她不在的时候折磨了他。他们的目光相遇，崔斯坦眼中满是关切。

至少，琼没有设法把崔斯坦赶走。

"现在感觉还好吗？医生说什么了没有？"护工还没有把轮子调整好，琼就径直走到床边询问。

"我没有和一个医生说上话。"迪伦回答，"只有一个X光拍片师，不过他什么也没说。"

"那是自然。"琼觉得自己刚才的问题有点傻，摇了摇头。

迪伦想，这是琼工作的医院，她肯定知道所有的流程。"也许我要……"琼抻长了脖子，眼睛紧紧盯着门外。迪伦能猜出来，琼是想要找到主治医师，缠着他第一个看迪伦的片子。但琼的目光又转向了崔斯坦。他依然坐在椅子上，不过换了一下坐姿，胳膊肘支在大腿上，手垂在两膝间，身子向前倾。

琼又把目光收回到迪伦身上，强笑着说："我们就等着吧，好吗？用不了多久的。"

迪伦尽力想掩饰脸上失望的表情。她当然想知道自己的腿伤成什么样，但是她更想让琼离开这屋子几分钟，好让自己和崔斯坦私下说几句知心话。

大家就这样等着，每个人都不多说话。

琼一会儿关心一下迪伦的饮水问题，一会儿来把她的枕头拍松，一会儿又过来把她的头发理顺……直到迪伦大声叫她别来烦自己，琼方才作罢。

受了这一通顶撞后，琼继续在屋子里游荡。她对崔斯坦基本上不理不睬，只是偶尔恶狠狠地瞪他一眼。

迪伦感觉仿佛过了许久，医生终于现身了。还是之前她见过的那位医生，看起来憔悴而疲惫。

"病人现在感觉怎么样？"医生问道。

迪伦嘀咕了一句："还好。"

"X光片结果出来了吗，哈蒙德医生？"琼直奔主题。

迪伦看到医生先是做了个鬼脸，然后又快速换上了职业医生惯于安慰病人的笑容："哦，我已经和X光拍片师谈过了，和我们预想的一样，右腿骨折了。"

"有感染吗？"琼追问道。

医生顿了一下没说话，气氛一时有些尴尬。迪伦感到一阵恐慌，明显感觉大事不妙。

"有多处骨折，麦肯齐女士。我们打算先用钢针固定，在愈合过程中嵌入支架。"

"做手术？"琼喃喃自语着，血一下子涌到面颊上。

"妈？"迪伦抽泣着叫琼，琼的反应吓到她了。

"没事的，宝贝儿。"琼马上又回到迪伦的病床边，强挤出一丝微笑，"不过是个小手术，你会好好的。"

"还有……"医生又补了一句，话一出口又有些犹豫，好像不忍再火上浇油。

"医生？"琼催着他说下去。

"你左腿上有一处非常细小的骨裂。迪伦，这没什么大不了的，不需要打石膏，但是在骨头愈合过程中左腿千万不要用力。"

"两条腿！我以后要变残疾人了……"迪伦一想到这个就瑟瑟发抖。

"会没事的，"琼搂着她的肩头安慰她，"我会一直守着你的。"

"崔斯坦！"迪伦喊道，此刻他正站在她视野的边缘，她将视线集中在琼身上，说："崔斯坦会帮我的，他会和我们在一起。"

"不！"琼大吼了起来，"我不会让他待在我们家，他是……"琼正说着，似乎注意到医生正在一旁饶有兴趣地窥探，神色有些小心翼翼——显然他是想起了之前琼对着他大吵大闹的情景。琼稳了稳心神，最后从容平静地吐出一句话："我们不需要他。"

崔斯坦朝病床走去，他似乎并不打算站在琼的身边。迪伦的目光追踪着他的一举一动，看着他绕床一周最后站到了琼的对面。

"我愿意帮忙。"崔斯坦的声音听起来心平气和。他语气镇定，身体放松，然而他死死抓着病床栏杆的这个小动作出卖了他。迪伦伸出手，将他的手拢在掌心。

"不行！"琼重申，"我们两个就挺好。我会请一段时间的假,而且……"

"迪伦身体复原要好几周的时间,麦肯齐女士。"医生平静地插话道,"有可能是好几个月。"

琼对医生的话咬牙切齿,迪伦则竭力不让自己脸上显出胜利的表情。病房内气氛凝重。琼绝对不可能请那么长时间的假,即使医院允许的情况下,她们也承担不起没有收入的后果。

"而且,妈,我们住在二楼,你一个人是没有办法把我移到楼上的。"迪伦捏着崔斯坦的手,感觉这一切都是天意。

在生了几次闷气,沉默了许久之后,琼恶狠狠地说了句:"你睡沙发。"

"当然。"崔斯坦平静地答道。他对着琼微笑,想讨好一下她。不过这招无效,琼对他怒目而视。她虽然做了让步,心里却是万般不情愿。

迪伦才不在乎这些,崔斯坦要和她一起回家了,这才是最重要的。

Chapter 2

这个男人在哭泣。苏珊娜看着他的脸扭曲、起皱，他的双手时而攥紧时而松开一条随身携带的手帕，仿佛那是条给婴儿带来安全感的安乐毯。他叫什么名字来着？迈克尔，他叫迈克尔。

迈克尔此刻正在哭泣。

苏珊娜注视着他，真希望自己脸上伪装的表情不至于暴露了心中彻骨的冷漠。迈克尔可以继续痛哭流涕、苦苦哀求，可以一头扑到地板上，手脚并用地捶击那条稀疏而丑陋的地毯，但这一切都改变不了一件事——他已经死了，就是这么回事。

她实在不理解他为什么会如此惊慌失措。他已经病了很久，当她在医院里朝他走去时，他也明白是怎么回事。没有必要使用什么骗术，也不需要编什么故事，她甚至连脸都懒得变，还是以心中自己本来的面目示人。她的摆渡人生肇始之际，她知道、见到、想到、感到的第一张脸就是这个样子。这是一张年轻女人的脸，她愿意自己长成这样——如果她的的确确曾经是年轻女人的话：身材顾长，举止优雅，头发黝黑，有一双深色的眸子。这副长相让她看起来比迈克尔年轻了大概十岁,但他没做任何评论。

准确地说,在出发前他是这个样子的。

他还没有做好准备,他需要更多的时间,他还没有把自己想做的事情都完成。

好吧,真是麻烦!他收到的死亡预警其实比大部分人的都要多,要是他没有好好利用这些信息,那是他自己的问题。

不过,这也让第一天的旅程不至于平淡乏味。迈克尔住在加拿大一个荒野小镇上,他是在隆冬时节因病不治身亡的。他们刚走到户外没几步,就狂风呼啸、大雪纷飞。没过多久,他们就将人世间最后一点残迹留在了身后,开始在丘陵间跋涉。这些小山丘由覆盖着大地的厚厚冲积土层构成。尽管第一天的路途并不遥远,但是他们差一点在天黑之前没有赶到安全屋。拖着沉重缓慢的步子,走啊,走啊,走啊……每一步都在跟恶劣的天气搏斗。在这片虚拟的荒原上再现加拿大的糟糕天气,是为了让迈克尔慢慢适应死亡。

苏珊娜并不感到冷,但迈克尔持续不断的哀号就像一只不屈不挠的甲虫爬进了她的脑袋里,让她心烦意乱,没有时间去想自己的心事——崔斯坦。

当她注意到那个摆渡人和他引导的灵魂决绝地向相反的方向行进时,她就认出了他。她之前就知道他,她感受过他的能量脉冲,那信号是崔斯坦特有的,但是她从未这么深入地观察过他。他的面孔她以前经常看到,她觉得那就是他本来的样子,她感觉他也是那么想的:一双灵动的蓝眼睛,颧骨突出,下巴显得有些倔强。那是一张坚毅果敢的脸。

他走入了荒原边缘的那条隧道,再也没有回来。

他去了那里,去了那个真实的世界。

一整天,苏珊娜都在翻来覆去地想这件事。这件事千真万确,她深知这一点。可他是怎么做到的呢?这本来是不可能的,绝对不可能！即便摆渡人在接引灵魂的时候，也从未进入过生者的世界，他们不能触摸任何东西或被活着的人看到。在人们死去的那一刻，每一个灵魂都会毫无停顿地离开人世，整个过程让人难以察觉又自然而然，一切都在比一次心跳更短的时间内完成——如果他们的心依然在跳动的话。

那么他又是怎么做到的呢？苏珊娜一次又一次地问自己这个问题。

当然，由崔斯坦来做这件事，想出解脱的办法，她并不感到诧异。他有种与众不同的气质，他注定不会像其他摆渡人那样得过且过。

尽管现在他已经离去，但她依然念念不忘，感觉怅然若失，似乎自己的一小部分灵魂也消失了。这听起来挺蠢的，因为她根本就没有灵魂。但她还是想念着他，想念着他在自己附近时的样子，坚强笃定，让人心安。

所以，他是怎么做到的？

还有，她也能穿越过去吗？

她找不到答案，这太让人沮丧了，就像眼前这位迈克尔一样，他还在那里时而嘟囔时而号啕大哭。她直接打断他说："明天我们要走快一点了，有东西潜伏在黑暗中。相信我，你不会想让它们捉到你的。"

它们通宵栖身在这小小的砖房子外面，低声呻吟和哀号盖过了不断呼啸的寒风。那些恶鬼能察觉出那些脆弱的灵魂，能感觉到迈克尔的孱弱和胆怯，现在，它们越聚越多。

Chapter 3

公寓楼外面，崔斯坦抓紧迪伦轮椅的把手，琼正摸索着打开门锁，一片寂静中，钥匙的碰撞声显得格外刺耳。琼仍然很生气，崔斯坦看得出来，她的背绷得笔直。他必须很小心。

琼需要他——只是暂时的，她想让他离开。

医院候诊室不是给人留下良好第一印象的理想场合，时机也不理想。他当时没想好要怎么解释自己的突然出现，结果弄得场面十分尴尬。他知道自己搞砸了，等待他的将会是一些难以回答的问题。

现在……

琼打开了门，崔斯坦推着迪伦的轮椅进入黑暗的公寓楼走廊。前方的楼梯间隐约可见——他们必须抬着迪伦往上走两段楼梯。

"你去抱她，当心点，我来拿轮椅。"

崔斯坦感觉琼在盯着他的一举一动，他俯身帮迪伦起身，轻声说："你搂住我的脖子。"他一只手搂住迪伦的肩膀，另一只手非常小心地伸到她双腿下面，把她抱了起来。崔斯坦挺直了身体，感觉迪伦的重量全部压在了他的双肩和背部。

"别把我摔下去！"迪伦尖声说。

"不会的。"他向迪伦保证，他绝不会的。但是，或许现实世界的重力与荒原的不同，或许是他改变了——荒原上的他非常强壮，足以击退恶鬼，拖着形状大小各异的灵魂穿过冷酷无情的荒原。而现在，他的外形和体力都像一个十六岁男孩。他没有停下脚步，男孩的骄傲以及对于迪伦受伤的担心，让他一口气走到了二楼。

琼拿着笨重的轮椅紧跟在他们后面，在打开公寓房门前，她帮崔斯坦一起扶迪伦坐回轮椅。

崔斯坦见过迪伦的家——在她的记忆中见过，但这里仍然令他感到震惊。客厅里弥漫着淡淡的迪伦的气息和浓重的霉味。他伸出一只手，手指滑过玄关壁纸上凸起的图案，指尖传来轻微的刺痛感。那种真实的感觉和他从前触摸其他墙壁的感觉没有什么不同，可又完全不同。有人——很久以前，他心想——从那么多壁纸中选择了现在的这款，满怀深情地将壁纸贴到墙壁上，用心装点着自己的家。

他猛地抽回手，感到胸中涌动着一股情绪，忍不住咳嗽起来。

"你还好吗？"迪伦低声问。琼的身影从客厅消失了，这里暂时只剩下他们两个人。

"我很好。"崔斯坦说，"不用担心我。"

他现在非常好——他还活着，血液在血管里流动，心脏在胸口跳动。他想大笑、唱歌、喊叫，他想把迪伦从轮椅中拉起来，抱着她在原地转圈。可他只是小心翼翼地推着迪伦，慢慢走进主卧室，琼在等着他们。

"我要去商店买些东西，"琼说，"很快回来。"她眯起眼睛，目光从崔斯坦和迪伦身上来回扫过，"我不在家时，你不准进迪伦的房间，任何情况下都不可以。"

崔斯坦看着琼坚定的表情和绷紧的下巴。"好的。"他说。他并不打算遵守琼定下的规矩，不过，如果能缓和琼的敌意，又能给他和迪伦一些独处的时间，他什么都会答应。

他答应得过于痛快，琼一脸怀疑地看着他。但她什么也没说，快步走出房间，只是在经过迪伦身边时，手轻轻抚摸了一下迪伦的肩膀。迪伦并没在意，她没有察觉到琼抚摸她时流露出的欣慰和担心，但崔斯坦看在了眼里。迪伦告诉过他，她和妈妈的关系一向紧张，但她们母女之间的爱是显而易见的。

琼放开手，转身离开了，公寓里终于只剩下崔斯坦和迪伦。

他们什么也做不了。崔斯坦弯下腰，从轮椅后面将迪伦抱在怀里。他把脸埋在迪伦颈部，嗅着她身上的气息。他感觉到她的皮肤有着生命的温暖，感觉到她在他的怀里。

"崔斯坦。"迪伦低声说。她伸手拉他，让他更靠近自己。崔斯坦的姿势很别扭——轮椅抵着他的肚子，后轮硌着他的膝盖，但崔斯坦一动不动。一切都是完美的，如同天堂般美好。他不知道，如果他稍稍移动一下，哪怕只是动一小块肌肉，现在这一切会不会瞬间就消失了。一眨眼的工夫，他就会回到荒原，变成孤零零一个人。

起初他完全沉浸在眼前这美好的氛围里，没发觉迪伦的肩膀在轻微颤动。直到听到轻微的抽泣声，他才意识到迪伦在哭泣。

"迪伦，我弄疼你了吗？"他吓了一跳，急忙松手抽身，绕到轮椅前面跪下，看着迪伦的脸，果然，泪水正顺着她的面颊往下淌，"对不起，宝贝儿。我不是故意要……"

迪伦拼命摇头，崔斯坦立刻住了口。

"不是这个。"她的声音在颤抖，"我只是……我不敢相信，你在这里，你真的在这里！"她突然大笑起来，"你正站在我家破破烂烂的客厅里。"

"嗯,严格地说,我正跪着。"崔斯坦微笑着说,把一缕头发别到迪伦耳后。

"闭嘴!"迪伦开玩笑地推了他一下,然后靠过去,把头埋在他怀里。迪伦的一条腿别扭地向前伸出,他们只能用这种姿势拥紧彼此。崔斯坦轻抚着迪伦的背部,小心地避开包裹她伤口的绷带。

她身上到处是伤口和瘀青,她从隧道里被担架抬出时,崔斯坦都不忍心去看。现在他毫发未损,迪伦却遍体鳞伤,差点送了命。这么做,很可能会让她丧命。

她做的这一切都是为了他。

"我爱你。"他轻声说,脸埋在她的头发里。

迪伦嘟囔了句什么,然后抬起头,凝视着他的双眼。

"我也爱你。"她微笑着说,眼睛闪闪发光,"我告诉过你的。"

"告诉我什么?"崔斯坦一脸困惑地眨着眼睛。

"我保证我只说这一次——好吧,两次。"迪伦笑着说,"但我告诉过你,我们能做到!"

"哦,是的。没错,你做到了。"崔斯坦咧嘴一笑,"这次,我很开心自己错了。"他的笑意变得更深了,"不过,你是唯一知道这件事的人。"

崔斯坦朝四周看了一眼,客厅里有张微微塌陷的沙发,幸好上面放了新靠垫,让沙发显得没那么寒酸。

"你别坐轮椅了。"

"好啊。"迪伦两手撑住轮椅扶手,准备站起身来。

崔斯坦伸手按在她的肩头,制止了她。"我可以帮你。"他对迪伦说。

"我知道。"迪伦笑着说。

崔斯坦又一次在心里抱怨他现在的人类身体。他用尽全身力气，小心翼翼地抱起迪伦，把她放到沙发靠垫上。他刚要站直身体，迪伦拉住了他的手，让他坐在自己身边。

　　崔斯坦没有拒绝——除了迪伦身边，他哪里都不想去，离她越近越好。

　　"你还好吗？"迪伦轻声问。

　　"我还好吗？"他转头奇怪地看了她一眼，"遭遇火车事故的人可不是我啊！"

　　"我知道。"迪伦挥了下手，似乎一点也不把火车事故当回事，"我是说，你在这里还好吗？有什么不一样的地方吗？你感觉……感觉真实吗？"

　　她稍稍用力握紧了他的手，似乎他会突然消失得无影无踪一样。他也用力握了一下她的手，让她放心。

　　"我感觉很真实。"他说，"而且……"他皱起眉头，认真想了想。他感觉自己两侧的太阳穴发紧，眼睛后面发沉，胃里像有东西在咬：" 累吧，我觉得。不过我的胃……我猜我应该是饿了。"这时，他的胃又是一阵绞痛，"饿极了！天哪，这滋味太难受了。"

　　"要等我妈回来才有东西吃。"迪伦说，"不过，厨房里可能有饼干之类的东西。"

　　按照迪伦的指点，崔斯坦在厨房的微波炉上面找到了琼的老式黄油饼干罐。他捧了满满一手饼干，分了一半给迪伦。

　　"巧克力消化饼干。"迪伦皱了皱鼻子，"虽说不怎么好吃，但填饱肚子没问题。"她把一整块饼干塞进嘴里，嚼了嚼咽了下去。

　　崔斯坦看了看她，又低头看了看自己手里的三块饼干。包裹饼干的巧克力糖衣开始化了，粘在他的手指上。

迪伦饶有兴趣地看了他一会儿，开口问道："你在医院没吃东西吗？"

崔斯坦缓慢地摇了摇头，目光仍然停留在手中的饼干上："你妈妈给过我吃的东西，只不过我……我当时太担心你了，没心思吃东西。我喝了些水，但……"

"你知道怎么吃东西吗？"迪伦眼中的关切让崔斯坦放下心来，她不是在取笑他，而是真的想知道。

"我知道该怎么做。"他说，"只不过，这是……"

"这是重要的时刻。"迪伦帮他说完。

她左侧嘴角稍稍翘起，微笑着说："遗憾的是，只有麦维他消化饼干，没有能给你留下深刻印象的美食。"

"很棒啦。"他说，"再说了，我听过很多对巧克力的赞美。"

崔斯坦不想再等了，再等下去，他就要被迫承认，自己心里其实有一点害怕——他拿起一块饼干放到嘴边，咬了一口。

饼干在他口中碎裂开来，他嚼了几下，舌尖尝到甜甜的味道。唾液开始分泌，与口中的食物混合，碎饼干变成了浆状物，他感觉自己需要吞咽一下。他停了下来，担心食物经过喉咙时会有怪异的不适感。但他什么也没感觉到，只有对更多食物的渴望。等他回过神时，发现自己正在舔手指上的巧克力。

"怎么样？"迪伦急切地问，仔细端详着他。

"我想，我喜欢巧克力。"

迪伦的头向后一仰，发出一串银铃般的笑声。"我们应该让你从比较无聊的事开始。现在，其他所有事情都会让你感到扫兴了。"她的头歪向一侧，眉头轻轻皱起，边思索边说，"我觉得你也会喜欢吃比萨。还有薯片，薯片太好吃了。"

然后，迪伦沉默了一会儿，又一次握住崔斯坦的手。"你在这里开心吗？"她停顿了一下，"你觉得，我们做对了吗？"

"你真的想知道吗？"崔斯坦看着迪伦，他们的目光交织在一起，迪伦迟疑地点了点头，"迪伦，全世界我最想去的地方就是这里。我向你发誓。"

迪伦对崔斯坦甜甜一笑，是那种全然忘记自己心里只有他的笑容。

迪伦沉默了片刻后才又开口："你对琼怎么说的？我是说，我们的事。我去拍X光片的时候。"

"我说我是你的男朋友。"崔斯坦回答，"她问为什么从来没听说过我，我用一句话搪塞了过去，大概意思是，你还没准备好怎么跟她说。她听了不太高兴。"

"你要知道，她没那么容易糊弄。"迪伦说，"她会不断地追问，直到从我们口中得到满意的答案。我不知道能告诉她些什么，我的意思是，我们到底能说些什么，真相吗？你能想象吗？"

"别激动。"崔斯坦安慰道。他看得出，迪伦感到心烦意乱、焦躁不安，"宝贝儿，不能说出真相——你明白的。我们会想到办法，一切都会好起来的。"

"你保证？"

"我保证。"崔斯坦把她拉近，前额抵在她的头顶，"等下我们再去想办法。现在，我只想抱着你。"

"只想这样吗？"迪伦的声音轻得几乎听不到，她把头转过来，仰面看着崔斯坦。崔斯坦正要俯下身去，却看见迪伦脸上露出痛苦的神情。

"出什么事了？"崔斯坦挺直身体，上上下下仔细查看着迪伦的身体。

"没事。"迪伦说，她的脸色却变得惨白，"我很好。"

"你没有很好。你受伤了，身体需要恢复。靠在这里。"

崔斯坦把沙发上的靠垫重新摆好,让迪伦轻轻靠在上面,"好好休息。"

"我不想休息,"迪伦嘟起嘴,"我想让你吻我。"

"我会的。"崔斯坦说,"等你身体好些了。"

"那要等很久啊!"

崔斯坦大笑起来:"我什么地方都不会去,我们的时间多的是。"

迪伦不满地嘟囔着,生气时的可爱模样让崔斯坦几乎心软。就在这时,琼嘭的一声推开公寓的房门,眨眼间就出现在客厅门口。她满脸通红,像是一路跑回来的。

琼眯起眼睛,打量着坐在沙发上的崔斯坦和迪伦。"你,"她朝崔斯坦大声说,"过来帮我拎东西。"

"……我只是觉得现在还不是时候。"

"不对,我觉得是你只考虑自己。"

"你知不知道她之前都经历过什么?"

"你敢来!你不能就这么硬要插一杠子——不,我才不管她跟你联系过呢,现在情况不一样了。"

"我不用跟她说。我什么都不用做!"

"她现在还太小,做不了那样的决定。她现在才十五岁!"

迪伦在琼的卧室外黑暗的大厅里徘徊,听着她在电话里咆哮怒吼,不难猜出她正在跟谁通话。

詹姆斯·米勒,迪伦的父亲。之前在去阿伯丁见他的路上,迪伦遭遇了那场事故,先是夺去了她的生命,后来又将它奉还。那一天迪伦的心情就如同坐上了过山车,一开始就不顺——那次在学校里的倒霉事她想都不愿意再想。不过她记得自己坐上列车的时候,又紧张又兴奋,就像香槟酒在血液中漫延——他长什么样子?他们在一起会做些什么？能从他的眼角眉梢找到自己相貌的痕迹吗？

那一天，所有问题的答案她都没有得到。命运送她踏上了另一段完全不同的冒险之旅，那段不可思议的旅程把她带到了崔斯坦身边，所以她不后悔，一丝一毫的后悔都没有。但是想到那天没能见到爸爸，她还是感觉有点怅然若失、心有不甘。她争取了很久才得以成行，为了打破琼设置的重重障碍，她费了多大的劲啊，她得有始有终。

她突然间下定了决心，摇着轮椅进了琼的卧室，不得不用打着石膏的脚把半掩的门撞开。

"迪伦！"正坐在床上发呆的琼回过神来。

"是谁？"

"什么是谁？"琼眨眨眼，似乎有些措手不及。

"电话里是谁？"

琼把电话捧到胸口："一个同事而已。"

"骗人！"迪伦大喊着，用手摇着轮椅往前走，左手指节刮到了门框上。

"你说什么？"琼站在那里，摆出一副防卫的架势，"小姑娘，你觉得我在跟谁通话？"她眯起眼睛，向迪伦身后望去，"崔斯坦在哪儿？"平时琼会尽可能地不提崔斯坦的名字，也会想尽一切办法既不看他也不跟他说话，而现在，她把这个名字恶狠狠地说了出来。

"他在客厅看电视。"

"他现在应该来帮你，他住到我家里是干吗来的？"

琼从来不放过这样冷嘲热讽的机会，说些诸如"他在我家里住着，吃着我家的饭，睡觉的沙发还是我出钱买的"之类的话。最让迪伦冒火的一句话是"他的衣服都是我买的"。她那些刻薄话每次都会惹恼迪伦，不过今天迪伦不想被她带着转移话题。

"你在跟我爸说话,是不是?"

"迪伦——"

"告诉我,你到底在跟谁说话!"

琼被逼得退无可退,于是开始反击:"是又怎么样?"

"他说什么?他打电话是为了什么?"迪伦满怀希望,身子向前倾,"他还希望我去看他吗?"

"听着就好像你现在身体好好的,还能做这事似的!"琼想要从迪伦身边穿过去,但是轮椅太宽,挡了路。她双手叉腰,死死地盯着迪伦,等着迪伦挪地方。不过自打记事以来,迪伦和母亲就一直争争吵吵,她可不会被琼愤怒的表情吓到。

"要是崔斯坦陪我一起去,我就能应付过来。"

"绝对没门!"琼厉声喝道,"你,还有那个小子,哪儿也不许去!"

"那个小子",她通常就是这样称呼崔斯坦的。不过,现在还不是抠字眼的时候。

"好吧,那我爸也可以过来。"琼眼中有什么东西一闪而过,迪伦马上捕捉到了,"让我说中了,是不是?他想过来。"

"先等一下……"

但迪伦知道自己猜得没错:"他什么时候过来呢?"

"这事现在还没定,宝贝儿。"琼由愤怒尖叫变成了耐心地劝说,几乎带着恳求的语气,"这件事不是一夜之间就能规划好的。"

"可以的!他不过是在阿伯丁,又不是在地球的另一端。"迪伦用责难的眼神盯着琼,"可你让他不要来!"

"没错。"琼没有否认这一点,"你刚刚遭受过巨大的创伤,需要一点时间调整,而且你还在康复期。老天!你现在还坐着轮椅呢!你只是……你需要点时间,迪伦,你爸的事我们会说的。肯定会说,以后吧。"

迪伦思量着她的话,怒火中烧,心狂跳了几下:"不。"

"迪伦——"

"不,我不想再等下去了。你要是不打电话请他来,我就自己请。"

到底该怎么请,迪伦自己也不清楚。因为唯一跟他联系的电话号码存在手机上,而手机已经在事故中遗失了。她迎着琼的目光,跟琼对峙着。

时间的流逝似乎比平时慢了一半,一秒、两秒、三秒、四秒……

琼愤懑地双唇紧闭,终于恨恨地挤出一个"好"字。琼就这样放弃了抵抗,这让迪伦心花怒放。

"好,我跟他打电话。但你不能一个人见他,我要和你一起去。这个没有讨价还价的余地,迪伦。"

"好。"这次迪伦是发自肺腑的。她一直都在期盼和父亲见面,期盼至极。此刻除了激动欣喜,她心中并无一丝一毫的不安。一阵手忙脚乱之后,她把轮椅退后,好让琼能出来。琼尽量庄重体面地从迪伦身边走了过去。

"妈!"琼走到门边时,迪伦把她喊住。琼偏着头,但身子没有转过去。"谢谢您。"

琼叹了口气,转过脸对着迪伦,无力地笑了笑:"别客气,宝贝儿。"

Chapter 4

"你做好准备了吗?"崔斯坦在学校大门对面的路口停下了脚步。他这一停,阻塞了人行道,身后成群结队的学生都得绕道走。见迪伦没有答话,他向前一探身,搂住了迪伦的肩膀。

"我讨厌像现在这样,"她嘀咕着,双手重重地拍在轮椅的大车轮上,"每个人都在看我。"

的确如此,每个人都探头探脑,想要一睹她这个轮椅上的"残疾人士"的风采。迪伦面对每一双好奇的眼睛都阴沉着脸,尽力不去理会狂跳的脉搏和胸口紧绷的嫌恶感觉。

迪伦这么快就非要返校上课,实在让琼倍感诧异,但迪伦快要被琼逼疯了。她对迪伦过分担心,紧盯着崔斯坦的一举一动。两个年轻人只要稍稍靠近卧室,她就会随时突然出现。迪伦现在右脚一直到大腿都打着石膏,左腿还有腰背部也绑着一大片绷带,难道她真以为他们两个在这种状况下还会做出什么苟且之事吗?

必须出去——不管去哪儿,都比待在家里强。

至少,在吉斯夏尔中学丑陋的混凝土映入眼帘之前,迪伦是这么想的。现在她正在回忆她憎恶这个地方的所有原因——首先是一群白痴冒着被车碾轧的风险也要来打听一下她腿部骨折的来龙去脉。好吧，还有一点她不得不承认，他们可不只是来看她的。

"你准备好了吗？"她问。

这是崔斯坦在校的第一天，破天荒头一遭。他既没有档案记录，也没有身份证明，完全是个体制外的黑户，要让他入学，就得碰运气了。当然，要让琼相信崔斯坦是个真实的人，比说服学校更加困难。迪伦向琼编造了崔斯坦因忍受不了家庭暴力而离家出走的谎言，万幸的是，琼相信了，她答应帮助崔斯坦入学，瞎编了些他以往的经历来糊弄校长。迪伦开始还不敢相信琼竟然愿意这样做，不过后来琼大概也明白了这样做才能让他摆脱麻烦，让他们两个都摆脱麻烦，因为崔斯坦去哪儿迪伦就去哪儿，反之亦然。自从迪伦在医院醒过来，他们两个分开的时间不超过一个小时。

当然，这一点琼并不知情，她还以为崔斯坦睡沙发呢。

"我还好。"他说。

迪伦在轮椅上回过头来盯着他，崔斯坦的神色倒是和他的声音一样，看起来沉着冷静，毫无异样，面对那些窥探的目光，一副满不在乎的表情。即便是迪伦现在把崔斯坦拉到了一个跟他完全格格不入的环境，他依然像在荒原上一样从容不迫。迪伦想到自己在面对他的世界时曾经痛哭流涕、担惊受怕、乱作一团，不禁窘得脖子都红了。

不过公平地说，这儿总算没有什么恶鬼。这里最大的危险是其他学生的白痴行为可能会传染，眼前就有一个绝佳的例子。

"哦，天哪，迪伦！我听说你遇到事故了，简直不敢相信！"谢莉尔·麦克纳利一如既往地穿着一身橙色的衣服，下身是一条可笑的短裙，没穿裤袜，足蹬一双高跟短靴，正朝他们走来。"看看你！"她的尾音陡然变得尖锐刺耳，那些本来没关注这边的人也纷纷转过头来看。

"嘿,谢莉尔!"迪伦咬着牙硬挤出来一句问候。她太清楚谢莉尔一天到晚都在忙什么了。这个脑子空空的金发小美女毫不掩饰自己不喜欢迪伦,在吉斯夏尔她有好几回都是自取其辱。比如有次在食堂她推了迪伦一下,结果自己滑倒,正好坐在番茄酱意大利面上,溅得裙子上到处都是,看起来倒像是个谋杀案的受害者。但是因为这次列车事故再加上这个蠢笨的轮椅,未来几天迪伦都不可避免地要成为人们关注的焦点。而焦点在哪里,谢莉尔就一定要出现在哪里,何况……

"这位是你表哥吧?"谢莉尔灵巧地转到轮椅的一侧,正站到崔斯坦身边,笑容灿烂而迷人。现在迪伦能做的就是克制自己,不会旋转轮椅把她撞到马路上——那时候,谢莉尔就确定无疑地会成为人们关注的焦点了。

可惜,她还没有熟练掌握操控轮椅的要领,无法做到原地打转。更糟糕的是,她还不得不这样回答谢莉尔:"是。"这个词从嘴里说出来真是别扭,"他叫崔斯坦。"

他们的故事就是这么编的。有了血缘关系这个借口,琼才好声称对崔斯坦有监护权,她也才会允许他们两个一起上学。不幸的是,这样一来迪伦就无法宣布崔斯坦是属于她的。她只能傻乎乎地坐在那个轮椅上,看着谢莉尔的手拂过崔斯坦的胳膊,得意扬扬地说:"欢迎来到吉斯夏尔。"

贱人!

"谢谢你。"崔斯坦敏捷地摆脱了谢莉尔的触摸,声音平静。

迪伦的火气这才消了一点。但是谢莉尔又暴露出一贯悟性太差的毛病,完全没有领会到崔斯坦动作传递出的微妙信号。她踩着那双可笑的高跟短靴,摆动着身子靠得更近了,还用自己的肩膀去蹭他的肩。

"你要是喜欢，我可以带你到处转转。"她用同情的眼神刺了迪伦一下，"你现在坐在轮椅上，是无能为力了。"

"这点小事，就不必麻烦你了。"迪伦从牙缝里挤出几个字。

"你也忒好强了，你现在还有伤呢。"谢莉尔脸上的关切假得不能再假了。

"我自己不推，"迪伦反唇相讥，"我让崔斯坦推。"

谢莉尔眨巴眨巴眼睛，尽力想弄明白迪伦的意思，身后的崔斯坦已经笑出声来。

"前面交通枢纽有红绿灯，"迪伦指着路边一百码外，对崔斯坦说，"从那儿过马路会比较容易。再见，谢莉尔。"

崔斯坦马上心领神会，一句话不说，推着迪伦就走。

"再见，崔斯坦！"几秒钟之后，谢莉尔悦耳的颤音才从身后飘过来。

崔斯坦停在十字路口旁，看着呼啸而过的车流发呆。

"按一下那个按钮。"迪伦提醒他。

太好笑了。他对于这个世界了解那么多，但对一些小事——比如使用人行横道线边的绿灯按钮——却茫然无知。这些小小的知识空白出卖了他，让他显得与众不同、古里古怪，迪伦正竭尽全力地将发现的漏洞都堵上。

"她是你的朋友吗？"在等待绿灯的时候，崔斯坦问。

"我告诉过你，"迪伦在轮椅上不安地扭动着，说，"我在这里没有朋友。"

"不，你有。"崔斯坦轻轻拽了一下她的马尾辫，纠正道，"你还有我。"

迪伦没有搭话，她的喉咙发紧，不想让他听到自己颤抖的声音。

尽管还有更多注视的目光,但迪伦和崔斯坦最终顺利进了学校,再没有被其他喜欢刨根问底的"好心人"打扰。他们在办公室旁停了下来,崔斯坦要进去拿他的课程表(实为迪伦课程表的副本),受到了校长例行公事般的欢迎。迪伦不得不在外面等着,把轮椅停在行政楼走廊上一个不引人注目的角落。崔斯坦不在自己视野里的时候,她总是焦躁不安。仅仅过了十分钟,感觉却要漫长得多。

门开了,崔斯坦终于走了出来。他的表情还跟之前一样神秘莫测,校长却显然一副若有所思的样子。他注视着崔斯坦走出去,皱着眉头看了一会儿,然后耸了耸肩,关上了办公室的门。

"办好了?"迪伦问。

"嗯。"崔斯坦回答,"现在去哪儿?"

"去登记注册。"迪伦阴郁地叹了口气,"我们要坐电梯上去,在顶楼。"

电梯摇摇欲坠又十分狭窄,要花六十秒一路呻吟着爬上三楼。对于迪伦来说,时间在煎熬中更加漫长,电梯门打开时,她感觉如释重负。

"过道走到头,"她多此一举地顺着走廊指过去,"我们要到帕森小姐的教室。"

时间尚早,要过十分钟才开始注册,可她不想遇上铃响时疯跑的人群。她的腿上打着石膏,遇到轻微的震动腿就会痛。

他们进屋时,帕森小姐正在黑板上写着什么。她白了他们一眼后,把最前排的几张桌子搬开,崔斯坦这才把轮椅挪了进来。不幸的是,这样一来,他们就直接进入了几分钟后踱进教室的所有学生的视野。

迪伦首先引起了别人的注意。因为有夹板固定,膝盖没办法弯曲,迪伦打着亮白色石膏的腿只能尴尬地直挺挺地伸着。众人的视线在轮椅和石膏上来回游弋,有几个人对她微笑着表示同情,但更多的人只是在粗鲁冷漠地凝视,接着他们又把目光投向了迪伦身边坐着的"新人"。

迪伦转过头去看着崔斯坦。身材魁梧的他坐在中学四年级的教室里,看上去实在年龄太大。他的岁数也的确是大了点,严格意义上说,大了几个世纪。既然他没有受过任何正式教育,从哪儿开始上学也就真的无所谓了。他拒绝剪去自己淡茶色的头发,对琼越来越尖酸刻薄的种种暗示置若罔闻,现在他的头发已经垂到了眼睛上。他穿着校服:白衬衣,黑裤子,红绿色的领带。迪伦说不清楚,这身行头他穿在身上,看起来是滑稽可笑还是英俊帅气。根据以谢莉尔为首的那群女生的评价,应该是后者。迪伦觉得这个意见难以反驳。他的风采盖过了班里其他男生,反衬得他们身材矮小、举止幼稚、呆头呆脑。从教室后面传来的那些愤愤不平的嘟囔声判断,那些男生对这一点心知肚明。

"他到底是谁啊?"

"迪伦的表哥。"迪伦听到谢莉尔轻声回答。

"看他的样子!"大卫·麦克米兰,班里的一号蠢货嚷嚷,"他的领带系成那样,看起来跟我爸似的!妈宝儿!"

崔斯坦先前听到不那么客气的话一直在忍耐,此时将头转向了大卫。

"别理他!"迪伦小声说,"他是个白痴。"

崔斯坦没有说话,只是一直盯着大卫。迪伦皱了皱眉头,等着该来的事情发生。没过多久,伴随着椅子向后摩擦的声音,大卫站了起来:"你看什么看,嗯?"

"崔斯坦!"迪伦伸手想把崔斯坦摁在座位上,但他并没有要站起来的意思,他只是继续专注冷漠地紧紧盯着大卫。

迪伦弓起双肩,防备大卫会气冲冲走上前来开打。然而他并没有动手,帕森小姐呵斥道:"大卫,你坐下!"过了片刻,大卫乖乖地坐了下来。

迪伦壮着胆子朝身后看了一眼。大卫像往常一样,和他那些无赖朋友围桌而坐,他们中没有一个人朝迪伦和崔斯坦的方向看。迪伦再也绷不住了,她把脸转过去,露出一丝胜利的微笑。

他们怕崔斯坦。

好极了!

女生们要是也像男生们这么假模假式就好了!

"她们得买几条围嘴接口水。"她嘟囔了一句。

"什么?"崔斯坦身子倾过来问。

"没什么,没什么要紧的。"

这条领带简直要了他的命!数学课上,崔斯坦坐在迪伦的旁边,窝在教室的角落里,他尽力不去拽那条缠着他脖子的玩意儿。

太荒唐了,整桩事情都太荒唐了。他坐在这里冒充小男孩,装作和周围那些言行幼稚、毫无责任感的白痴没什么分别。法语课也一样,历史课更糟,那个讲述卡洛登战役①的人简直大错特错。当然,崔斯坦本人并没有亲历那场战役,但是他亲耳听过一个十三岁的孩子对那场战役的描述,那个孩子就因为那场战役丢了性命。

他们坐在那儿写着活页练习题上那些愚蠢问题的答案时,崔斯坦低声告诉迪伦他听到的和课堂上讲的区别,但是迪伦嘘了一声,让他安静下来。

"老师说什么你写什么就是了。"她小声说,眼睛盯着邻座,确保他们之间的谈话不会被人偷听。

"但这是错的啊。"崔斯坦申辩道。

---

① 卡洛登战役(Battle of Culloden),又称德拉莫西沼地之战,发生于1746年4月16日。查理·爱德华率领的苏格兰詹姆士党人在此迎击由坎伯兰公爵威廉·奥古斯塔斯统率的英格兰军。战役仅仅持续了40分钟即以苏格兰军惨败而告终。斯图亚特王朝(The House of Stuart)复辟的梦想就此完全破灭。

"没关系。"迪伦顶了回去，"批改的人是他，这就是他想要的答案。好吗？"

不，一点都不好。明明是愚蠢透顶、机械重复的谬误，却仿佛是事实真相似的，意义何在？但是迪伦用肘部使劲捅了一下他的肋骨，为了让她高兴，他也只有那样写了。这里是她的世界，他提醒自己。他需要适应这里，即使毫无意义。

老实说，看到自己能完成功课，他有些释然。以前他从不知道自己能读会写。当迪伦把一本从卧室书架上抽出来的书甩在他眼前时，不管随机翻开哪一页，他都立刻就能明白那一行行字母的意思。

至少，英语课还可以忍受。老师为他们朗诵的诗篇感动了崔斯坦，那优美的文字唤起了他往昔的记忆。但是接下来，那位女老师就非要他们一行一行挨着给诗歌做注解，像对待屠夫肉案子上的野味儿一样，把它大卸八块，大煞风景。原本流畅、优雅的东西变成了心、肺……一堆支离破碎的尸块。

崔斯坦没有把自己的想法说出来，因为迪伦对英语课跟对待别的科目不同，她似乎挺喜欢这位柔声细语的"诗歌杀手"。

可是数学就不行了。数学到底意义何在？他实在忍受不下去了，伸手抓住了迪伦当天早上煞费苦心为他打好的校服领带。领带还在负隅顽抗，似乎比刚才勒得更紧了。这简直就是刑具啊，他想。肯定是——照他看来，这东西除了折磨人完全百无一用。

"崔斯坦！"迪伦一声低唤把他从思绪中拉了出来。

他忙看了她一眼，迪伦示意他往前看。一个身穿粉红色羊毛衫、戴着一副玳瑁眼镜的女人正站在谢顶的数学老师身边。

"崔斯坦·麦肯齐？"她又喊了一遍，稍显愠怒的语气表明这不是她第一次叫他的名字。

"叫你呢！"迪伦有些嗔怪地小声提醒他。

"我知道。"崔斯坦小声回答。虽然"崔斯坦"这个名字完全是编造出来的,但他在幻化为男子时,总是喜欢选这个名字。

"那快去啊!"迪伦挥手催他起来,崔斯坦眉头一皱。

"我不能离开你。"他说。她完全无能为力,她胳膊上的劲根本不足以撼动那把沉甸甸的椅子。他已经见识了她的那些同学,他实在不愿意让她一个人被那些龌龊的人包围。

"这位是行政助理。"迪伦一边说,一边用手推他,"她可能只是想让你在表格上签个名什么的,我保证你午饭前就能回来。"

"要是回不来呢?"

"崔斯坦!"实在不想听到这么尖厉刺耳的声音,崔斯坦用警觉的目光扫了一眼那个不起眼的女人,可这吓不倒她,"你需要到办公室来一趟。"女人的手朝他比画着,崔斯坦不情不愿地站了起来。

"如果我回不来呢?"他又重复了一遍,注视着座位上的迪伦。

"我会在这儿等着你。"她承诺说,"去吧。"

崔斯坦还是不想走,他确信,无论是那个小个子办公室女人还是数学老师,都不能逼着他去。但是他提醒自己,必须装得懂事听话。他现在是个十几岁的学生,人家让他怎么做,他就得怎么做。特别是他现在在迪伦家的地位,说得好听点也是朝不保夕。琼不信任他、不喜欢他,只想撵他走。他觉得琼根本不相信他们之前告诉她的那些关于他的事情,只是因为迪伦需要有人照顾,琼才决定给他一次机会。不管是在学校还是在家里,只要有任何差错、任何小小的污点被记录在案,他就得走人。琼把这层意思表达得很清楚了,崔斯坦决心不给任何借口让琼得逞。

不过这的确够让人心烦的了。

"别到处乱跑。"他叮嘱迪伦。

她笑着说:"你觉得可能吗?"

崔斯坦挤出一丝笑意,然后老老实实地跟在那位女行政助理身后离开。

当他们穿过走廊的时候,崔斯坦感到胸口有一种压迫感,走到楼梯口时,这股压迫感开始下移到腹部,里面一阵翻腾。他在心里告诉自己,她没事的,没有自己陪着,她不是也在这个让人灵魂堕落的地方待了三年安然无恙吗?这儿没有厉鬼猎捕她,也没有恶魔要斩杀,唯一的危险就是缓慢而痛苦的无聊。然而,当他顺着一段段楼梯向下走的时候,不适的感觉依然在加重。

下到底楼的时候,崔斯坦明白了,这样的感觉绝不单单是因为挂念迪伦、因为她不在自己的视野内而产生的恐慌,他简直无法呼吸,他的肺叶正在拼命运转,但他仍觉得头轻飘飘的,四肢无力。他扶着墙,跌跌撞撞地跟着那个女人,每迈出一步,虚弱感都越发强烈。等到了主办公室,崔斯坦感觉自己快不行了,他身子沉沉地倚着门框,知道自己只要一动肯定会栽倒,痛感在两条腿上弥散跳跃。

"我正要问你医生和紧急联络人的情况。"女行政助理云淡风轻地说,很明显,她并没有计较崔斯坦之前的拖沓迟缓,也没有理会他现在的身体状况。

"我没有医生。"崔斯坦艰难地吐出几个词,挣扎着想要集中注意力,眼下这股痛感已经深入骨髓,令他苦不堪言,"不过应该和我表妹迪伦是一个医生。"他补充说道,"紧急联络人是她妈妈,琼·麦肯齐太太。"

"她的电话号码?"她问道,把一张表格举到了鼻子处,即使戴着眼镜也眯着眼看。

"我没记住。"

"我需要号码。"她气恼地白了他一眼。

"您不能从迪伦的档案里查吗？"他话里带了一丝不快。他快要撑不住了，感觉像是有一双无形的铁手正在挤压他的五脏六腑，要把它们铰成肉馅。

他需要回到迪伦身边，就是现在，不回去的话，他会死的。

"好。"女人噘着嘴，明显心怀不满。

"能走了吗？"崔斯坦尽力让自己保持理智，记得在离开之前要请示。他抓着门把手，好让自己的双脚在女人同意他走之前牢牢站定。

她叹口气，转了转眼珠子，说："你还需要签个名。"

他说了声"好"，人几乎要栽倒在屋子里。他从她手中抓过笔，吓得她倒抽了一口气，小题大做地哼了一声。他草草地在文件上面签上自己的名字，那是迪伦花了一下午的时间帮他设计完善的，然后跟跟跄跄地走了出去。

跑！他现在需要飞奔。要是他能让自己的双腿正常运转的话，他一定会跑。

崔斯坦沿着走廊缓缓移动，不断地撞到墙上。他竭力穿过楼梯的防护门，用双手撑着自己向上爬。一步步上来，疼痛感减轻了，恐慌感也慢慢消失了。直到走到数学教室走廊的入口，他才停下来定了定神。

他低下头，把脸藏起来，深吸了几口气。腹部绞痛令他恶心的感觉可以轻易忽略不计，跟刚才相比，这种刺激要温和多了。他需要亲眼看到迪伦，看她刚才是不是也和自己一样受了一番折磨。这股意愿驱使着他只缓了几秒钟就继续往前走去。

只看了一眼迪伦煞白的脸色，他就明白她刚才经历了跟自己同样的事情，更糟的是，她无法像他一样把痛感掩饰过去。数学老师一只手搭在她的肩膀上，正焦躁不安地在她的座位边徘徊，教室里的每双眼睛都在盯着她看。

"崔斯坦！"数学老师看到他，招手示意他过来，"迪伦好像感觉不舒服，但她非要等你，不愿意先走。"

看老师释然的表情就清楚，所谓的"不舒服"还远不足以描述迪伦刚才的状况。但就在崔斯坦进屋的短短几秒钟，她的呼吸顺畅多了，脸颊上也慢慢有了血色。

"我送她回家。"他一边说着，一边侧身从课桌边挤过去，抓住轮椅的扶手。他想要抚摸她——手指轻轻划过她的秀发，把那个老师的手打到一边。

那个男教师帮着他们把东西收拾好，微笑着送他们出了教室："你可以把迪伦带到办公室，给家里打电话，看看是不是有家人能过来接你们。"

崔斯坦明白，他是想赶紧让他们俩离开教室，免得迪伦真的大事不妙。

"好的。"崔斯坦说。尽管他并不想在办公室逗留，或者征求谁的批准把迪伦带回那个她称之为家的公寓，但在迪伦的坚持下，他们还是在正门外停下来，履行了外出登记的手续。

终于，他能把她推到外面的新鲜空气里了。他们谁也没说话，直到越过凹凸不平的人行道，到了附近的公园。崔斯坦把迪伦推到一条长椅边，调整好轮椅的角度，自己靠近坐着，抓起她的双手。空气清冷，但是他猜，她的手指并不是因为这个才会这么僵硬冰凉。

"发生了什么？"他问。

"我不知道。"她已经不再面无血色，但眼神中的恐惧和焦虑仍挥之不去，"你走以后，我马上就开始感觉有点古怪，然后就越来越严重……接着突然一下子似乎又好转了些，当你出现在教室门口的时候，我好像一下子就没事了。"

"古怪？"

"是，古怪。一开始就像不能呼吸似的，然后感觉恶心，然后……天哪，疼得要命，腿感觉像又骨折了一样，后背湿热、难受，像是在流血。"

"让我看看。"崔斯坦让她把身子向前倾，好把她的校服撩起来。用不着褪去她的衬衣，他就能看到血顺着她的绷带渗了出来，衣服上斑斑点点，都是血痕。

"就跟在车上一样。"崔斯坦嘀咕道。

"什么？"

"你在火车上受的伤，你的腿断了，后背上也有很深的伤口，还记得吗？"

迪伦点点头，眼睛圆睁："为什么会发生这种事？"

"我也不知道，"崔斯坦深吸了一口气说，"我身上发生了同样的事。"

迪伦目瞪口呆地看着他。

"我距离你越远，情况就越严重。在下面办公室跟那个蠢女人待在一起的时候，我感觉自己快要死了。"

听到迪伦吓得倒吸一口冷气，崔斯坦心想真不该这么一五一十地都讲出来。

"你觉得这代表着什么？"她一边问，一边紧紧攥着他的手，身子前弓。他知道，她是在寻找安抚。

他没办法抱她，现在她还坐在那把蠢笨的轮椅上，腿上还打着石膏呢。但他调整了一下坐姿，好让她把头倚在自己肩膀上，尽管这样可能并没有多舒服。她没管那么多，靠得更近了。他能感觉到她心里有多害怕。

"我觉得，这意味着我们两个以后不要再分开了。"他轻声说道。她深吸一口气，心中惶恐，但是没办法否认这一点。

"我本不属于这里。"他继续说。

"你属于这里。"她打断他,"你命中注定要和我在一起。"

"是的,你和我,我们应该在一起。"他突然一笑,"我觉得,我们现在就得不折不扣地这样做。"

迪伦的头贴着他的下巴,他们就这样静静地依偎了很久。

"哦,好吧。"过了足足一分钟,她说,"看起来一点都不难嘛。"

"是啊,一点都不难。"

Chapter 5

还没到傍晚，时间尚早，但天已经开始黑了。这一天，从开始的时候就阴沉沉的，这倒和迈克尔那副凶巴巴的哭相相得益彰。他们在这片覆盖着积雪的荒原上艰难跋涉的时候，云层越积越厚，在他们的头上翻滚。已经飘了一整天的雪正越下越急，风势转强，吹得苏珊娜裸露在外的脸和双手火辣辣地疼。她咬紧牙关，克制了一下自己想再走快点的冲动。

迈克尔挣扎着跟在她身后，不是体力问题——现在他不再有什么体力问题了，完全是心理问题。这是拖延战术，之前苏珊娜早已见过成千上万回了。灵魂在荒原上磨磨蹭蹭，因为他们对踏上未知的世界心存畏惧，每迈出一步都需要极大的勇气，而迈克尔显然不具备这样的勇气。

"加油！"她转头看着他可怜巴巴地在身后一路跌跌撞撞，于是厉声对他喝道，"我们必须尽快赶到下一个安全屋。"

她讨厌天气变成现在这样，讨厌光亮在天幕上被一点点吸干，影子变得越来越深。当然她更讨厌在呼啸的风声之外，那些仿佛蛇发出的咝咝声和低沉的嚎叫声。

"我在努力啊!"迈克尔声音里带着哭腔,除了鼻子和脸颊上四处扩散的丑陋的风疹是红色的,他的脸上没有一点血色,"我讨厌这鬼天气,我讨厌这里的雪!我冷!"

苏珊娜冷漠地噘起了嘴。她也不喜欢这些,她忍不住想点明,这一切都是迈克尔自己的错。但老实说,她实在懒得费力气解释了。

"我们得再快一点,"她争辩道,"这里很危险。"

"危险?"迈克尔咳嗽着瞪着她,"可这儿什么也没有啊!"

他双手一摊,扫过这一片荒山野岭——雪,雪,越来越多的雪,丑陋的灰色天幕笼罩其上,只有几株耐寒的树木和被风擦洗干净的黑色岩石打破了一望无际的白色。一片空旷,荒无人烟。苏珊娜比他更了解这一切。

"这里不是只有我们,"她对他说,"我们得走了。"

此刻风声稍息,刺骨的寒意停顿了那么几秒钟。就在此时,整日冲着苏珊娜恶狠狠呜咽的恶鬼们开始嚎叫起来。那是一种尖厉刺耳、极有层次感的咆哮与轰鸣,让苏珊娜始料未及。迈克尔的脸变得更加惨白,全无一点血色,反衬着他如同驯鹿鲁道夫[①]一样的红鼻子。

"那是什么?"他喘息着问。

"你不会想知道的。"

众恶鬼又开始引吭高歌,那声音听起来迫不及待、杀气腾腾,连苏珊娜都感到脖子后面的汗毛让她一阵刺痛。迈克尔没再说话,开始赶路。他几乎是在跑,尽管每走一步,脚都会深陷在雪中。

苏珊娜这下满意了,随后跟上。然而她没有放松多久,就发现安全屋并不在自己的视野之内,甚至下一处山冈、下下一处山冈上都没有它的踪迹。他们还有漫漫长路要赶,恶鬼们饥肠辘辘,听起

---

① 鲁道夫,传说中为圣诞老人拉雪橇的驯鹿之一。据说它的红鼻子像灯塔一样能穿透迷雾。

来已经急不可耐,好像它们差不多能尝到一口迈克尔的肉了似的。

她向天空扫了一眼,云层上一时半会儿还没有断裂,乌云密布的天空反而愈加阴沉。他们即将开始一场恶战,她可不觉得迈克尔有什么战斗力。

深吸了一口气,苏珊娜摇摇头,继续赶路。她让那一片白茫茫消失了片刻。这片荒原浸淫在鲜红色中,这才是它本来的面目。灼热的气浪袭来,成百上千个灵魂正在其他摆渡人的导引下跨越荒原。摆渡人大军浩浩荡荡,但是已经没有崔斯坦了,她感觉自己孤零零的,很孤独。

崔斯坦不在了,她的世界也变得迥然不同。已经好多天了,他还没有回来,她也从未想过他会回来。他成功了,穿越过去,但凡心智正常的都不会回来了。她没有责备他的意思,但是在眼下这样的时刻,她是多么想念他啊!

她又眨了一下眼,让寒雪重新落下,眼尚未睁开就感到风往脸上的肉里钻。

继续工作了,她需要全神贯注。

她紧紧抓着迈克尔的胳膊,拽着他走得再快点儿。虽然根本没用,但这就是她的职责所在。如果他们跑不赢那些对他垂涎三尺、正在暗中逼近的怪物,她就要跟它们搏斗了。和那么一只——不,应该是一群——怪物打,必败无疑,因为没办法杀死它们。

他们到达了下一座小山冈。迈克尔停下来,大口喘着气,想要歇一歇,但苏珊娜不会让他如愿。

"再加把劲,"她说,"不远了。"

还远得很。但是告诉迈克尔还要走多远毫无意义,不但起不了什么作用,甚至还可能会让他撂挑子。这里并不是一个理想的防守阵地,它们可以从四面八方朝他们袭来。

他们开始下山,步子踉踉跄跄,脚下翻腾着积雪。苏珊娜紧紧拉着迈克尔的外套，推着他让他领先自己半步。虽然她抓得很紧，但是当他像块石头一样突然滚落的时候，她还是没能拉住他。

他的一条腿陷到了齐大腿深的雪洞中，另一条腿一弯，支撑不了全身重量，随即栽倒。苏珊娜一感觉到他的衣服从自己指间撕裂，便立刻伸手去扶，但是已经太迟了。他翻转着、扭曲着、颠簸着滚下了山，重力让他的下坠加速，她根本追不上。

"迈克尔！"她呼喊着他的名字，朝下飞奔，速度已是在厚厚的积雪上奔跑的极限。他躺在下方二十米处的地方，脸埋在雪中，身子一动不动。

"迈克尔！"他必须起来，要是还躺在那里不动，那就是自己献上大礼给……

苏珊娜刚想到这里，迈克尔周围原本洁白无瑕的雪开始呈现出墨水般可怕的黑色，缕缕黑烟从冻土上升起，最后结成无数衣衫褴褛的魔影，张开的巨口咆哮着、尖叫着。

恶鬼来了！

"迈克尔快起来！"

这次他的四肢抽搐了一下，抬起了头。但他既没有站起身，也没有做出自保的动作，他瞪着眼呆看着恶魔们嘴里发出嗤嗤的声响，从高空猛扑下来绕着他盘旋。

苏珊娜离他越来越近了，十米、五米、三米……近到足以看清迈克尔的脸上写满了恐惧。他躺在那里，全身瘫软、孤立无援，正好充当围着他盘旋的恶鬼们现成的晚餐，它们正为这份猎物兴高采烈。

"不！"

苏珊娜心一横，全力朝迈克尔扑过去，他们一起向山下滚落。肺里的空气被挤压了出来，她感觉有利爪刺穿了她的衣服，然后是皮肤、肩膀、臀部和腿。痛感渐渐扩散，她忍不住叫出了声，身体依然保持着防御的姿态。

她一只手把迈克尔拽到自己身下,另一只手奋力一击,将一只恶鬼从腿上扯开。一道道沟壑纵横的伤口上鲜血喷涌,飞溅的血滴染红了皑皑白雪。

闻到苏珊娜血液中铁的味道,恶鬼们变得更加疯狂。它们不能拿她来充饥,但这无关紧要,它们要的是破坏、是伤害。苏珊娜奋力驱赶一对前后夹击的恶鬼,它们专攻苏珊娜的双肩,竭力想要钻入她脆弱的脖子里,刚刚甩脱的那只又趁机重新钳紧了她的腿。

她的手冻木了,手指上全是化了的血水。在她身下,迈克尔在啜泣呻吟着,但至少他还留在原地,恶鬼们尚不能近身,它们无法绕开苏珊娜用自己身体形成的人盾。从它们愤怒的尖叫和哭号声里听得出,它们越来越沮丧,它们的爪牙无情地撕咬着苏珊娜,竭力想要把她赶跑。

疼痛无比。苏珊娜咬紧牙关,紧闭双眼,以此来隔开周身的痛楚。无论如何,她不能就此放弃。她守护的灵魂至高无上,而她的生命与疼痛都无足轻重。她在头脑中一遍遍重复这句话的时候,一只恶鬼偷偷钻进了她厚厚的夹克衫里面,攻击她的肋部,像切黄油一样,割穿她的肉体。

你不能死!她提醒自己,你会没事的。

恶鬼们此时改变了战术,它们不再继续抓她、咬她,而是试图将她的身体刺穿,直达让它们垂涎已久的灵魂。它们刺入她的夹克衫,利爪朝她的肩膀和腰部掘进。一只恶鬼还抓住了她的兜帽,使劲拖拽。

苏珊娜的身子向后飞去,然后又被甩到了空中。恶鬼们抬起她尚在扭动挣扎的身体,直到往下看时迈克尔成了一个小黑点,一个一动不动的小黑点。

然后它们纷纷扑了下去。

苏珊娜冲着洁白的地面飞驰而下，她闭上眼睛，在惊愕中匆匆吸了一口气，然后便一头深深地扎进了雪中。溅起的雪末埋过了她的腰、她的胸，直到没过她的头，将她裹了起来，形成一座冰封的囚牢。

她悬在如液体一般流动的雪中挣扎着，顷刻间苏珊娜意识到自己现在是孤身一人了。恶鬼们把她推了下来，埋在雪堆下面几米深的地方，然后就不再管她了。为什么？为什么它们戛然而止了？

几秒钟后，她有了答案：迈克尔号叫了起来。

Chapter 6

"我一直在想……"崔斯坦突然开了口。刚才他一直在细读一本有关南美洲野生动物的书,他承认自己从没有去过那里。他们没有去上体育课,而是在图书馆里上一节子虚乌有的自习课。

"什么?"

"我觉得我们应该试试。"

"试试?"迪伦盯着他,没明白他的意思。

"我们得知道,在我们开始有那种感觉之前,我们能分开多远。你知道……"

"你指的是那种濒死的感觉?"

"没错。"

这个迪伦考虑过,这个提议也挺有道理,但头脑中有个念头盖过了其他的想法。

"想离开我?"她尽力把话说得漫不经心,听着像在说笑话,可惜并不成功,她满腹的寒意与不适都裹在声音里了。崔斯坦一定听出来了,他飞快地从座位上起身,坐在迪伦轮椅上方的桌子角上。

"不,"他说着,拽着她的一缕马尾辫,手劲比平时大了一点,"我不是这意思。你怎么会这么说?"他等着迪伦回答,但她只是尴尬地耸了耸肩,她死也不会承认自己心里真实的想法。

"我们得弄明白目前的处境。"他继续说,"或者,"他脸上露出一个愉悦的笑容,"我们之间的距离能保持多远。你想想,每次我要去厕所的时候,如果我们之间的距离超过了一间屋子,你是不是也想跟着去?体育课上,你是不是还要进男生更衣室啊?"

"呃……"迪伦嗓音有些沙哑,尽力把恶心的感觉压下去,"可能没那么糟糕吧?"

崔斯坦的一只手又顽皮地揪了一下她的头发,然后垂下来,热乎乎地搭在她的颈背上。

"有时候你需要独处,"他说,"你不打算要我每一秒都守在你身边。我们需要弄明白隔多远是安全的。好吗?"

他说得没错,她也明白。她有生之年都不想再次经历数学课上的一幕了——那种濒死的感觉太可怕了,她很有希望活得很长。

"好吧,"迪伦承认了,"行。"

"你有无线对讲机吗?"崔斯坦问。

"什么?"

"无线对讲机。"

"没有。"迪伦顽皮地冲他一扬眉毛,"我又不是才十岁,也不是小男孩,我要对讲机干吗?"

"那样我们就可以通话了,汇报一下相互的感觉。只要一开始感觉不对,我们就马上停下来。"

嗯,言之有理。

"我们可以用手机,"迪伦说,"作用是一样的。"停了一下,她又说,"而且还不至于看起来很蠢。"

这一次，拽她马尾辫的力道又加了几分，她痛得尖叫了起来。

崔斯坦把迪伦推进图书馆后面一处逼仄的角落，高高的书架上摆放着无人问津的参考书，这样，眼尖的图书管理员就不会看到他们拿出了手机。迪伦有一款崭新的智能手机，是琼送给她的礼物，用以替换她丢在火车上的旧手机。崔斯坦手里拿着一部蹩脚的老式手机，这是迪伦从抽屉深处找出来的。

"记得给我打电话，"崔斯坦说，"我们看看最远能走多远。"

"大概五米。"迪伦没好气地说。她深吸了一口气，尽力稳住自己的情绪。但是她昨晚没睡好觉，在床上极尽辗转反侧之能事，腿也痛了一晚上。崔斯坦不让她服用超过规定剂量的止痛片，尽管她向他保证说自己之前就这么干过。

她可不希望自己身体又有受到重击一样的感觉。她非常肯定，只要崔斯坦开始慢慢后退，那种感觉就会袭来。

"乖了，宝贝儿！"崔斯坦说着，在她面前蹲下。他把迪伦空出来的手放在自己两手中间，指尖轻轻拂过她的掌心。虽然只是微不足道的小动作，但这就足够了。

"好——吧！"她拉长了声音，白了他一眼，"咱们赶紧把这件事做完吧。"

他对她轻轻一吻，轻拍了下她拿着电话的手，直起腰来。

"什么时候要我停下来，说就是。"他笑着宽慰她，一边身子往后倒退，一边注视着她的脸。

一开始，除了觉得自己一个人坐在那儿有点傻乎乎的，迪伦完全没什么感觉。

崔斯坦继续退到书架的尽头："感觉还好吗？"

她尽力抬高嗓音喊道："一切正常。你呢？"

"我还好。"

他又往后退，直到他们两个之间隔了一个游泳池宽的距离，他的后背已经碰到了图书馆出口的双开门。

拜那一排排高大的书架所赐，迪伦现在几乎快看不见崔斯坦了。他歪着脑袋让迪伦能看到自己，对着迪伦扬起眉毛，像是在询问她感觉如何。她耸耸肩，感觉……正常。胸口有一阵轻微的不适感，但可能那只是因为心里恐慌忧虑。

不出所料，一眨眼的工夫，等崔斯坦悄悄穿过那两扇门消失在视线外时，那种感觉马上就来了——恐惧、恶心，裹着石膏的腿疼痛加剧，几乎痊愈的后背上的伤口还有右腿慢慢开始有灼烧的感觉。

迪伦手指颤抖着，慌忙翻动着手机上的联系人，大拇指使劲按在崔斯坦的名字上。

"感觉糟透了。"刚接通电话她就说，"胸口发沉，觉得恶心。"

"腿怎么样？"

"腿还好。"她有心让他停下来，但又憋着没说。他们需要试一试，这很重要，她在心里提醒自己。

"你现在在哪儿？"

"我就在图书馆门外面。"

"咦？"迪伦咬着嘴唇说，"我还以为你已经走出去很远了。"

"没有啊。"她能听出来电话那头崔斯坦的失望。

"现在试试再走远一点。"她催促道。

电话那头沉默了片刻："你确定？"

"确定，走吧。"

"我就走到走廊尽头那里。"他安慰她。

她听着他的黑色学生鞋踩在走廊毯布上的声音。他在那儿！她告诉自己，还能听到他的声音，你知道他在哪儿。

可是没用——迪伦胸口的压迫感开始加剧，每一次呼吸都倍感艰难。她的头皮突突直跳，胃里也在翻江倒海，但这些她还能应付过去。她受不了的是上次列车事故中的每一处伤口现在似乎都成了新伤，腿骨如同弯曲折断了一般，臀部和腰背的皮肤感觉正在被人剥下来，露出里面的血肉。她感觉头晕目眩、虚弱不堪，似乎崔斯坦每走一步都会带走她的一部分生命力。

"太远了，"她喘息着说，"快回来。"

"迪伦？"崔斯坦的声音通过手机传来，噼噼啪啪的听不真切，信号时有时无，"你还好吗？"停了一会儿，声音再度传来，"我感觉……我觉得走得太远了。"他费力地吸了口气，在迪伦听来，他的声音如同刺耳的咔嗒声。

"快回来！"迪伦又重复了一遍。

"我会的，只要再……再坚持几秒钟。咱们看看，过一会儿是不是能缓一缓。"

迪伦全神贯注地呼吸着。她告诉自己，这一切都不是真的，不过是幻觉而已，不是真的。但没有用，疼痛没有减弱，似乎反而加剧了。迪伦觉得自己的头正在左右摇晃、上下摆动，视线正变得模糊。

"不行啊，崔斯坦。"腿上的石膏如同一把钳子夹着迪伦的腿，她伸出手向下使劲抓挠，"天哪，疼死了！"

"再过几秒钟？"崔斯坦重复了一遍。

"我要失去知觉了！"她对着电话说，声音微弱。

"迪伦？宝贝儿？"崔斯坦的声音听起来很慌张，也很痛苦，"对不起，等一下，我马上过来。"

模糊而沉重的跑步声让迪伦猛然间恢复了点意识，她的整条胳膊都麻木了，头昏沉沉的抬不起来。

"我快到了!"崔斯坦告诉她。

"别跑了!"手机里传出一声咆哮。迪伦眉头一皱,只有那个脾气暴躁的老助理主任汤姆森才有这样的吼声,"我说了停下!"

但是迪伦仍然能够听到鞋底重重撞击毯布的声音,崔斯坦急着回到迪伦身边,根本不理睬汤姆森,情况糟糕透了。

"停下,崔斯坦!"她对着手机讲话,气若游丝,"他会追你的,然后弄出一大堆麻烦。"她想到了最坏的结果,"他会关你禁闭,还不许我坐在那儿陪你。"

她听到崔斯坦一声叫喊,脚步打滑,终于停了下来。

"对不起,先生。"道歉声像是从很远的地方传来,迪伦猜,也许是他把手机放进了口袋里。

"孩子,你慌什么?"

"我刚才把我表妹一个人留在图书馆了,她现在还坐着轮椅,没办法自己到处走。"

"那么,你觉得她在图书馆里会出什么事呢?"

崔斯坦一阵闷声不响,半晌才说了句:"书会塌方吧?"

尽管惊恐、恶心和疼痛感交织在一起在迪伦全身上下四处游走,但她还是忍不住笑出了声。笑声在书架之间徘徊,后来她才想起用手紧紧捂住嘴。

"是不是觉得自己挺幽默的,孩子?"

迪伦心里就是这么想的,可惜老汤姆森丝毫没有幽默感。

"不是的,先生。"回答得很好。

更长时间的沉默。一嗒嗒,二嗒嗒,三嗒嗒……

"别让我看到你!"

脚步更轻,步伐更快,图书馆的门吱吱呀呀的被推开了。

崔斯坦就要回来了!她坐起来,尽力调整好自己的身体。她仍然感觉不舒服,但是疼痛感已经减弱了,那种被慢慢压碎零割的感觉正在一点点消逝,只要再过几秒,他就会出现在自己的视野里……她使劲眨巴眨巴眼睛,想把朦胧的视线聚焦到崔斯坦身上。

"崔斯坦!"一个女人的声音,一个可怕而熟悉的女声。声音有些含混不清,迪伦怀疑手机还被他放在口袋里。迪伦听到他含糊地轻轻应了一声,接着又听到了那个女人的声音,这次贴得更近了:"你在这儿上自习课吗?"

谢莉尔甜腻的语调大概是为了让自己性感迷人,可对迪伦来说,这声音听起来就像手指甲从黑板上划过:"史蒂芙,还记得我跟你提过的崔斯坦吗?"

"嘿,崔斯坦。"史蒂芙·克拉克,她很出名,因为她比谢莉尔还蠢笨,这还真是挺了不起的。

"知道吧,"谢莉尔继续说,"今天是我第一次看到你没和你的表妹在一起。"

迪伦觉得,"表妹"这个词被强调得太过了。

"我可不是他表妹!"她从牙缝里挤出这句话。她等着崔斯坦也这样说,但是他当然不能。当初故事就是这么编的,两人约好了要把这个谎圆到底——这主意真是蠢透了。

"不过我们离得很近。"崔斯坦说。他的声音低沉,带着戒心,这让迪伦多少感到些安慰。

"她现在腿残了,"谢莉尔补充说,"要照顾坐轮椅的她,一定挺难的吧?"

"还好。"崔斯坦的回答很简洁,"我得走了。"

"等一下!"

受够了"等一下"之类的废话,迪伦打算冲到那儿去,等到她撞上谢莉尔的时候,要让谢莉尔看看,她到底有几分残疾。她关掉手机——反正以现在的距离也能听到他们讲话——然后抓着轮椅的两个大轮子猛地往前推。轮椅发出吱吱呀呀的声音,前进了寸许。

迪伦换了一下手的位置，再接再厉。

"你放学后打算干吗呢？"

"干吗？"是崔斯坦的声音，"怎么了？"

她要约他出去吗？迪伦更加用力地推。底下的轮子终于穿过地毯，但是偏离了方向，轮椅向侧方位滑行，即将和一个装满了自传的书架相撞。

她左手更加用力地扭动，力图改变前行轨道。但是她伸出的脚还是蹭到了一本硬皮精装书《丘吉尔生平》，腿上顿时传来一阵剧痛。

泪水刺痛了双眼，一时间，她只能一边坐在那里喘着粗气，一边听着女孩们和崔斯坦的对话："但是你也不用因为她天天待在家里啊……"

"不是的，"又是崔斯坦的声音，迪伦希望他声音里的愠怒不是自己幻想出来的，"我待在家里是因为我想这么做。"

"好吧。我周六有个聚会，"谢莉尔的声音，"干吗不来呢？"

没有回答，这意味着他正在思考这件事。迪伦感觉心如刀割，要不是因为受伤的腿，她早就冲上前去一通老拳把谢莉尔打得昏死过去了，也许还有史蒂芙。

"我要看看迪伦是怎么想的。"崔斯坦最后答道，迪伦愤怒的心情略微缓和了一点点。

"哦，好。我是说……"谢莉尔结结巴巴、语无伦次，"那她的轮椅还有其他杂七杂八的东西，她可能不想……"谢莉尔支支吾吾的就此打住。迪伦可以想象到此刻崔斯坦脸上是副什么表情，就是这副表情让她在荒原上不止一次哑口无言。

"如果迪伦不去，那我也不去。"崔斯坦冷冷地回答。

几秒钟后，崔斯坦出现在这排书架的尽头，看起来愠怒又焦急。

"还好吗？"崔斯坦问道。他在她身旁跪下，伸出双手托着她的脸，逼着她看他。迪伦不想看，一股暴戾愤怒的情绪在她心里升腾，她想找到谢莉尔和史蒂芙，让她们两个受点伤，还有崔斯坦。她知道这并不公平——是她们把他堵在那里，他又没主动招惹她们——但是此刻她对这样的理性思考毫无兴趣。

"我挺好。"迪伦含糊地说，尽量不让自己的声音带出心底的怨恨，强迫自己好好回答崔斯坦，"还……还应付得过来，然后突然一下子——"她不禁战栗起来。

"我明白，我也感受到了。"他往前靠得更近，轻吻她的嘴唇。

"崔斯坦。"迪伦警觉地小声说，"要是给人看到了……"

"我不管！"崔斯坦低声回答，"伤了你，我很抱歉。迪伦，我本不该提出做这个试验。以后再也不了，好吗？"又一个吻，"我保证。"

尽管心里有一万个不情愿，迪伦还是硬着头皮挣脱了崔斯坦的手。万一有人看见了，他们那套表兄妹的说辞就完全站不住脚了。

"试验还是要做，"迪伦提醒道，然后咧嘴一笑，"至少一次。"

崔斯坦也回以一笑，脸上却现出思索的表情。

"视线之外。"他说。

"什么意思？"

"只要我们在彼此的视线之外，那种感觉就会加剧。"

"但是这没道理啊，"迪伦摇了摇头，"我知道你在哪儿。你不觉得我们只是碰到了某种障碍物吗？"

"可能吧。"崔斯坦狐疑的表情告诉迪伦他不怎么相信这种说法，"只是，这种感觉更糟，来势更迅猛。"

迪伦尽力想明白他这话是什么意思:"那你是说,这全都是心理作用?"

"部分吧。"他说。

"但是我们之前也曾经不在彼此视线之内——每次我们去厕所的时候,拜托!"

"那是在你家里。"崔斯坦提醒她。

"好吧,那有什么区别呢?"

"不知道。但这里是你的世界,你熟悉的地方,你知道我肯定会回到你这儿的。"

"你觉得我有这样的反应,是因为我害怕你从我身边逃走?"迪伦毫不掩饰声音里的愤怒。

"不是。"崔斯坦赶紧否认,"这种感觉也影响我啊,记得吧?"

"所以,你想说什么?"

"我觉得在这个真实的世界,我们之间已经结成了某种联系,一旦我们试图分开,那么,真实场景就会再现。"

"我死去时的真实场景!"迪伦说,渐渐明白了他的意思。她的腿痛得像是重新断裂了一样,还有那些伤口像是又被割开了似的……

"如果我们能看见彼此,或者我们处在一个安全的地方,比如你家里,"他垂下手,放在她的膝盖上抚摸着,"那么我们清楚我们在一起。但如果看不见对方,这种联系就会竭力让我们重新在一起。"

迪伦思忖着崔斯坦的话,陷入了沉默。

"可是,这些不过是你的猜想,对吧?"她最后说,"你现在也不确定。"

"是的,我也不确定。以前都没有出现过这种情况。"

"看来，"迪伦话里带着自己都难以察觉的笑意，"你是真的甩不掉我了。"

虽然是玩笑，但是她像鹰一样仔细观察着崔斯坦的反应。如果他面露不悦，如果她从他的眼神中看到了哪怕一丁点儿的反感，那她简直不知道自己会干出什么事来。她无法忍受他可能只是迫于无奈，而非因为需要、愿望和爱情才对自己不离不弃，这种念头她连想都不敢想。

但，他笑了，笑得眸子发亮，探身向前又是一吻，这次吻在了她的额头上："这是我听过的最好的消息了，迪伦。"

Chapter 7

迈克尔死了。苏珊娜觉得自己理应为此难过,她仔细梳理着自己的情绪,试图捕捉到一星半点的悲伤,然而她只感到冰冷和深入骨髓的疲惫。

不管怎么说,这都是他自己的错。她早就告诉过他有恶鬼,提醒过他要快点走。他提出抗议,说走不动,他还在病着,身体不能承受剧烈的运动,他要休息,只休息一分钟,然后又是一分钟。

好吧,他休息的时间够长了。他应该听她的话,相信她说的都是真的。他没病,他的身体也无须休息。他根本就没有身体了,只有灵魂还依恋着旧躯壳。

他们甚至都还没走到那个山谷,也许这也算不幸中的万幸。苏珊娜难以想象,自己在四处呼啸的寒风中,顶着暴风雪迎击恶鬼们的猛烈进攻。他根本不可能平安通过那段死亡陷阱。就算奇迹降临,他侥幸逃生,那个湖也会葬送他。不过,他们连最容易的一关也没能通过,这多少挫伤了苏珊娜的自尊心。

这段旅程就像一个男孩曾经跟她描述的电子通关游戏,初次玩的人上手很顺，地形简单，"坏蛋"们也都好对付。然后，等他们学会了基础的技巧，就升到了中级，游戏人物变得更有挑战性，考验着玩家的意志力。如果通关成功，你就成了游戏行家。最后几关，大"坏蛋"会埋伏在暗处，要想取得游戏的胜利，就必须打败他们。

苏珊娜不得不承认，他的这番类比拿来形容穿越荒原的种种折磨很是贴切，但这样的比拟还是让她感觉不舒服。因为这并不是游戏，胜利关乎生死。如果死于荒原，就无法回到生命的源头重新开始，就真的是……玩完了。

但她并没有和那个男孩讲这些。他终生都在生病，一种罕见的病症让他一生都只能困居屋中，与外面的世界还有细菌、病毒隔绝。对他来说，电脑游戏就是现实，他和苏珊娜一样对真实世界几乎一无所知。她一路确保他能顺利穿越，躲过大"坏蛋"的追杀和水上坟场的劫难。

也许，她对待迈克尔如果也能那么尽心尽力，他也会安然无恙的。

雪地被搅动得乱七八糟，上面星星点点洒着鲜血——既有她的，也有迈克尔的。苏珊娜叹了口气，从恶鬼们拖走迈克尔灵魂的地方转过身离去。她刚一挪动步子，脚下嘎嘎作响的雪地就变成一片虚无，头顶阴郁的天空也像是被吸干了色泽。

有那么一瞬间，一切都闪烁着炫目的白——苏珊娜从心底厌恶这种颜色。然后整个世界开始慢慢变化，一条河从她身旁流过，一条狭窄土路的对面是一大片稻田，绿色的稻秆在阳光下异常鲜亮，不远处坐落着一处小山村。那就是她新的目的地。

在周围环境变幻的同时，她感觉自己的头发变长了，顺着双肩飘逸而下，直抵后背；腿变短了，原本纤细的身材变得臃肿，步子也随之变得有些不连贯。等这一切变化完成的时候，她感觉自己笨手笨脚，行动迟缓。她懊恼地噘起了嘴，她的新身体矮胖浑圆，如果以后真要是跑起来或者打斗起来，想必会非常不灵便。

苏珊娜靠近的那栋房舍比村子里大多数房子都要小，一间低矮的平房，屋顶中间似乎微微下沉。门口和木质门廊之间有一段距离，门廊上面刻画的螺旋形图案褪色严重，几乎辨别不出画的是什么。看起来房子的主人把这所宅子保养得很好，最近却疏于打理。精心打造的花圃里，鲜花与杂草互不相让，茂密的青草低垂在通向大门的一块块石板上。屋里空气闻起来有股焚香的味道，狭小的空间内充满了辛辣刺鼻的气息。正厅中间的壁龛里供奉着一尊佛像，有着胖胖的肚子和笑眯眯的眼睛。佛像前的瓷炉里倒着几支燃尽发黑的线香，似乎就是香味的源头。

她绕过起居室和厨房，走进后面的卧室。尽管屋外艳阳高照，屋子里却一片漆黑。进入屋里，她的目光在床上那个瘦小的身影上停留了片刻，然后绕过厚重的床尾板，拉开了窗帘。外面，真实的世界和荒原天衣无缝地融合在一起，虽然她身处荒原——她手中的窗帘只是这个女人虚构的幻象，但她从未如此接近真实世界。

窗子并不大，阳光渗进来，可以照见暗淡发黄的墙壁，还有一床精巧的、带着中式花纹的铺盖。

"我的莲儿再也不来看我了。"一个低沉悦耳的颤音响起，苏珊娜吓了一跳。她的目光对准床上那个名叫邢有瑜的妇人的面庞。苏珊娜本以为她睡着了，此刻她却用一双棕色的眼睛平静地注视着苏珊娜。

"可是我在这儿啊，奶奶。"苏珊娜微笑着说，扮演起了分配给自己的角色。

"是啊，你在这儿。"老妇人一边说着，一边叹息着坐了起来，"可你不是她。"

"奶奶？"她可爱地皱了下眉，微笑着装作听不懂的样子。她知道现在的自己简直跟老妇人的孙女一模一样，甚至连眼睛的颜色都别无二致，每一个细节都堪称完美。

"别骗我了！"有瑜斥责道，"我知道勾魂的来了。"

苏珊娜一言不发，略感吃惊。

"我猜，你是想让我跟你走吧？"她转动双腿，要从床上下到地毯上。那双腿无比羸弱，如同禽类的腿。她伸手抓住搭在床尾的袍子，臂膀同样虚弱不堪。

"是啊，奶奶。"苏珊娜仍不死心，"我来这儿是接您出去散散步，今天外面阳光很好。"

"别叫我奶奶！"老妇人厉声喝道，盯着苏珊娜，目光犀利，"你不是我的莲儿。"她的眼睛从上到下把苏珊娜打量了一遍，那种严厉的神情变得和缓了些，"跟你说吧，她现在不再来看我了。我猜，大概是因为每看一次都弄得她难受，我也难受。"她叹了口气，"不过勾魂人带着这么一张熟悉的脸也挺好——你要给我点穿衣服的时间，对吧？"

苏珊娜木然地点点头。

过了一小会儿她们就出发了。有瑜——她让苏珊娜这么称呼她，很明智地穿了一双步行靴、一件简简单单的束腰外衣，裤子布料结实，染成大红色。她还穿着件深绿色的羊毛夹袄，走在户外，这样穿未免太热，苏珊娜对此未置一词，因为她心里清楚，荒原上一切都瞬息万变。有瑜的心情只要稍一低落，她们就可能面临凄风苦雨。

但她们沿着那条小路前行的时候，头顶一直艳阳高照。有瑜半途停下，深吸了一口气，满是皱纹的脸微微倾斜，享受着明媚的阳光。

"肺气肿。"她缓缓地说，"这是我第一次吸满气。"她摇摇头，接着说，"我不知道离上次深呼吸隔了多久了。"她双手叉腰，端详着眼前的景致。那座小房子位于村子空地的一角。小山村安静平和，不乏生气。在她们的左侧，一位老人正在花园里锄地，一对年轻的夫妇推着婴儿车，正缓缓朝她们走来。

"我会挂念这里的，"有瑜轻声说，"我一辈子都住在这儿。"

"可能你会再见到它的。"苏珊娜说。

"你不知道吗？"有瑜问道，对着苏珊娜眉头一皱，似大惑不解。

"不知道，"她实话实说，"我只是你这段旅程的向导。"

有瑜只嗯了一声，最后留恋地看了一眼村子："好，那你前面带路吧。"

她们上路了。有瑜似乎没有注意到花匠对自己的挥手致意没有反应，那对年轻夫妇对自己的微笑也视而不见。他们是活人，他们在那里，而有瑜不是。她跟左边只有一根头发丝的距离，她跟时间是脱节的。

她们离开村子的时候，那条路转瞬变成了荒原起始的开阔地带。真实的世界近在咫尺，却又遥不可及。这一点对苏珊娜来说仍然难以理解。她一直在荒原间不停地行走，她也不清楚自己到底走了多久，似乎永无休止。另一个世界，现实、生命都距离自己如此之近，简直触手可及。

这样的想法困扰着苏珊娜，当她们从那对年轻夫妇身边经过时，她做出了平时从未尝试的举动。夫妇的目光穿过她们，哀叹道有瑜心爱的花园就这样任其荒芜真是可惜。苏珊娜伸出手，指尖划过女人手臂旁的空气，想要感受一下她身上那件羊绒开衫柔软的触感。

空的。尽管这一次她全神贯注，手上却没有任何感觉。荒原与这个世界之间也许只隔了一层纸一样薄的帷幕，细若游丝，难以辨认，却阻隔生死。

"刚才你在给她做死亡标记吗？"看着年轻夫妇渐渐走远，有瑜轻声问道。

"不是。"苏珊娜老老实实回答，"我摸不到她。"

她竭力不让自己的声音听起来沮丧懊恼，崔斯坦是怎么做到的呢？

除非自己找到了答案，否则她心里永远放不下这个谜团。他能做到的或许自己也能做到，或许她可以再见到他。

Chapter 8

迪伦在生闷气。每次崔斯坦一说她闷闷不乐她就极力否认，但心里清楚他的话一点没错。她竭力不让自己的满腔愤懑在和崔斯坦交谈的时候表现出来，但这真的很难，最后她几乎一言不发。

郁闷。

一直持续到傍晚，两人坐着，膝盖上放着快餐，因为今天琼上夜班而迪伦伤情严重做不了饭。食物的热度开始慢慢消散，迪伦终于打破了沉默。"你想参加那个聚会吗？"她问崔斯坦，尽量心平气和，在叉鸡块的时候却恶狠狠的。

"什么聚会？"他把视线从新闻报道上挪开，注视着迪伦。他喜欢看新闻，怎么看都看不够似的。

迪伦往自己的嘴里连送了好几口咖喱鸡块，这才硬着头皮再次发问："谢莉尔的聚会。你想去吗？"

他的目光依然在审视着她，似乎竭力想弄明白她想要干什么。迪伦小心翼翼地做出一副面无表情的样子。

"你想去吗？"他说。

"我是无所谓。"迪伦撒谎道,"如果你想去,我们就去。"

崔斯坦继续吃着东西,目光先盯着盘子,然后又盯着电视屏幕。

"我根本不想跟那些人搅在一起,"过了漫长而煎熬的六十秒后,他吐出这么一句来,"但是她们是你的朋友,所以……"

"她们可不是我朋友。"迪伦马上抢白,反正现在也装不下去了,索性把话挑明,"我不想去。"

"那一开始怎么不说呢?"崔斯坦的声音里有些沮丧。

"嗯……"迪伦停顿了片刻,随后就开始口不择言、一吐为快了,"我不喜欢她们,但这不代表你不能跟她们成为朋友啊。哪怕谢莉尔瘦得只有两块短木板的厚度,但是男孩子们好像都喜欢她,他们觉得她美得不得了。我搞不懂。我是说,你觉得她美吗?"

这个问题悬在空气中,崔斯坦尽力想弄明白这一大串毫无条理的话到底是什么意思。迪伦咬着自己的舌头,强迫自己不要再多言,免得把事情弄得更糟。

崔斯坦皱了皱眉头,说:"你对这件事这么在意吗?"

"没有。"迪伦答道,因为感觉这样回答才正确。接着,她又低声说了句:"我不知道。"

"好吧。"崔斯坦说着,把没吃完的食物放到一边,"好吧,让我把话说明了吧——我去那所学校,只是因为你要去那儿上学。学校里的人,除了你,我都完全受不了。"迪伦脸上有了一丝笑意。

崔斯坦接着郑重其事地说:"我对谢莉尔、史蒂芙还有其他随便什么人都不感兴趣,我只在乎你。"他的食指指节轻轻抚弄着迪伦的下巴,"这下行了?"他还在原地,真诚地注视着她,目光亲密而热烈。

迪伦身子微微后倾,自己的不安一眼就被他看穿,她感到有些不好意思，似乎只有一个办法可以摆脱尴尬了，"对兰伯特太太也不感兴趣吗？"

"谁是兰伯特太太？"

"那个图书管理员啊！"那位太太喜欢穿羊毛衫，跟她那五十几套连衣裙搭配起来都极其难看，那些裙子就像是在五十年代买的。她下巴上还有几根灰色的长毛旁逸斜出。

崔斯坦的目光中满是笑意："她很迷人。"他还想一本正经地调侃，但很快就绷不住咧嘴大笑起来，"不过我对她也不感兴趣。"

"嗯，要是你不想参加谢莉尔的聚会，有个万圣节舞会……"迪伦再次装作不经意地提起。

"什么是万圣节舞会？"崔斯坦一脸困惑地看着迪伦。

迪伦在椅子上不安地挪动了下身体："也没什么啦，很一般的。我只是觉得，你大概想……多一次人类生活体验。"

迪伦把头转向一旁。她的脸变得通红，不想让崔斯坦看见。她感到自己的手腕被崔斯坦轻轻握住，崔斯坦示意她抬起头来。"我们去跳舞吧。"他说，"一起去。"

迪伦抬起了头，崔斯坦安静地看着她微笑。

"你想参加吉斯夏尔的万圣节舞会？"

"是啊。"他耸了耸肩，"多体验一次嘛。你不想去？"他咧嘴一笑，"舞会是什么样子的啊？"

"我不知道。"迪伦坦白地说。

"你不知道？"

"我以前从没去过。"

"为什么不去呢？"

为什么她要提起这个话题？她到底在想什么？笨蛋，迪伦！

"只不过……你知道的。"她耸了耸肩。

"不，"他缓缓地说，"我不知道。"他嘴角翘起，笑着说，"我是新来的。"

"闭嘴！"迪伦轻轻捶了一下他的手臂。他仍然在等她的答案，迪伦知道，崔斯坦一定会坚持听她回答，"只不过以前没人陪我去。我的意思是，虽然凯蒂是我的朋友，但参加舞会时，都是男孩和女孩一起跳舞。"

"太好了。"他立刻说，"我想陪你一起去。"

崔斯坦话里流露的真诚让迪伦的心一阵悸动。她感到有些尴尬，让崔斯坦知道她拼命隐藏的秘密——她一直渴望参加那些愚蠢的舞会，在舞会上翩然起舞。不过，他这么了解她，实在太好了。她对他粲然一笑，然后整张脸皱作一团。

"没错，我当然要和表哥一起参加舞会啦！"迪伦提醒崔斯坦。

他无动于衷地说："要是我们想单独待一会儿的话，我相信到时候我们一定能找个黑暗的角落。"

迪伦的脸唰地红了。崔斯坦看着她的脸，寻找她的目光。

女孩的害羞让迪伦不安地挪动着身体，只想逃避："你的晚饭快凉了。"

"是啊。"崔斯坦嘴上说着，却一动不动，"但是我觉得冷了也不会让它变得更难吃。"

他对着她笑，蓝色的眸子闪着光。他在逗她开心，笑容无比轻松自然。他坐在她身旁，坐在家里那张廉价的沙发上，好像本就属于这里。这种感觉太神奇了，他本人就很神奇。迪伦强忍着，不让脸上显出笑意。

"嘿！"她假装生气，推了一把他的肩膀，"我本来用微波炉把它热得刚刚好。"

"算我错了行吧？"他还是没有吃东西，反而更加靠近迪伦。

迪伦的心紧张得一揪，心跳加速。他开始用力吻她的唇，一次、两次。迪伦发现他唇上沾着番茄香辣酱，以这种方式尝起来，味道肯定更加诱人。天哪，她之前就错失良机了。每天夜里崔斯坦搂着她，就像搂着个玻璃人，好像他抱得紧点，她的骨头就会碎掉似的。

迪伦陶醉于崔斯坦嘴唇轻柔的动作，不禁依偎在他怀里，心中渴望着再进一步。然而崔斯坦突然扑通一声坐回到原来的位置上，拿起自己的晚餐，冲迪伦眨了眨眼，继续看电视。

迪伦也在看，看着那个记者一面在狂风暴雨中缩头弓身一脸痛苦，一面还要竭力展现自己的男子汉气概和专业做派。他的身后是一片泥泞的洼地，满屏的棕色和暗绿色，间或被应急车辆刺眼的红蓝色灯光打破。这景象荒凉丑陋，无比诡异却似曾相识。

"崔斯坦。"她说，"声音开大点。"

他照做了，记者的声音随即在屋子里回荡："……尸体在中午时分被人发现。当时有一位检测人员到达现场查看隧道顶端受损情况。据悉，四名受害者全都是在遭受某种突然袭击时丧生的，尽管警方尚未宣布死因，但他们认为死因相当可疑。目前已经明确的是，这并非一起劳动事故，本案真相仍然被重重谜团包围着。当被问及此次事件是否为野生动物所为时，接受采访的警官不置可否。明日四名死者均将接受尸检。当时在漆黑的火车隧道中究竟发生了什么？死者家属可能最终会得到答案。现在转回演播室。"

新闻记者脸上露出与观众告别时的微笑，迪伦伸手抓过沙发扶手上的电视机遥控器，按下了暂停键。"这是……"不可能！绝对不可能！

"这是那条隧道吗，崔斯坦？我们那条隧道？"

摄像机的角度不理想，焦点都对准那些乱作一团的警车、救护车以及一辆孤零零的消防车了。在屏幕一角，在几乎快要出视线的地方,列车铁轨延伸着穿过一个张着大口的黑洞,迪伦永远也忘不了那里。

"我不知道。"他说,身子凑近了,眯着眼睛瞧,"倒回去,再放一遍。"

他们又看了一遍那则新闻报道,每一个词都聚精会神地听着。让人懊恼的是,他们看不到更多的画面,迪伦向左使劲抻长脖子,好像这样她就能神奇地看到屏幕之外的影像似的。

"看起来一模一样。"她坚持自己的观点,"而且那个记者讲了事故发生的地点——最近你还听说过其他列车事故吗?"

崔斯坦缓缓点下头:"我觉得一定是。"

他转向屏幕,又播放了一遍。迪伦全神贯注地盯着那条彻底改变了她人生的隧道。她并非没有注意到记者的话,一些字眼儿似乎比起其他的话更响亮,一下子吸引了她:"野生动物""意外死亡",还有最要命的"谜团"。

四个人被谋杀了——四个普通人,在做着他们的工作的时候,被杀了。她和崔斯坦违背自然规律,穿越回了生者的世界,而那四个人就在同一地点被人杀死了。

"你觉得这和我们有什么关系吗?"她看着崔斯坦在第四次回放那条新闻报道,低声问道,声音发紧。

"怎么可能呢?"他说,屏幕上那位浑身湿透、一脸痛苦表情的年轻记者刚刚讲完,"一定是意外事件,可怕的灾难。"

他说得言之凿凿,但是事实胜于雄辩。崔斯坦又把新闻倒回看了一遍,这一次把声音关了。

"警察说死因可疑。"迪伦提醒他。

"可疑也不意味着……"他话只说了一半就不说了,这话连他自己都不信。

"你觉得……你觉得是不是因为我活了他们才死了?就像,阴阳转化、平衡抵消之类的?"

"有可能。"

"但你自己不是这么想的。"迪伦听出了崔斯坦话里的狐疑。

"是。"他面露沉思之色。

"那,你觉得是怎么回事?"

"不知道。"他说,"这个……我们需要了解更多的情况。我们需要知道他们是怎么死的。"

"你是说,我们需要知道杀死他们的是什么?"

"对,我就是这个意思。"

Chapter 9

　　对一个老妇人而言，有瑜可谓精力充沛。她走在那条狭窄的土路上毫不费力，道路两侧的绿色田野平坦开阔。她挥动着胳膊，大步流星地向前走着，每一步都显得坚决果敢。反倒是苏珊娜因为双腿短小肥胖，一路上气喘吁吁，拼命追赶。

　　"干吗走那么急？"她喘着粗气，在老妇人身边几乎是一路小跑。

　　有瑜侧过头来，对着苏珊娜笑了笑，丝毫没有放缓步子。

　　"好久好久没有感觉这么舒服了。"她说，"一点都不痛，感觉很神奇，就像……又活过来了。"她大笑了一通说，"挺讽刺的，是吧？"

　　苏珊娜惊奇地摇了摇头。她甚至想不起来有哪个灵魂是这么活力四射、热情洋溢地踏上这段旅途的。哪怕苏珊娜的面容、身体和声音都变得跟有瑜的孙女莲儿一模一样，她也还是非常清楚苏珊娜的身份。她不怨天尤人，一想到自己的身体和所有限制都被抛在脑后，反而乐在其中。她快步向前，就像个十六岁的小姑娘。这真是意外之喜——碧空万里、艳阳高照，有瑜简直开心得要死！

"前面不远处有一个小屋，"苏珊娜告诉她，"我们今晚就在那儿过夜。"

"哦，我们不必那么麻烦。"有瑜不想接受这个提议，"咱们就在星空下休息吧。"

苏珊娜摇摇头："不，你不会真想那么做吧？"

"我就是这么想的。"

没有必要对有瑜隐瞒真相了："不，真的不行。这里有……有一些东西会从黑暗里出来。来者不善，如果让它们捉到你，它们会把你的魂魄撕碎，把你挟持到地下，以你为食，最后你也会变成它们中的一员。"

有瑜的步子踉跄了一下，但是很快她就重新振作起来，继续前行。"好吧。"她做出让步，"但这么快就停下不走太傻了，太阳还高高的呢。"

"可能很快天就会黑。"苏珊娜反驳说，荒原就是这么稀奇古怪，"无论如何附近都没有另外一个安全屋了，我们一定要在安全屋睡觉。"

接下来，她们没有再说话，沉默地继续赶路。过了许久，有瑜遗憾地叹口气说："好吧。"

第一次，苏珊娜为自己提前到达了安全屋而感到欣慰，能有点休息的时间。通常，她喜欢在天快黑时到达安全屋，那时她引领的灵魂一般已经疲惫不堪了，在黑暗中很快就能进入梦乡。但这一次她的腿疼，心也跳得厉害。她感觉自己浑身都被汗水打湿了。当木头小屋映入眼帘的时候，她如释重负。

有点杂乱无章的木头框架包着几面土墙，厚厚的茅草屋顶已经发霉，变得乌黑。屋前只有一扇门和一小扇窗，整个小屋看起来饱经风霜雨雪，屋里的陈设可以说非常简单。但这里在变天的时候可以遮风挡雨,更重要的是,这里可以阻挡外面的恶鬼。

"好极了!"有瑜边进屋边说,"我祖父就有这么一间小屋子,他用来捕鱼打猎,还有躲他的老婆。"她扑哧一下笑出声来,"那时候,我挺讨厌那个地方的。没有热水,就像这里一样,只有一张小床,"她拍了拍那张单人竹床,"所以我只能将就打地铺。我当时实在不明白他怎么那么喜欢那儿。"她双手叉腰,把小屋巡视了一番,参观了一下带着泵动式水龙头的水槽、粗糙的火盆,还有像是手工打造的桌椅,"现在我懂了。"

外面还很亮堂,但是苏珊娜忙着收集码放木柴,留着生火。屋里的空气阴冷,有些潮湿,苏珊娜想在那些恶鬼聚拢前把火生好。在她忙碌的时候,有瑜搬了张小板凳坐在门口,看着夕阳慢慢沉下地平线。

"你听到了吗?"她突然问。苏珊娜正在重新码放备用的柴火,听到她问,暂时停下了手中的活计,侧着头聆听。一开始似乎万籁俱寂,但很快苏珊娜就听到了那种让她后脊梁发凉的声音,宛若尖厉诡异的号哭。

"我听到了。"她说。

"这片乡野没有狼。"

"是的,那不是狼。"

"这就是你提到的那些生物吗?"

"恶鬼。"苏珊娜点头道,"对,就是它们。不要跨出房门。"

跟她预料的一样,太阳落山的速度快得离奇,暮色昏沉。

"我简直不敢相信你的话。"有瑜沉思道,"呃,不是说我不相信你,我只是……不明白。"停了一会儿,她又说:"我知道,你说过我不需要吃晚饭,但是,不准备晚饭的感觉还是很奇怪。我不饿,我只是觉得我应该做点什么事。"

"离开这里要等一会儿了,"苏珊娜说,"我知道的就是这样。"

苏珊娜确信火不会自动熄灭,她扑通一声躺在那张窄床上,呻吟着。她的肌肉痛,骨头也痛,感觉连头发都是痛的。

"你还好吗?"有瑜饶有兴味地注视着她。

"不好意思。"她坐了起来,还是忍不住呻吟了一声。

"你还没有习惯吗?"有瑜揶揄道。这也合情合理,谁叫苏珊娜走得还不如她这个老太太呢?

"习惯是习惯,"苏珊娜坦言,"只是我还不经常……"她有些吞吞吐吐,毕竟,她现在是有瑜孙女的模样啊!

"你是想说,不经常额外负重四十磅走路,是吧?"有瑜眉头扬了一下,苏珊娜困窘的表情很快就被她驱散了,"我早就跟她说过!我跟她讲她太胖了,我孙女太喜欢吃糖了!"她嗤了一声,然后凝视着苏珊娜,停留在她脸上的目光既哀伤又带着留恋。片刻后,她突然问:"你附在这个躯壳里是吗?"

"呃,不是附体,是……"

"变身。"有瑜打断她说,"我明白你为什么这样做,但我之前就告诉过你,你不是我的莲儿。能最后看见她的漂亮脸蛋儿很好,但我知道,你只是透过她的眼向外看而已。变回来吧,你原来长什么样子?"

舍弃莲儿矮胖笨拙的躯壳,这个主意实在难以拒绝。转瞬间,苏珊娜就化作自己心目中的真身,这也是少有的、她可以自主选择的事情。她身材高挑苗条,将近齐肩的秀发飘逸黝黑,颧骨棱角分明,脸形修长。

"这样好多了。"有瑜夸奖道,"现在你的性格跟长相就匹配了,你知道我的意思。"

苏珊娜并不知道她的话是什么意思,但是她马上感觉舒服了很多,尽管肌肉依然酸痛。

"坐我这儿吧。"有瑜指了指另一个小板凳。苏珊娜搬着凳子挨着她坐到了门边,外面的世界翻滚着一团漆黑,恶鬼们在飞扑俯冲。

"你对这一切都挺接受的。"两个人安安静静地坐在那里,过了许久苏珊娜说。

"嗯。"有瑜调整了一下坐姿,耸了耸肩,肩头垫着厚厚的羊绒,抵御着晚上的寒气,"怨天尤人没有用的,不是吗?改变不了既成事实。而且……"她略一停顿,"即便我能改变,我也不确定自己会不会那样做。"

"不确定?"这让苏珊娜有些吃惊。

"我老了。"有瑜提醒她,"身体也经常罢工了,有好多天我连床都下不了,而且一个人孤孤单单的。"说到最后,她长叹了一口气。

"你还有孙女啊。"苏珊娜柔声说。

"是啊。"有瑜慢慢点点头,"可莲儿很少再过来看我了。你瞧,她不愿意看到我这副样子,她看了心里难受。"

"家里没有别人了吗?"

"还有阿辉。"有瑜说,"我已经很久没有见过他了,不过我现在不用再等了。"

苏珊娜思索片刻才想明白:"那……他死了吗?"

有瑜听了身子一缩,苏珊娜见了眉头一皱。她本不想这么毫无顾忌脱口而出的。

"十一年了,"有瑜轻声说,"他等了我这么久。"

"你怎么知道你们会再见面?"

有瑜转过身,火光映照着她紧锁的眉头:"你真不知道要把我带到哪儿吗?"

苏珊娜咬了咬自己的嘴唇,然后摇了摇头。有瑜微微耸肩:

"没关系，我相信他会一直等着我的，就像我会等他，不管要等多久。"

但愿你说得没错。这句话在苏珊娜脑海里浮现，但她没有把这话说出来。她希望有瑜的愿望成真，不想对她的想法有一点点质疑。

"你没有这样的人吗，"有瑜问，"不管多久，都会一直等你的人？"

没有，她没有，没有有瑜说的那种人。不过她心头也有个念想，是伙伴，是熟人，有他在，孤独感不至于那么强烈。

但是现在……

"我没有这样的人。"

有瑜像祖母一样拍了拍苏珊娜的膝盖。这样慈爱的举动对她而言几乎完全是生疏的，她注视着荒原的暮色，泪水刺痛了她的双眼。荒原上平静、安详，但这一切都是幻象。苏珊娜能做的就是短暂地闭上眼睛，调整自己的心绪。等她再睁开眼睛时，真实的荒原就呈现在她眼前了。

尽管夜色渐浓，但仍然轻而易举就能分辨出无数红色的魔影，眼前的景象全由它们组成。有瑜看到的乡间清泉实为炽热的黑色毒蛇幻化而成，透明的亡魂在摇曳晃动，还有其他所有摆渡人——对于苏珊娜来说，他们是这片荒野景象中唯一一抹亮色。他们是闪烁的星辰，令人心安。她注视着他们，假装自己并不孤单。

可她的确感到孤单。

在她的左侧，矗立着另一间安全屋，安宁沉寂。那里既没有亡魂，也没有闪着微光的摆渡人。那是崔斯坦的安全屋。他跨越荒原的路线恰好和苏珊娜的路线高度重合，他们两个的安全屋几乎全程比邻。多少个夜晚，她都会像现在这样坐着，遥望窗外或门外，看到他跟自己做着同样的事情。他们之间从来没有交流过，也从来没有大声打过招呼,那都是不允许的,但他们过去一直都在荒原上。

现在这一切都不复存在了。她只能坐着,注视着他昔日的居所,猜想着他此刻正在做些什么。他会想起依然困在这里的自己吗?

苏珊娜无法抑制自己突然之间产生的孤苦伶仃、被人抛弃的感觉,她幻想着崔斯坦此刻还在他以前待着的地方。她在心里凭着记忆勾勒着他的容貌,忧郁而敏锐的目光,很容易回想起来。如果重逢,他会对自己微笑吗?他会双眼一亮,对她投来她已经多年未见的熠熠闪光的眼波吗?

这些都已经不重要了,因为他根本不会回来了。苏珊娜眨了一下眼,抹掉刚刚在脑海中浮现的幻象。

她现在真的孑然一身了。

心痛不已。

Chapter 10

"嗯,就是这里了。"苏珊娜和有瑜并肩站着,看到有瑜停下了脚步。

她们已经跨越了荒原,沿途几乎没有遇到什么困难。只在过峡谷的时候,算是跟危险第一次擦肩而过:昏暗的暮色中,那条通道狭如细带,这景象苏珊娜也从未见过。她们一直都很顺利,但这一次高耸的峭壁还是让有瑜有些眩晕。她之前有些磨蹭,忘记了这里的太阳并不受真实世界自然规律的支配,可以瞬间坠落。可即使是在那时,恶鬼们依然未能近身,损伤有瑜笑脸上柔软、带着皱纹的皮肤。

没有奔跑和打斗,她和有瑜仰望着星空,度过了一个又一个夜晚——有瑜的荒原上从不阴云密布。看看她们的脚下,苏珊娜几乎要把这里当作真实的世界了。极目远眺,目之所及,尽是齐整的绿色陇亩,还有牡丹,在有瑜的荒原里盛开着牡丹。

现在,这一切都结束了。有瑜要继续前行,而苏珊娜则要回到起点,一切都要重新开始。要等多久,她才能再遇到一个像有瑜这么睿智、这么让人放心的灵魂呢？很有可能要等上很久，一想到这些，她顿感郁闷。

"你就一点儿也不想再回去吗？"

"什么？我们这一路刚走下来啊。"有瑜笑了，表情随即又变得异常庄重，她摇了摇头说，"不。"她笑得更加温柔，"我准备见我的阿辉了，无论如何，我都不想让他再等下去了。"

苏珊娜也是这么想的，但是她必须再验证一下。在和有瑜一起度过的漫漫长夜里，在那些静谧而昏暗的安全屋里，她产生了一个新想法。

苏珊娜暗暗觉得，她已经参透了崔斯坦是怎么穿越到真实世界里的。是崔斯坦引导的那个灵魂找到了穿越回去的路，崔斯坦就跟在她后面去了那里。

那么，或许她也能做到——她只需要一个灵魂。有瑜是最合适的：睿智、和善，而且值得信任。但有瑜说得没错，没有什么值得她回去的——她的身体已是衰老的躯壳，无法再承载她机敏而充满活力的心灵——她的一切期许都在前方。

爱情让她面对前途未卜、危险重重的荒原时毫无畏惧，苏珊娜无法让她放弃，她也不会这么做。

"很遗憾，我见不到你的阿辉了。"她对老妇人说，"能赢得像你这样的人的爱情，他一定是个了不起的男子汉。"

有瑜笑了，然后张开双臂拥抱了苏珊娜，抱得很紧，看起来以后还会想念她的。苏珊娜的泪水又一次夺眶而出。

"感谢你一路上对我的照顾，为你祝福。"有瑜说。接着她转过身，径直越过了那条界线，毫不犹豫，也没有回头。

苏珊娜还待在原地，连她自己也说不清楚这是为什么，她只是不想就这么离开。但是很快，那股强烈的欲望，反身引导下一个灵魂的冲动变得越来越强烈，让人难以抗拒。拭去孤独的泪水，苏珊娜又看了一眼有瑜那些美丽的牡丹,然后转身离开,任自己周围静谧的景色暗淡失色。

行走中,重新幻化成的世界与之前的全然不同:一幢幢公寓楼高耸,丑陋而破败;道路被车辆包围着,大部分车是年久失修的样子;垃圾遍地,涂鸦随处可见……苏珊娜当然清楚自己绝对安全——除了她要迎接的那个灵魂,其他人既不能听见她说话,也不会看见她或者触摸到她,然而,她心里依然感到不安。

她的身体也发生了变化,尽管这次的变化要细微得多。她的皮肤依然光润,看不出岁月的痕迹;尽管头发变得更直了,不过还是黝黑色的,眉上垂着一缕刘海儿;她身材变苗条了,不过并没有瘦多少;她觉得身高跟之前相比不过一英寸的差距而已。她心里挺高兴——面容可能会有所不同,没有照镜子现在还不好说,但是感觉没变。

她要去接引的灵魂躺在一条小巷子里,死尸下血流如注,是刀子扎在内脏上所致。死者身材高大,但瘦骨嶙峋,像是还没来得及变胖就被人射杀了,他不会再有这样的机会了。此刻尸身无知无觉地趴在地上,他穿的黑色牛仔裤和黑T恤衫遮住了将衣裤浸透的鲜血,但他手指上斑斑点点满是这种黏糊糊的液体,在苍白皮肤的衬托下,近乎黑色。黑发盖着他的前额,眼睛闭着,表情平和安详。苏珊娜向下凝视着他,心想,相貌看上去挺年轻的,脸上没有皱纹,也没有伤疤,面颊还有点婴儿肥。

她在他身旁蹲下,脚上穿的高跟鞋让她显得笨手笨脚。她踌躇着伸出手(竟然是长长的亮红指甲,有没有搞错)抓着他的肩膀,轻轻摇了几下。名叫杰克的亡魂呻吟起来,眼皮有气无力地动了几下,然后整个人又陷入无意识的混沌中。

苏珊娜心烦意乱地撇着嘴,手上加劲要把他晃醒。

"怎么了?"他想要拨开她的手,但是此刻身体完全没有协调能力,苏珊娜继续晃着他。

"滚开!"杰克被激怒了,这次终于完全睁开了眼,四下打量着昏暗的巷子,目光很难在她身上聚焦。

"杰……"她还没来得及说出他的大名,他就开始动起来,身子猛地向上一抬,一下子把她甩到砖墙上。

还没等她喘口气,他的一只胳膊已经横在她的咽喉上,扼住了她的气管。

"你是谁?"他咆哮着,"这儿到底出了什么事?"

他的脸或许还年轻,苏珊娜想,但是这双眼很冷酷,十六岁的年纪不应该有这样的眼睛。

苏珊娜费力地从被掐住的喉咙里挤出一声:"杰克!"

喉咙上的压力顿时减轻了,苏珊娜赶紧大口吸气。

"萨米?"

萨米是他的前女友。杰克过往的全部资料,那些零星的生活片段都已经植入了她的心中,萨米是苏珊娜所能找到的对杰克影响最为正面的人。她已经不再出现在他的生活里,却依然在他的记忆中挥之不去,与记忆相伴的还有他对萨米无比强烈的依恋和怀念,这让苏珊娜一度感到内疚不安。

"是我。"这回答不完全是说谎。苏珊娜不愿意对亡灵说谎,如果谎言被发觉,要让他们再信任她就会难上加难,那个时候恶鬼们便能轻易捕获他们。

"嘿。"他揉了揉脸,环视四周,"感觉我正在这儿做什么事,到底发生了什么?你在这儿干什么?我们这是在哪儿?"

"一条巷子里。"苏珊娜给出了一个最容易的答案。

杰克哼了一声:"真的吗?来吧。"

他抓着她的手,把她拽到了大街上。刚一到地方,他就猛然停下脚步,眯着眼,想看清楚自己身在何方。

他回忆起了来这里的原因，之前他一直在逃跑。苏珊娜像看幻灯片一样看着杰克最后的记忆——他和继父起了争执，画面远端他妈妈在哭泣，眼睛红肿。他从他们一起居住的出租房里冲了出来，决心一去不返，只带了一个几乎空空如也的钱包。他上了公交车，身上的钱能让他坐多远他就走多远。在这里下车时，天色渐晚，遇到了一群不认识的男孩。那些人既不认识他，也不喜欢他跑到他们的"地盘"上。一场打斗，动了刀子，片刻的痛楚，然后就是……极度恐慌。砰砰的脚步声，离他越来越远。他倒在小巷的地上，就死在那里。她看到了这一切，见证了生命无谓的浪费，连一辈子的一半儿还没有活到。

杰克皱着眉头看着黑暗的街道，除了一辆孤零零缓慢行进的汽车，整条街都空荡荡的。他显得焦躁不安，走来走去，心事重重。下一步该干吗？又该往哪儿去？

苏珊娜知道现在需要自己掌控局面，让他朝自己预定的方向走。但是刚才在小巷里她已经领教了他的好勇斗狠，再加上他做事轻率、性格霸道，跟之前沉静温柔的有瑜截然不同，她现在有些小心翼翼。

"我不会回去的。"杰克突然开口说，"你要是为这个来的，可以省省了。我受够了，我决不回斯特林①。"他斜眼看着苏珊娜，一张脸紧绷着，布满了敌意，"不回去。"

"好吧。"苏珊娜灵机一动，答道，"那我跟你走吧。"

杰克听了一愣，他盯着她看，微微一笑，神色和缓了下来，"你不是开玩笑吧？"

"才不是呢。"苏珊娜舔了舔干涩的嘴唇。

他猛地转过头，看着她，很容易看出来他眼中的希望："你不是说我们俩已经结束了吗？"

---

① 斯特灵，英国苏格兰中部城市。

"我知道,但……还是你说得对。"苏珊娜的耳边回响着杰克和萨米的最后一次谈话,这一段痛苦的回忆尚未经过任何加工:"我们不能相信其他任何人,只有我和你,就现在。"

他开心地对着她大笑,又变回了十六岁的孩子。苏珊娜心头涌起一丝自责:"我不想待在这儿,我们该走了。"

杰克点点头:"好,趁着还没有让不该看到的人看到,我现在这样子可不适合再跟别人打一架。"他揉着自己的腹部,刚才那把刀子就是从这里刺进了他的内脏(尽管现在那里一点致命伤的痕迹都没有),"我打算离开斯特灵,再也不回来了。我想……想去格拉斯哥,在那儿找个落脚点什么的吧。"

"这没问题。"苏珊娜紧张地咬着下嘴唇,"我是坐公交车到这儿的。但是现在太晚了,公交车都停运了,我们得走一段路了。"

"这一天真是越来越顺了。"杰克伸出手,钩住了苏珊娜的手,开始拽着她往前走。

他走的方向没错,苏珊娜也就由着他在前面领路。很显然,对这一切他都驾轻就熟。他步子迈得大又稳当,大摇大摆,趾高气扬。她有种不祥的预感,要控制这个亡魂并不轻松,他自以为是,性情又暴躁,一点儿都不像崔斯坦。崔斯坦从容自信,从不刻意张扬。她的思绪又从崔斯坦很自然地转到了和他一起走入隧道的那个女孩身上,难道窍门就在这儿?

她在心里马上又推翻了这个想法。错,错,错!死了就是死了,没有回头路可走。她就是这样告诫成百上千的亡魂的。他们如果就此发问(这也是常有的事),她甚至连想都不用想,答案是明摆着的,不行!

在崔斯坦消失之前,她从未质疑过这一点。

苏珊娜只想转身回去,追随崔斯坦进入人世。但是,她还是由着杰克牵着自己向前,慢慢走入了荒原。

Chapter 11

迪伦爸爸打算到格拉斯哥来了,来得这么快,超出了所有人的预期。他重新安排了自己的日程,好尽快过来。他即将到来的消息让迪伦暂时无暇顾及那件火车隧道凶杀案。

那是她的爸爸,她终于要和他见面了。

琼对詹姆斯的突然到来有些不快,这样一来她就得调班。迪伦试着提议,有崔斯坦陪着她就行了,但是被琼断然拒绝了。

迪伦现在陷入了一个小小的困境。琼已经明说了,她不希望崔斯坦在场(会面地点定在皇家交易广场一间咖啡馆里),因为这是家事。迪伦回应说,她现在已经把崔斯坦当成家里人了。琼对这番话嗤之以鼻,明确地说:"他不能来。"迪伦和崔斯坦如果隔开这么远,肯定不行。他们会因此送命的,千真万确。

迪伦哭诉、求情、大喊大叫、生闷气,什么招儿都用了,可是一点用也没有。最后还是崔斯坦想出办法解了围。他提出了一个方案:他跟着她们一起去,但是不进去。他会坐在现代艺术馆的台阶上等着,从那里能看到约会的那家咖啡馆。

琼并不喜欢这个提议，她举止生硬、牙关紧咬，脸上的肌肉紧绷着。迪伦能够看出她的不悦，不过最后她还是带着万般不情愿妥协了。

无障碍出租车把他们送到咖啡馆附近，尽管黑色出租车的车门还算宽大，还配有供轮椅上下的专用坡道，但是人要从里面出来还是会有点手忙脚乱。那位司机至少有七十岁了，琼不得不承认，多亏有崔斯坦在，他才可以把迪伦安然无恙地抬出来。

琼付出租车账时迪伦看了看表，他们早来了半个多小时。

"你想先逛逛商店吗？"崔斯坦问道。

迪伦摇摇头："心里好紧张……咱们就在这儿四下走走吧，透透气。"

天气并不暖和，在皇家交易广场待着，迪伦心里一直紧张不安——这里狭窄逼仄，让她有种幽闭恐惧的感觉。琼不想去，说要在咖啡馆里坐会儿，崔斯坦于是尽职尽责地推着迪伦沿着女王大街溜达了一趟，最后来到了乔治广场。他把轮椅停到中间宽阔的步行街上，有那么一小会儿，两人盯着繁忙的十字路口周围缓缓行进的车流。但这似乎并不能使迪伦狂跳的脉搏平缓下来，于是她让崔斯坦把自己推回去。

"哦，天哪！"他们走进咖啡馆的时候，她小声道，"他已经来了！"

她看得见他，他坐在窗边一个看起来低矮舒适的皮沙发上。琼直挺挺地坐在对面，他们之间隔着一张长方形的桌子，就好像从琼身上散发出来的冷淡还远远不够似的。

不过现在迪伦的心思不在这上面，她的眼睛牢牢地盯着她的父亲——詹姆斯·米勒，看得入神。

尽管他弓着身子坐在沙发里，但是看起来个子很高。看到座位背后他张开的手臂和桌边伸长的双腿，迪伦觉得他一定至少有六英尺高。和迪伦一样,他也长着一头黑发,但已经有些花白了。

"你自己真的没问题吗?"迪伦身后响起崔斯坦关切的声音,"我可以和你一起去。"

"那我妈就抓狂了。"

"我不管你妈怎么想,我只在乎你。"

迪伦想了想,还是抵挡住了诱惑。当着迪伦爸爸的面,琼不会说什么难听话或当众大吵大闹,但后面他们就有苦头吃了。

"算了。"她说,"这件事我必须自己处理。"

崔斯坦沉默了一会儿,最后说:"好吧。至少我要把你推进去吧?"

"好,谢谢你。"毕竟,她自己无论如何也搞不定那扇门。

崔斯坦推着轮椅继续往前走,琼看到了他们。一秒钟后,迪伦的爸爸也把头转了过来。迪伦的脉搏狂跳了三次,他探寻的目光终于与迪伦的相遇。

迪伦惊讶地呼出了一口气:"我们俩简直长得太像了!"他们都有一双碧绿的眸子和过圆的鼻子,宽大的嘴一模一样,面色同样苍白,都很容易脸红(现在的迪伦就是这副模样)。她就不住盯着他看,那是她爸爸,她身体的一半是这个人给的。

直到一对顾客从她的轮椅前急匆匆走过,才算打破了魔咒。转瞬间,座位上迪伦的父亲已经不见了踪影。她皱着眉,看着空空的座位使劲眨巴眼睛,突然间闪过一个荒谬而可怕的念头:刚才的一切只是自己的幻想,时间在这一刻凝固了。随后咖啡馆的大门被人突然一下子推开,那不正是她父亲吗?时间重新运转了。

"迪伦!"他走出大门,几步穿过隔开他们的人造大理石瓷砖,在她身边蹲了下来,这样他们两个就可以平视了。他注视着她的脸,就像她刚才看他那样,如痴如醉。他也看出他们俩长得有多相似了吧?但愿。"你可来了!"他喃喃自语,随后咧开嘴,笑容灿烂,"嘿!"

"嘿!"迪伦说话的时候几乎要窒息,完全不知道自己下面该说什么。

还是詹姆斯帮她解了围,他抬头看到崔斯坦正在迪伦身后徘徊,保护着她。迪伦觉得,在那一瞬间,自己看到父亲的眼中好像飘过了一片阴云。

"你一定是她男朋友吧?"他问道。

"嗯。我叫崔斯坦。"

詹姆斯伸手和崔斯坦握手。迪伦感觉,他像是使足了劲要把崔斯坦的手指夹断。就算真是这样,崔斯坦也不露一点声色,脸上仍带着淡淡的微笑。

一想到琼不知是怎么跟他说起崔斯坦的,迪伦就愁眉不展。

"我来推她的轮椅吧。"他语气坚决,胳膊轻轻把崔斯坦挡到一边,抓住了轮椅的把手,"咱们进去,加深一下了解,嗯?"说着,伸出一只手亲切地捋了捋迪伦的马尾辫。

迪伦心头一暖,同时心绪又似蝴蝶乱舞。她有些恐慌,回头望去,崔斯坦正目送着她走远。

"我就在你的视野里。"他张着嘴,指了指艺术馆的台阶,上面有几个学生正懒懒地坐着,这让她在挥手道别的时候心里稍感安慰。迪伦的父亲推着她穿过咖啡馆的大门,还没等她反应过来,她已经停在了一个很尴尬的位置——她被夹在了父亲和琼之间,他们两人现在都坐在皮沙发上。

"还好吗?"琼问道。她原本举手投足冷若冰霜,现在开始解冻,看起来有些焦虑。她伸出手,安慰地抚摸着迪伦的手。

"好。"迪伦很想把手抽走——她不愿意让爸爸觉得自己还是个小孩——但是她强忍住没那么做,她知道,那会伤了琼的心。一秒钟后,琼松开了手,舒舒服服地仰坐着。

"你想要点什么？果汁？"他笑了笑说，"噢，我知道了！"詹姆斯站了起来，脸上挂着得意的表情，"热巧克力！再加搅奶油和棉花糖。我还没听说过这个国家十几岁的小姑娘有不吃这个的。"他冲她咧嘴一笑。

迪伦其实也不是特别喜欢热巧克力，不过她还是不由自主地点了点头，不想让他扫兴："听上去蛮不错。"

他朝柜台走去，个子跟她想的一样高，站在排队的顾客中间明显高出一头。他的身影消失后，迪伦马上向四下观望，寻找崔斯坦。她知道他肯定就在附近，胸口感觉有些沉，但是这种感觉更像是因为心情紧张，而不是因为崔斯坦离自己太远而产生的痛感。

一开始她没有找到他，那种压迫感瞬间便加剧了，但很快她就辨认出了他的淡茶色头发——他正低着头，看着迪伦借给他用来解闷的平板电脑。她长出了一口气，他果然就在那儿，毫无疑问。

崔斯坦似乎也感觉到了她的目光，抬起头，朝迪伦这边望。如果不借助玻璃窗上反射的光，隔着这么远的距离，他似乎不可能看到她，但她现在依然感觉好多了。迪伦深吸一口气，把身子重新转向琼。

琼正在喝着大杯子里一些花哨别致的调制饮品，看起来价格不菲。如果是詹姆斯买单，那很有可能她就是因为这个才选了最贵的。要是在平时，琼肯定就选择喝茶了。她还要了一块姜饼，此刻正在优雅地慢品糕点，这也跟她平时不一样。

"你愿意的话，随时都可以离开，知道吗？"她突然说，"只要你一句话就行了。"

"好。"迪伦答道。她不想徒费口舌地加一句自己不愿这么快就离开，她想坐在这儿和爸爸聊上几个小时，但是到目前为止，她只跟他打过一次电话。她明白或许她最终会发现，自己能和这个最熟悉的陌生人一直交谈的时间，差不多也就是喝完一杯热巧克力的工夫。

"他长得跟我很像。"她突然脱口而出。

"是很像。"琼表示同意,但是语气刻意显得冷淡。

"是不是……我是说……"迪伦顿了一下,咬了咬嘴唇,"你每天都得看我,你又不喜欢他,你一定想……"

"这些话你可以省省了,迪伦。"琼射来的目光让迪伦动弹不得,"我看你的时候就只能看到你,就此打住吧。"

她们之间的谈话戛然而止。迪伦爸爸回来前,两个人都没有再说话。他拿着一个又长又细的杯子,最上面高耸着打着旋的攒奶油还有一点巧克力薄片。他兴高采烈地把杯子递到迪伦面前:"嗒嗒嗒当!"

迪伦的喉咙突然变得无比干涩,艰难地挤出了一声"谢谢"。

"嗯。"迪伦爸爸坐下来,身子前倾,手停在两膝上方半空中,"终于,我们坐到一起了!"

"嗯。"迪伦答应了一声。

终于。

Chapter 12

四次了，苏珊娜已经对杰克施用了四次控心术。第一天，他们甚至都没进安全屋。他是个小痞子，没受过什么教育，人也粗鲁，可是他似乎每次都能以惊人的速度抵挡住苏珊娜的催眠指令。

倒霉，他本就不是那种乖乖听话的人，何况，要听的还是一个女孩的话。

"相信我嘛！"她竭力隐藏声音里的怒气，她本能地预感到那样只会惹得他更加暴躁，"我知道要去哪儿。"

她只能甜言蜜语、连哄带骗地让他跟自己走，因为每次她只要一强逼他走（共计四次），他摆脱催眠魔咒的速度就越快。她越来越担心，很快自己的咒语就完全失效了，而他们的前方还有漫漫长路。

"萨米。"他冲着她得意地说，"你本来就是个路盲，我真能相信你的方向感？"

"我知道要去哪儿，"苏珊娜又重复了一遍，她拉着他的手，脸上挂着她最迷人的笑容，"跟我走嘛！"

他严厉的表情稍稍松弛了一些。令苏珊娜吃惊的是，他竟然允许自己拉着他走。不过他也只是乖乖跟着她走了几步路，后面他就越走越快，自己走到前面去了。

她已经在算日子了，算算自己什么时候才能把这个亡魂渡过那条界线。脑海里隐隐闪过一个恶念——不知自己能不能在前面就摆脱他——毕竟，她不想为了他耽误太多的睡眠。

倒也不是睡眠的事。

身为摆渡人，苏珊娜从未故意失职。事实上，她也不会这么做。不惜一切代价保护引导的灵魂，这已经深深融入了她所有的想法和行动中，即使自己深为痛苦、饱受折磨也在所不惜。但是如果要保护的灵魂愚蠢透顶，不听劝告，那她也就不会那么拼尽全力了。

杰克就是那种典型的自己要送给贪婪的恶鬼们解馋的主儿。

"嗯。"他在她的耳边说话，把她从纷乱的思绪中拉了回来，"你总该告诉我你是怎么找到我的吧？"

"有人看见你上了公交车，"她一边说着，一边快速地把杰克生前最后的记忆在脑子里过了一遍，搜肠刮肚地编着借口，"47路，我上的是同一辆车。"

"好。"杰克的声音拖了个长腔，苏珊娜第一次感觉到大事不妙，"那你又是怎么知道什么时候下车呢，嗯？"杰克说到最后，使劲拽了一下苏珊娜的束带圈。

"司机是同一个人，我问了他，他想起你来了，然后他告诉我你是在哪一站下的车。"

他猛地一拽，苏珊娜被他带得身子打了一个旋，正好面冲着他。

"真的吗？听起来真他妈的太容易了！"他死死地盯着苏珊娜，一时间苏珊娜简直忘了她面对的不过是个十六岁的大男孩。她发怵了，心开始狂跳。他可以在瞬息之间从嬉皮笑脸变得像食肉动物一样凶狠，那样子实在有些可怕。

"否则我怎么能知道你在哪儿呢？"她反问道，"我问了公交车司机，他告诉了我。杰克，就是这么回事。"为了让杰克相信自己，她在心里给自己鼓劲。

杰克只是盯着苏珊娜看，瞳仁没有放大到暴露心机，原本剑拔弩张的样子也丝毫没有松弛。

"问题就在这儿，不是吗？"他低声说，"还有什么别的理由让你要到这里？这儿离家那么远，萨米。"

苏珊娜的心脏开始怦怦直跳。到底她是怎么卷到这里面来的呢？为什么——为什么单派她来引导这个不同寻常的亡魂？决定这一切的权威通常都很明智，杰克本该让一个男性摆渡人引导，跟着一个领头的男摆渡人走，他的自尊心就不会被激发出来了，不该是她。

肯定不该是她。

"你在看谁呢？"他轻声问道，但语气一点也不温柔，每一个词都暗藏威胁，"你现在是不是打算跟这附近的某个男的走啊？"

"你还不相信我吗，杰克？"她问道，脸上带着受伤的表情，小心翼翼地不暴露任何其他情绪，将自己的恐惧感尽可能地深埋在心底。

这一招真的管用。他又盯着她看了会儿，然后对着她笑起来。一次心跳的时间内，她发现了是什么吸引着那个傻乎乎的萨米和这么个浑小子交往。

"我当然信，"他说着，头低下，出人意料地在她鼻尖轻柔地一吻，"你是属于我的。"

危险过去了，苏珊娜又可以让他继续走下去了。

他们几乎已经到了第一个安全屋。因为他是在夜间被人杀死的，她本以为会看到孤零零的恶鬼心存侥幸地飘然随行，想捡一个现成的便宜，但什么也没看到。

在荒原上行走的最初数英里内，沿途完全没有以亡魂为食的邪恶怪物。她不曾停下来想一想，事情为什么会是这个样子，也不寄希望于自己的好运气能持续很久。她只是想着赶紧找到他们的第一个避难所，自己好平复一下心情，赶在杰克伤害自己、枉送性命之前想出一个更好的法子对付他——要是他再死一次，就万劫不复了。

"瞧，我有个朋友就住在附近。"她说。

"谁啊？"杰克马上起了疑心，其中的醋意居多。

"玛茜。"这名字也不知怎么就从她嘴里冒出来了。

"玛茜？"杰克哼了一声，"你的朋友里有叫玛茜的吗？"

"有啊。不管怎样，她现在不在这儿了，度假去了。她一个人住，所以地方是够宽敞的，要不我们就在那儿将就一晚上。太晚了，我也累了。"

苏珊娜打了一个哈欠，她觉得这么做挺蠢的，但她需要杰克对她的花招信以为真。而且，虽然她并不真的感觉疲倦（向来如此），但这一路上在杰克周围她一直牙关紧咬，这个哈欠也有助于她活动一下酸痛的肌肉。

杰克向她投来疑惑的目光，她很确定他又要跟自己扯皮——值得为这个又跟他硬碰硬吗？也许她该直接在他头上来那么一记闷棍？然而接下来他一脸坏笑地问："那地方有床吗？"

"有……"

"那走吧。"

好，这下子倒轻松了。苏珊娜摇了摇头，感到有些困惑。不过这是杰克第一次不跟自己唱反调，她也就随他去了。

杰克的心象投射的荒原是乱七八糟向外扩张的城市。第一个安全屋位于一栋高耸的公寓楼底层，这个地方给人一种世界末日的感觉——窗子碎裂，门廊用木板围了起来，几堵墙上都有烟熏火燎的痕迹。大楼入口处的碎玻璃随处可见，不过公寓里面还算空旷整洁。

"你朋友就住这儿？"杰克问，眼睛注视着大厅和电梯间的门。那两扇门扭曲变形，就像是被一头公牛撞过似的，也许是一群公牛。

苏珊娜关上门，换上一副甜腻的笑容看着他，"是啊，这房子本来是她跟她奶奶一起住的，老人家去世后就把房子留给了她。"

"我敢打赌，她一定高兴坏了吧？"杰克的话里满满的都是冷嘲热讽。

"这地方要拆迁了，"苏珊娜毫不理会，继续说道，"因为赔偿金没有谈拢，她还守在这里。"她肚子里那本谎言宝典快要没地方写了，但是杰克现在对她的催眠已经有了耐受性，编瞎话就成了她唯一的选择，以后她再来应付谎言带来的各种后果吧。

"你朋友在这里放吃的东西没有？"杰克问。

"我猜可能没有。"苏珊娜搜肠刮肚要想出一个借口让杰克别再找东西吃，因为他现在不能吃东西了，"她说任何容易变质的东西她都不会留下，因为这里闹老鼠。"她怯生生地朝他一笑，"反正我现在真的不饿。"

她倒想饿一次，就为了知道那是种什么感觉。尽管可能不那么令人愉快，却鲜活、真实。她有无数无法实现的心愿，这只是其中的一项而已。

"也有道理。"杰克表示同意，接着，他的眼中闪过魔鬼般的光，"那床又在哪儿？"

"卧室在那边。"苏珊娜解释说。她指了指屋里唯一一扇门。这里没有浴室——因为杰克根本不需要它，就像他也不需要厨房一样，安全屋极其实用高效。

"那跟我来吧。"他抓着她的手,把她拉到了那间小小的卧室里。

有一张双人床,床上平铺着一个已经褪色的花纹床罩,罩子顶端勉强盖在两只极平的枕头上,看起来并不怎么让人舒服。之前有数不尽的夜晚,为了麻痹那些刚刚出窍的亡魂,苏珊娜都是整夜躺在地板上假装睡觉,没有什么她应付不了的。

她倒不打算躺在床上,和杰克睡在一起。起居室有一张沙发,虽然有点邋遢肮脏,但用来躺一躺足够了。

不幸的是,杰克另有主意。他一手牢牢抓着她的手,一手搂住了她的腰,还没等苏珊娜反应过来,她已经被甩到了床垫上,发出一声闷响。杰克随即重重地压在她身上,响声戛然而止。

"这主意倒不错。"杰克冲被压在身下的苏珊娜露齿而笑,然后埋头开始一点点吻她的脖子。

"杰克!"她想推开他的肩头,但无济于事,"别!"

他没有停下来,只是微微抬起头含混地说:"怎么了,宝贝儿?"

"不要……"他嘴里的热气扑在苏珊娜锁骨周围敏感的皮肤上,她竭力躲开,"我累了。"

"嘿——"他在轻吻的间隙喃喃自语,"我保证能让你醒着,我一直在想你。"

一只手滑到她的腰间,伸进她的长袖上衣,开始缓缓向上游走。

苏珊娜已经忍无可忍了:"睡觉!"她把所有的意志力都凝聚在了咒语指令上。

杰克随即栽倒,就像一吨砖头砸在了她身上。

"好极了,苏珊娜!"她低声说,"真是好极了。"

她小心翼翼地一点一点从他身下挪出来，然后，坐在床边低头看着他。睡梦中的他紧闭着冷酷的双眼，看起来一脸无辜的样子。

美好的十六岁。

苏珊娜长舒了一口气，随着夜幕降临，紧张情绪暂时得到了缓解。可是接下来，她还有一个接一个的亡魂要引导。她真的是受够了，不想再待在这个地方，不想再继续干下去了。

她早就有这样的想法了，当知道崔斯坦去了别处，到了真实的世界后，这种想法在她心中更加强烈。她想出去，就现在，她想去崔斯坦去的地方。

令她大感震惊的是，她发现自己竟泪流满面。

她摇摇头，踱到外间松松垮垮的皮沙发那里，等着黑夜结束。她闭上眼，任想象驰骋。自崔斯坦离开后，她就开始产生这样的幻觉：她和崔斯坦，在那个世界里，一起做事、一起观景、一起生活。不只是隔着荒原安全屋之间那段短短的距离，隐秘地相视默然一笑，他们也分享彼此的经历，彼此爱抚。

如果是崔斯坦像那样吻她的脖子，会是什么感觉？

如果是他的指尖在她的腰间缓缓游移，感觉又会怎样？

她几乎看到那画面，几乎感受到那种感觉了。

几乎。

Chapter 13

　　在熙熙攘攘的格拉斯哥广场，崔斯坦努力想把注意力集中到面前的平板电脑上，但是思想老是开小差。他不喜欢迪伦不在自己视野内的感觉，尽管很清楚她现在的位置，但隔这么远，他并没办法透过咖啡馆反光的玻璃橱窗看到她，这也就意味着他无法观察到她此刻的心情如何。最近这几天，她心里五味杂陈，心乱如麻，但他无法观察到她是如何应对这一切的。

　　不过，她带着手机的，如果需要的话，她可以给他打电话或者发短信。他又一次检查了一下手机，以防万一。

　　什么也没有。

　　他把手机放回口袋，重新开始浏览平板电脑，用的是咖啡馆的免费WiFi。互联网真是太神奇了。当然，之前他也从灵魂口中听说过这玩意儿，可他才刚刚开始习惯网上"冲浪"时对全世界的信息都了如指掌的那种快感。类似的新鲜事还有吃水果、睡觉以及把迪伦搂在臂弯里……

　　"焦点"，他点进新闻应用程序，浏览新闻，直到找到一个自己感兴趣的链接。屏幕上方划过醒目的大标题，他的眼睛却被一张照片吸引了。照片拍摄的角度跟电视新闻报道中摄像机的角度不同，照片上，有人正抬着一副担架出隧道口，上面停着一个人——一具男尸。毫无疑问，是同一个地方。

不管他之前如何安慰迪伦，他都知道那不可能是巧合。他确定，他们做的某些事情跟那里死人脱不了干系。

他浏览文章，想搜到更多的信息。四名死者的姓名已经公布，但他对此并不感兴趣，他需要知道他们是怎么死的。看到最后，他失望地皱起了眉头，上面没写。

崔斯坦又打开其他三个网站，都碰了壁。死因可疑，警方正在多个方向展开调查。调查人员排除了事故致死的可能，但是都没有写具体死因是什么。

他骂了一声，对官方新闻不再抱什么期望，转而开始浏览论坛。里面有不少愚蠢透顶的玩意儿——各式各样的阴谋论，还有些"喷子"就是想哗众取宠把水搅浑。不过，他无意间看到一篇日志，这下发现宝了。

日志的作者自称是一名应急服务机构的工作人员。他一读就知道自己的怀疑是正确的。同时，他也知道他现在摊上很大很大的麻烦了。

以前我从来没遇到过这种情况。一开始，我们都以为是野兽伤人，因为所有受害者身上都有严重的抓伤。不过，据我所知，这附近根本没有什么野生动物能把人伤成这样。而且，每个受害者身上都有洞，就好像是有人——有什么东西——直接把身体击穿了。有一位是胸口洞穿，还有一位是在胃上，你能直接从他们的伤口看到隧道的路面。

我不知道他们原来那些内脏什么的都到哪儿去了,可能哪个说不清道不明的东西把它们吃了吧?

不过最恐怖的是他们脸上的表情。上帝啊,这一幕我一辈子也忘不了——就好像他们看到了恶魔的脸,然后活活给吓死了。我以前也去过车祸现场,有个人被轧得不成人形,都成一摊肉酱了。所以请相信我,我跟你们讲,现场真是一塌糊涂,我可不是在胡说八道。

"活见鬼!"崔斯坦嘟囔,"真是活见鬼。"

他一遍又一遍地重读这篇日志,直到把每一个词都背下来了。每读一遍,心就往下沉一点,因为他现在清楚谁是这起案子的罪魁祸首了。他知道什么东西能如此疯狂地抓挠受害者,能猛扑下来,把受害者吓成那个样子,能把他们的身体凿穿。

是那群恶鬼。

不知什么缘故,恶鬼们已经穿过了荒原与人世的分界,它们到来的时间正好和迪伦拉着他一起穿越回来的时间重合。只有一种可能的解释:他们一定撕破了隔绝生死的帷幕,在上面留下了一个洞,而且现在还敞开着。恶鬼们发现了洞,现在它们已经在享用人肉盛宴了。它们绝不会自己回到荒原,继续靠几缕孤魂勉强糊口。

不会的!既然已经尝到了活人的味道,这些贪得无厌的恶魔就绝对不会回去!

他都造下了什么孽啊!

负疚感卡在崔斯坦的喉咙里,让他恶心欲吐。四个生命!只因为他的私欲,四个生命就这样早逝。如果真是某些恶鬼找到了穿越过来的路,那又会有多少恶鬼紧随其后?

崔斯坦没时间细想他的行为可能已经造成的可怕后果,因为咖啡馆的大门又开了,门每一次打开都会吸引他全部的注意力。片刻后，迪伦的轮椅出现了。她手忙脚乱地一边扶门，一边控制着轮椅。琼赶紧过来帮忙，看起来有些懊恼。崔斯坦猜，把迪伦从那个局促狭窄、行动不便的空间里挪出来的时候，她拒绝了那个男人的帮助。

崔斯坦啪的一声把平板电脑合上，站起身来，快步向他们三人走去。

"……真的很开心，你终于跟我联系上了，我自己都数不清这件事我想了多少回了，可我……"詹姆斯的话戛然而止，或是因为崔斯坦正迅速朝这边走来，或是因为琼已怒火中烧。

"我想，你现在是不是要回阿伯丁了？"琼一边问一边挪了一下自己的位置，正好背对着崔斯坦。崔斯坦努力不让自己喜形于色，琼以为这样的怠慢与疏远会让他心里不舒服，其实他对跟她少打交道求之不得。只要她不干涉迪伦和自己，他就乐得维持这种不吵不闹又相看两厌的现状。

"不。"詹姆斯的回答让迪伦和琼都吃了一惊，原因却大不同。

"您要留在这儿？"迪伦问。

"我可以在家里办公。所以我决定，先把这里当家，住上一阵子。我已经租好了房子，我想下个月还到这儿来。"他深吸了一口气，又说："我想多点时间了解你。"

迪伦的脸颊绯红，朝他羞涩地一笑："好主意。"

崔斯坦竭力克制住自己的满腔醋意，或者至少不表现出来。这是她的父亲，不会威胁到他。不过要是再跟他握手的话，崔斯坦打算先戴上防护手套。

"明天打算干什么？"詹姆斯问道。

"写作业。"琼的声音听起来很生硬，一点没有讨价还价的余地，"你要交那个现代研究项目，我知道你还没做完。"

"那也做不了一天哪！"迪伦表示抗议。

"没关系。"詹姆斯赶紧打圆场，让她们两个都省省劲，"我们可以在下周某一天的晚上，放学以后去吃个饭什么的。"他抬头看到崔斯坦还站在那里，"你可以带上男朋友，我跟他也能相互了解一下。"

这番话让迪伦的气消了些，但是在放弃抵抗前，她没忘朝琼投去厌恶的目光。

"我该走了。"詹姆斯从口袋里掏出手机说，"我知道你换号了，宝贝儿。何不告诉我你的新号码，这样我就能直接给你打电话安排晚餐了。"

琼张了张嘴，准备让他打消这个念头，可迪伦已经忙不迭地在报号了。詹姆斯保证最晚在周一之前打电话过来，他弯下腰吻了一下迪伦的额头，朝崔斯坦点一点头，犹豫了那么一下，还是亲了一下琼的脸颊。迪伦和崔斯坦两人目送他大步离去，直到他的身影在熙熙攘攘的人群中消失不见。

"那我们现在回家吗？"迪伦问。崔斯坦走上前握住了轮椅的把手，詹姆斯手上的余温尚在，不知怎的，崔斯坦不喜欢这种热乎乎的感觉。

"好啊。"琼仍然注视着詹姆斯消失的地方，脸上露出奇怪的表情，半是愠怒半是平素似乎不常见的憧憬之色。崔斯坦觉得这可真够难为她的。

"你们先走。"她回过头对迪伦笑笑，"我给你点钱打车，应该还有富余，你们可以到油炸食品店里买些外卖。"

"你去哪儿？"

"我还有要办的事，买点东西。就这样。"

崔斯坦眉头一扬，他对琼要去哪儿毫无兴趣，尽管他心里有数，她根本不是去购物。迪伦倒似乎没有看出来，她只是耸了耸肩,嘟囔了一句:"好吧。"

琼从钱包里掏出了几张钞票给他们,崔斯坦推着迪伦朝前面的出口走去。在里面坐着的时候,天空已经开始飞雨,露天主商业街上的人们纷纷提前回家了。

迪伦和崔斯坦只有等出租车,这段时间里他们两人基本谁也不说话。崔斯坦推测,迪伦此时很可能还在想着和她爸爸的会面,这对她而言是件大事。等他们稍微能清静一会儿的时候,他也会问起这件事。而他自己的心绪则要阴郁得多。他还在犹豫,要不要把自己的心事跟迪伦讲?她应该知道,但这会伤害她。

他们找了辆出租车,车开始在市中心密集的车流间缓缓行进。

崔斯坦说:"今天情况怎么样?愿意跟我说说吗?"

"挺好的,"迪伦说,"很不错。"片刻间,他以为她要说的就这么多。不过接下来,她就开始滔滔不绝地讲起这次会面的各种细节:"我觉得吧,一开始气氛挺尴尬的,你懂的。也许我妈不在那儿,我们两个会自在得多。不过那样一来我就得一个人面对了,我心里还真有点慌呢。"

"我可一直都在的。"崔斯坦柔声提醒她。

迪伦伸手抓了他胳膊一下,接着说:"不管怎么样吧,我真不知道该说些什么,不过他倒是问了我很多问题。一旦话谈开了,就感觉还不错,他挺有意思的。"她咧嘴一笑,"我跟他长得很像,你注意到了吗?"

"你更漂亮。"崔斯坦说得迪伦满脸灿烂的笑容。

"我想……我真希望自己能知道他和我妈之间到底发生过什么,让她对他这么恨之入骨。"

崔斯坦应和了一声,想着詹姆斯走的时候琼目送他的样子,然后她就马上闪人了。她这么迫不及待地离开,是要去追赶他吗?这样一来就等于给了迪伦和崔斯坦两个人单独待在一起的机会,可她根本没想到这一层:"事情也许要更复杂。"

"你这样想吗?"迪伦冲他眨眨眼,继续给崔斯坦讲述父女俩谈话的细节。

崔斯坦任迪伦的话在脑海里涌动,让自己也沉浸在她单纯的欢乐中。他觉得不能把那个正在折磨自己的沉重包袱压在迪伦肩上。她现在这么激动、这么开心,那样做太不合时宜。

他暗暗发誓,以后会把一切原原本本地告诉她,但现在还不是时候。她还这么年轻,就经历了这么多事。他可以替她扛起这副重担,他会找出一个办法为他们两个人犯下的可怕错误做出弥补。

Chapter 14

"我死了？你他妈到底什么意思？我死了？"杰克伸手抓过一个又破又脏的大玻璃杯朝墙上砸去，杯子立刻粉身碎骨，"天哪！萨米，你他妈到底在搞什么鬼？"

苏珊娜站在原地纹丝不动，她想远远地躲开暴怒的杰克，又在努力克制心里这股冲动。在荒原上走了三天了，她想尽办法不让他知道这个秘密。但是从第二天开始，她之前一直使用的小小的控心术就已经完全失灵了。她只能甜言蜜语、苦苦哀求、连哄带骗，终于及时把他诓进了第二个安全屋——一座看起来破败不堪的活动拖车房。

他们现在还在拖车房里，只有把真相说出来了。不幸的是，真相对他的暴脾气没什么太大的影响。

"我不是萨米，"她说，"我是你穿越荒原的向导。"

"别这么傻不拉唧的，"他冲她怒吼，"你脑子有病吧？"他气势汹汹地又朝苏珊娜走近一步，"你到底是哪儿不对劲了？"

苏珊娜心想，不对劲的地方多了。不过她竭力不表现出来。

"我不是萨米。"她重复了一遍。自知只有这样才能劝动他,于是说了声:"看。"

她就在他的眼前变身了,身高和体重都有微调,刘海不见了——她不会遗漏这一点的,取而代之的是浓密微卷的秀发。她容颜改变的时候,感觉脸上有种刺痛感,接着就变回了苏珊娜"本人"。

杰克的脸一下子变得煞白,身子晃了几晃。在那一瞬间,她感觉他就要栽倒或者呕吐了,但最后他还是镇定了下来,尽管还是惊愕得说不出话。他环顾四周,然后跌跌撞撞地走到嵌在墙里的短沙发旁——这是这间安全屋里最结实的家具了——瘫倒在上面。

"是真的吗?"他哑着嗓子问,但他困窘的表情说明他已经信了。

"是真的。"她又加了一句,"我很抱歉。"她觉得自己理应感到抱歉。

"怎么死的?"他想了想,似乎全明白了,"那条小巷。"

"有人拿刀捅了你。"苏珊娜说。

"就在那几个小子中间。"他沉着脸瞪着她,"谁干的?"

"我不清楚。"她无奈地耸了耸肩,"我是事后才过来的。"

"简直是,"他把头埋进双手,盯着地板出神,"简直是……荒唐透顶!完全是无稽之谈!没门儿,他妈的没门儿!"

他的咒骂声越来越响亮,双手抓着头骨。苏珊娜感觉他要发作了,开始慢慢往后退步。可是真等到他爆发的时候,她还是被吓到了。

他从沙发上一跃而起,所有碰到的东西,见一样毁一样:衣帽间的门铰链被他拉掉了;他举起一个煎锅砸向水槽上的窗户,直至它垮塌解体;他把窗帘从横杆上揪下来……整间屋里还有点家具模样的东西几乎荡然无存。完事以后,他站在一片废墟上喘着粗气,

105

最后将目光落到了苏珊娜身上。

她看到他的两只眼盯上了自己,警觉地向后退了一步,可是已经抵到了墙上,无路可退了。

看着他失控的样子,她情不自禁地在心里把他和崔斯坦做了番比较。在各方面两个人都截然不同,他现在怒气冲天、义愤填膺。他对待自己的生命一直既愚蠢又莽撞。现在知道了真相,又开始怨天尤人。他根本不知道,她和崔斯坦所做的事才真正折磨人,周而复始,根本没机会抱怨、没有自由改变。命运之神这么安排,不是他们咎由自取,他们不应该得到这样的命运。杰克则不然,他只知道黑灯瞎火的在危险的街区傻逛、寻衅吵架。她确信,崔斯坦曾经和自己一样不开心,她能感受到他的痛苦和不满,但他会像这样歇斯底里地发作一通吗?会大喊大叫,乱扔东西吗?会把什么东西都抓起来破坏得一干二净吗?不会。他会迎难而上,继续坚持下去,隐忍而果敢。

老天哪,她需要那么一种使命感,需要像他那样镇定自若。

"不。"杰克对着她恨恨地说,"我接受不了,你能把我送回去。"他向前进了一步,又进了一步。拖车房空间很狭小,再走一步,他伸手就能碰到她了。苏珊娜不会畏畏缩缩、哀号饮泣,绝不会的,不过他的确让她感到害怕。

"什么?"她竭力挤出去。

"你可以带我回去,不管你是谁。是你带我离开那儿的,你也能带我回去。"

"不,我……"

"你没听见我说的话吗?带、我、回去。"

这话苏珊娜已经听过无数遍了。有数不清的灵魂或是争执不休,或是苦苦哀求,或是抱怨责骂,她很少像今天这样感到害怕,她以前绝不会像今天这么回应:"我可以试试。"

因为杰克的要求正合了她的心意，不是吗？一个可以到崔斯坦身边的机会。

"真的吗？"她的话让他有些吃惊。他的眼睛睁大了，然后又狐疑地眯成一道缝，"这又是你的小把戏吗？我知道你一直在干扰我的头脑。你再敢做一次，我就打扁了你！你不是萨米！该死的，你可能根本就不是个女孩，我能把你碾碎了都一点不觉得累。"

"你办不到。"苏珊娜真诚地摇摇头，对他说，"你杀不了我的。我是摆渡人，杰克，我是永生不灭的。"

"得了吧，别吹了。"

"想让我证明给你看吗？"苏珊娜的惧怕变成了愤怒，她迈开大步走到拖车房的门前，把门推开，"自己听。"

太阳尚未升起，拖车房里突然的响动立刻引起恶鬼们的一阵喧嚣。杰克愣住了，他苍白的脸上第一次流露出担心的神色。

"这是……"杰克含含糊糊地说，"这就是我整晚听到的声音？"

苏珊娜没有回答，她走到外面的枯草间，附近最饥饿、最疯狂的恶鬼受不了诱惑，立即朝她猛扑过来，盘旋着、尖叫着，离她越来越近。就在它快要挨到她时，苏珊娜又冷静地迈步回到屋里，关上了房门。她以前还从没做过这么大胆的事情，恶鬼们被激怒了，它们的嘶吼声充斥在外面的空气中。

"那到底是什么玩意儿？"杰克低声问道。

"恶鬼，是那些没有穿过荒原的灵魂变的。它们饥饿又疯狂，如果它们抓到你，你也会变成它们中的一员。我的职责就是保护你，让你不受它们的伤害。"

"带我回去吧，"杰克的声音很小，"我不想待在这儿。"

"我可以试一试，但我不敢保证一定能成。别忘了只是有这种可能——我以前从未试过。"

此时的杰克看起来若有所思，苏珊娜希望自己刚才的表演能打动他，让他克制一下对自己不友好的态度。接着，他朝苏珊娜走来。

"为什么不试呢？"苏珊娜能感受到他浑身正散发着一波波猜忌与敌意，"我很特殊，我是不是应该这样理解？所以你之前从没跟别的灵魂试过，只跟我冒这个险？你说谎！"

"我没骗你！"她语速很快，"没有。直到最近我才知道这事能成。"

"那你是怎么知道的？"问话里疑云密布。

"我看到其他人这样做过。另一个向导，他把他导引的灵魂带回去了。但是……"她舔了舔嘴唇，心怦怦直跳，希望和恐惧交织在一起，让她感到欣喜，"但是你得领着我走，要不然这事就行不通。"

她也不知道是否真是这样，但这就是她帮忙的条件。

"然后呢？"杰克问，这种突然而短促的问题让她有些发怵，"我带你回去，然后呢？"

"没有然后了。"她向他保证，"我帮你重生，你把我带出荒原，然后我就独自离开，你也永远不必再见我了。"苏珊娜挺直了肩膀，轻咽一下口水，不让喉咙发紧，她伸出手说，"我们就这样说定了？"

他抓着她的手，朝自己这边拉，乌黑、愠怒的双眼瞪着她。不管他要在她的目光中寻找什么，他似乎都找到了："说定了。"

Chapter 15

迪伦真的讨厌这家医院。此时她正和崔斯坦还有琼在等着医生检查腿伤恢复的情况，已经超过了约好的时间二十分钟。他们三个人尴尬地坐在那里缄默不语，感觉倒像是等了一个小时似的。最后，一个看起来脾气暴躁的矮胖护士出现在病房门口，高声叫着迪伦的名字。

琼看到崔斯坦随着迪伦站起身，对他说："你就在外面等着吧。"

崔斯坦张了张嘴，接着似乎是想了想，觉得还是不说为妙，将目光转向了迪伦。

"我需要崔斯坦，"迪伦的话简单明了，"他能让我心静下来。"这并不是谎言。

"医生检查你腿的时候，不需要一群人围观，迪伦。"琼说道。她那种刻意显得理性的嗓音让迪伦非常不舒服。

"那欢迎您就待在这儿吧。"她甜甜地笑着说。

"哦，看在上帝的分上。"琼翻了下白眼，朝坏脾气护士消失的方向走去。

　　这次来复查的还是哈蒙德医生，他热情地跟迪伦打了声招呼，对崔斯坦谨慎地点了点头，可能想起了之前发生的冲突。他解释说，今天准备把石膏板去掉。

　　"继续保留石膏是不是好点呢，医生？"琼用她最标准的护士腔问道。

　　"呃，通常情况下我们会保留的。"他表示同意，"但是我要确保骨头愈合的方向正确，伤口不感染。现在就搞清楚比较好，省得以后骨头支撑不了她的体重。"

　　他的话迪伦听得模模糊糊的，她的注意力都集中在医生手里的工具上了，看起来真像……

　　"那是圆盘锯吗？"她声音短促尖锐，惊慌失措。

　　"呃，是的，大体上跟那个差不多。"哈蒙德医生把它举高一点，让迪伦看仔细，"别担心，"他开起了玩笑，"我还没用这玩意儿做过什么庭院家具呢。"

　　他开心地冲她大笑，然后用空着的手按了下微型电锯的电源键。此时他的样子就像恐怖电影里的精神变态者。迪伦看着那个旋转的小圆片离自己的腿越来越近，最后一刻她干脆仰面瘫倒，把脸转到一边，使劲挤着眼，等着疼痛降临。

　　"没事的，迪伦。"崔斯坦突然出现，抓住了她的手。

　　她感到了两人之间的心心相印，耳边传来的噪声此时也变调了，那是电锯碰到了石膏夹板表面后往里面切的声音。电锯的振动让她的胫骨前有一种奇怪的既痛又痒的感觉，她很想把腿抽走，但是脑海里满是血浆在这间无菌室里四处飞溅的画面，她打消了这个念头。

　　不到一分钟，哈蒙德医生就把电锯关了，噪声停了下来。迪伦半闭着眼睛，瞥了一眼自己的腿，心里还没想好要不要看。她的腿看起来就像是某部《弗兰肯斯坦》①电影里面的道具，上面长长的红线是切开皮肤插入钢钉的地方，还有密密麻麻的黑线在上面纵横交错，大部分皮肉都呈现出斑驳的紫色。最尴尬的是，两周的时间里长出的腿毛让皮肤看起来斑斑点点的。

"不许看。"她命令崔斯坦。

"呃。"医生看着她的腿，皱着眉头，"这看起来……看起来……"

"天哪！"琼从他肩膀后面伸头张望。

"怎么了？"迪伦心里有点打鼓。

"看起来很不寻常。"医生说道。

"这种情况我也是第一次见。"琼附和道。

"你腿上的伤口愈合得很快，而且好得干净利索。"他伸手对迪伦的膝盖和小腿上的肌肉做触诊，"感觉怎么样？"

"不错。"迪伦老实回答。

"嗯，我觉得，"他往后退了一步说，"我觉得要做一个X光检查，看看到底是什么情况。"

迪伦被推到了放射科，崔斯坦和琼一路小跑着跟在后面。X光拍片师给她的腿拍了片子，总共花了不到一个小时的时间。耗时间最久的是在候诊室闲待着，然后又到那个小隔间里等着哈蒙德医生带诊疗结果回来。

他终于出现了，尽管讨论的焦点是迪伦的腿，但交谈的双方是哈蒙德医生和琼。医生把她拉到角落里那台电脑旁，崔斯坦在他们身后晃悠了一下，然后转回到迪伦身旁，脸上表情阴郁。

"怎么样？"她问。

他没有马上回答。

"崔斯坦？"

---

① 《弗兰肯斯坦》，是英国作家玛丽·雪莱在1818年创作的长篇恐怖悬疑小说，后被多次搬上大银幕。

"你的腿，"他一边说，一边低头看着她那条五颜六色、光彩夺目的腿，"它……"

"它怎么了？"迪伦问。她真心实意希望自己能拉一条床单盖上腿，遮住那些腿毛。她发誓，她每看一次，腿毛都会长一分。

"它恢复得太快了。"崔斯坦说，"听到医生说什么了吗？"

"哎，那不是好事吗？"迪伦问，"也许我可以把那个看起来傻乎乎的石膏板去掉，这样你就不用推着我四处走了。"

"可我喜欢推着你，"崔斯坦笑着对迪伦说，"不，问题是……你康复的速度和我一样快。"

"什么？"

"在荒原上，我受伤的时候，用不了多久就能完好如初。还记得吗？"

还记得吗？那段记忆已经烙在了她的脑海里。她当时还以为崔斯坦已经死了，他被一大群恶鬼捉住，因为她走得太慢了。她在安全屋里等了一天一夜，担惊受怕，唯恐最坏的情况发生。

等他终于出现的时候，她看到他全身伤痕累累，简直羞愧死了。接着，到了早上的时候，她被他的康复速度惊着了。短短的几个小时，他看起来就好像是休养了一周似的。

"你是说？"迪伦问道。她俯看着自己的腿：那些紫色的擦伤还有红肿的伤疤看起来很糟糕。

"迪伦，"崔斯坦轻声提醒她，"你的胫腓骨上的伤看起来犬牙交错，必须插进好几根钢钉——这种伤，两周的时间不可能恢复。"

"咱们就听听医生怎么说吧。"迪伦答道。

就像是一直在等着迪伦提到自己似的，医生此刻从电脑前转过身子。迪伦能看到自己的X光片就在屏幕上，不过这张片子到底意味着什么，迪伦基本上看不明白。她能分辨出在接骨的地方金属刺眼的白线条，还有微微弯曲的骨骼曲线，但她不懂它们看起来到底是好还是不好。

医生说："呃，我本来不相信X光拍片师在电话里说的，但是现在我不得不说，确实太不寻常了。如果一开始不是我亲自给你做的手术，迪伦，我肯定会说是会诊医生当初把你的伤情夸大了。"

"真的吗？"迪伦问道，没有理会崔斯坦脸上那副"早就告诉过你了"的表情。

"是真的，"医生笑着说，"你的骨头已经长合了。不过你还是要注意，腿不要太用劲。我觉得我们可以把石膏板去掉了，只要用绷带包扎一下，给它点支撑就行了。"

"我也不用坐轮椅了？"迪伦问，几乎不敢抱什么奢望。

"你可以甩掉轮椅了。"医生明确地说，"不过，你还必须拄手杖。一开始，你可能会觉得有些别扭。"他朝她的下肢点了点头，"咱们检查一下你左腿和后腰上的伤口吧，要是把绷带去掉，发现伤口已经愈合，我也不会感到吃惊的。"

第二天，迪伦和崔斯坦打了辆出租车去学校。车在学校大门口停下后，迪伦自己走下了车。她还不得不使劲倚着车的一侧，而崔斯坦则拿着她的双拐赶紧冲到她身边。但她毕竟自己站起来了，这已经足以让她面对学校那三层丑陋不堪的水泥大楼笑逐颜开了。

她现在差不多能四处走动了，不过崔斯坦还是坚持让她乘电梯。奇怪的是，电梯似乎没以前狭窄了，可能因为她刚刚摆脱了更加狭小的轮椅吧。迪伦试着靠手杖保持平衡，结果电梯拉着他们往顶层去的时候，迪伦东倒西歪、摇摆不定的感觉更加强烈了。

迪伦对崔斯坦抱怨道："我讨厌这东西！每次我进去之后都觉得它会发生故障把我们困住，要不就是电缆突然折断，然后来一个疾速下坠，把我们送上不归路。"

"只有三层而已，"崔斯坦说，"很难疾速下坠的。"

"让人送命绰绰有余了。"她尖酸刻薄地说。

"这么办得了。"崔斯坦一边说着，一边靠得更近。让她惊讶的是，他把他们的书包都放在了地上，向前一步，把她夹在电梯内壁和他的身体之间："让我来分散一下你的注意力吧。"

迪伦张了张嘴正要说话，崔斯坦趁机用自己的唇封住了她的唇。她惊得尖叫一声——他们现在是在学校里啊！但怕被人捉个现行，她又忍住没再叫出声来。

自从离开荒原，崔斯坦还没有像这样吻过她，没有这么像模像样、无拘无束地吻过。他总说她的身体太虚弱了，还在康复期，这让迪伦心里非常沮丧。可现在他真的在吻自己，这个世界上没有任何力量能让迪伦拒绝他的吻。

除非，她需要换口气。

她大口喘着气，挣脱了他，头靠着电梯内壁，竭力让自己狂跳的心平静下来。

"瞧，"崔斯坦在她耳边轻声说，"这样可以提升一点速度。"

尽管控制着自己，但迪伦还是忍不住笑出了声，笑到最后，开心地舒了口气。崔斯坦最后在她面颊上纯洁地一吻，然后弯下腰从地上捡起手杖。迪伦连手杖什么时候掉在地上的都记不得了。接着，他走出来，立在人头攒动的走廊里，一副从容不迫、若无其事的样子。唯一能让人看出他伪装的地方就是冲着她开心地微微眨了一下眼睛，然后他便转身清出一条路，好让她穿过人群。

哪怕想到要在登记后和那位蹩脚的蒙克顿老师一起在冷飕飕的活动房屋里上两节课，迪伦也不觉得有多扫兴了。

等他们到了那间充当蒙克顿教学实验室的小屋时，老师还无踪影。这倒没什么稀奇的，稀奇的是空气里回荡着兴奋的嘈杂声。迪伦在进门的时候踌躇了一下,看着那一张张活泼的面孔,心中充满了困惑。

"出了什么事?"她问孤零零一个人坐在前排的玛丽·卡明斯。教室里学生们各自抱团,三五成群地散坐着,只有玛丽哪个小圈子也没有参加。她不是谢莉尔等人的同党,在崔斯坦来之前,上好几门课的时候,本来是她一直和迪伦坐在一起的。也许正因为如此,她看迪伦的目光中才有些许的埋怨吧?但很显然今天的八卦太劲爆了,让人忍不住要跟别人分享,玛丽的怨气并没有维持多久。

"谋杀!"她告诉迪伦,厚框眼镜后的一双眼闪着光。

"被杀的人有名吗?"迪伦大惑不解地问。当然,谋杀案是挺可怕的,可是这种案子天天都在发生啊,犯不着因为这个,人人都情绪激动吧?吉斯夏尔中学学生的社会良知并不特别出名。

"不是名人,就是一个建筑工人。"玛丽饶有兴趣地说。

迪伦的思绪一下子飞到了那条隧道上:"那怎么大家都……"她指了指教室。

"有一段视频!"

"凶手的?"

"不,是受害人的。发现尸体的人拍了那段视频,发到了网上,所有的猛料都在里面!他像是被吃掉了或者诸如此类的。"

迪伦看了一眼崔斯坦,在她们两个谈话的时候,崔斯坦的脸色变得比迪伦的更加苍白。迪伦再也听不下去了,她拄着拐,拖着步子走过一排排课桌,最后和崔斯坦躲到教室后面的角落里。

"你相信吗?"他们坐定之后,她问道,"你觉得他们说的是隧道里别的工人吗?"

她看见每一个小团体的中心都亮着手机屏,视线短暂停留在绰号叫"鸽子"的麦克米兰身上。那家伙正在开怀大笑,模仿着那个可怜人的死状。

"你带手机了吗？"崔斯坦的耳语吓了她一跳。

"带了。怎么了？"

"我想看看那段视频。"

"什么！看它干吗？"

蒙克顿偏偏选在这个时候在教室里巡视，所以迪伦只能等着崔斯坦的回答。她抓起那些应该混在一起的化学药剂，等蒙克顿又忙着整治"鸽子"的白痴举动时，才用手肘戳了一下崔斯坦的肋骨。

"怎么了？"她鄙夷地说，"你干吗要看那种奇奇怪怪的视频啊？"

"因为，"他看她的眼神像是在说他觉得她这回太迟钝了，"你的朋友说，他看起来是被吃掉的。"他一边说着，一边用大拇指在她的智能手机屏幕上划着，下载那段视频。

迪伦已经预感到了接下来会看到什么："你是说……你觉得这和那四个工人的死有关？"

"我觉得死者是他们其中的一个。"

"为什么？"

"呃，当时现场有一个急救人员谈到火车隧道里那几具尸体，也说过类似的话。我觉得，这就是他拍的其中一个死者的视频。"

迪伦歪着头盯着他看了几秒钟，然后实在忍不住了："什么？！"

崔斯坦身子扭了一下，看起来明显局促不安。她很少看到他这样，她不喜欢他这样。

"在你和你爸见面的时候，我搜了搜网络，看到一篇日志……"

"那都是快一个星期之前的事了！"

"麦肯齐小姐！"蒙克顿的怒吼声穿过教室传过来，"有什么问题吗？"

"啊——没有，先生。"迪伦咬着牙说，强迫自己把愤怒的目光从崔斯坦身上移开,"对不起,先生。"

蒙克顿哼了一声,迪伦视为他接受了自己的道歉。

平息了老师的怒火后,她继续对崔斯坦怒目而视。"你怎么没把你发现的事告诉我?"她压低了声音,愤愤地说。她知道蒙克顿仍然在看着自己,抄起一瓶看上去很危险的液体,咕咚咕咚朝她的白色粉末盘里倒了很多。看着粉末溶化后变成了绿色,她依然心绪难平:"说话啊?"

"因为我不想让你难受。看看那些受害者尸体的伤情,谁杀了他们,一目了然。"他跟她对视着,好像是在尽力明确她想知道这答案的意愿有多坚定。她的确是铁了心要问到底。

"尸体上全是抓痕。"他说道,"上面有长爪留下的很深的伤口,尸体上面还有洞,就像是……"

"就像是有什么东西把他们的身体打穿了。"迪伦替他说了,她感觉面部的血液像是一下子被抽干了似的,"恶鬼!是恶鬼杀了他们。"

崔斯坦深吸了一口气:"我也这么觉得。"他皱了皱眉,"不,不是觉得,是确定,他们就是被恶鬼们杀死的。"

"但是这儿怎么会有恶鬼呢?我以为它们就只待在……"崔斯坦紧紧盯着迪伦,她的声音越来越小,"是我们把它们放进来了。我们回来的时候,不知怎么回事,就让它们也进来了。"她的手慢慢举起来,捂住了嘴,她觉得自己要呕吐了,"上帝啊!这全是我的错!"

"所以我才没告诉你,迪伦!"他伸手抓着她的肩膀,轻轻摇了摇,"这不是你的错。"

她向他投来怀疑的目光。不过这目光很快就消逝了,代之以惊骇与惶恐,她的眼中闪着泪花。

"不是你的错,"他反复地说,"我们当时又不知道会发生什么。如果非要说是谁的错，那也是我的错。"

她只是怔怔地看着他，泪水越聚越多，终于夺眶而出，顺着脸颊流淌。眼睛的余光瞥到蒙克顿，她低下头，用手挡住了脸。现在除了惊恐，她的脸上做不出任何其他的表情。她不断想象着那些血肉模糊的遗体，往事不断在脑中闪现：长着利爪的恶鬼们从空中俯冲下来将她包围，她曾经被它们吓得完全不知所措。就是因为她，四个无辜的人在现实世界遭遇了同样恐怖的事情，死得那么惨。结果到了荒原上又会看到它们，如果他们现在已经到了那儿的话。

她简直无法呼吸了，一张开嘴，就感到恶心。

"你介不介意告诉我，这到底是怎么回事？"蒙克顿问崔斯坦，声音冰冷。

"迪伦有些不舒服，先生。石膏板去掉后，她的腿一直很痛。我带她去外面透透气。"

泪眼模糊的迪伦由着他把自己从凳子上扶起来，领着往外走去。蒙克顿双臂交叉抱在胸前挡着他们的道，一点没有挪开的意思。在那一瞬间，迪伦觉得崔斯坦会径直从他身上穿过去。谢天谢地，就在这时，"鸽子"的试验台突然爆炸，一时间硝烟滚滚，试管碎片遍地。这一炸，倒把他们两个给救了。蒙克顿怒吼了一声："麦克米兰！"加上班上其他人亢奋的大呼小叫，他们顺利地趁乱溜了出去。

吉斯夏尔中学里面没有多少私密的空间，但崔斯坦还是想办法找到了一个地方。他领着迪伦走到主教学楼旁的凉亭长椅前，这里可以避避风。他搂着迪伦，任她扑在自己肩头哭泣。她把脸埋进他的运动衫校服里，盖着自己的声音。过了许久，她才抬起头，看了看他们身在何处。尽管此刻迪伦的脑子里想的跟幽默完全不沾边，但当她看清这是哪儿时，还是扑哧一乐。"知道吗，这里是'鸽子'带着他的'战利品'幽会的地方。"她扬了扬眉毛说道。

崔斯坦的眼神由关切变成了愤怒。"他也带你来过这儿吗？"他焦急地问。

"开什么玩笑呢？"她简直目瞪口呆，崔斯坦还在等着她回答，"没有。"她白了他一眼，然后又变得严肃起来，感觉自己的双眼又被泪水刺得生疼，"恶鬼，你真的相信他们是被恶鬼杀害的吗？"

"从那个人所说的来看，像是确定无疑了。"崔斯坦说，"看了视频，我就清楚了。"他手里拿着智能手机，眼睛却看着迪伦。他在等。

她不想看，她真的不想看这些。但崔斯坦说的没错，他们必须了解一下。

"继续啊！"她说，"咱们看看。"

花了一阵子搜索，学校的高楼有些阻挡信号，又花了很久加载视频，真够折磨人的。终于，能听到那个惨案目击者的喘息声了。

崔斯坦调低了音量，直到几乎听不到那个人的咒骂声才作罢。

"我看不见，崔斯坦。"迪伦轻声说。

他抬眼看了一眼迪伦，最后有些勉强地调整了一下屏幕的角度，让她也能看清。他下意识地还在保护着迪伦。

一开始并没有什么好看的，屏幕上一片漆黑，一只手电闪烁的微光来回跳跃，来不及看清。接着手电对准一具被撕烂的死尸，死尸惨白，伤口极深。躯干的下半截只剩下一团紫色的碎肉，其他部分空空如也。死尸身上有一个洞，像是什么东西径直把身体钻透了。

"上帝啊，看他的脸！"哪怕崔斯坦已经几乎调成了静音，她还是听到了视频里的惊叫声。她忍不住照视频里声音说的去做，然后马上就感到后悔了，死者死前因遭受的暴力而产生的恐惧写满了整张脸。

"天哪！"迪伦低声说，"他看起来太可怕了。"

视频结束了。尽管迪伦预感崔斯坦会反复观看，尽可能注意到每一个细节，但他只是抬起头看了她一秒钟，然后就锁了屏，悄悄把手机放进了口袋。

"毫无疑问了。"崔斯坦摇了摇头，"看过这个之后，再没有怀疑了。恶鬼们就在此地，它们像我们一样，通过那个隧道钻进来了。"

"我们现在该怎么办？"迪伦低声说。

"不知道，"崔斯坦说，"我得想想。"

"已经死人了，"迪伦提醒他，"死了四个。还可能死更多的人。"她竭力忍着恶心反胃的感觉，"我们把它们带回了这个世界，它们不会停止杀戮的。是吗，崔斯坦？"

"是的，"他说着摇摇头，"它们不会停下来的。我只是……我只是不知道该怎么办。我觉得或许我需要去那儿一趟，到隧道现场去，看看能想出什么法子来。"

"你刚才说'我'，意思是'我们'对吗？"迪伦沉着脸说。

"宝贝儿，这不行！你现在有伤在身，而且可能很危险。我不会允许你——"

"允许我？"这回他明智地没有接话，"我要和你一起去，崔斯坦。无论如何，你不能抛下我一个人去！"

他端详着她，估量着她的决心到底有几分。迪伦也注视着他，最后崔斯坦叹了口气，还是让步了。

"好吧。"他极不情愿地答应了她，然后向前一探身，额头抵着她的额头，说了声"对不起"。迪伦知道，他道歉，不只是为了刚才他想独自去探察隧道："我真的很抱歉，宝贝儿。我本该早就告诉你的，我只是……"

"你只是什么？"看他欲言又止，迪伦催促他继续说下去。

"我不能这么对你,把这副重担压在你身上。你受的苦已经够多了。"

"我们两个都有份,"她提醒他,"你和我。你应该相信我。"

"我懂,"他说,"有时候我会忘了你有多坚强。"他冲着她坏坏地笑了一下,"我是说,你以前孤身一人穿过荒原回来找我。"他轻轻地一吻,将迪伦心头最后一丝不快都消除了,"当初是你救了我。"

Chapter 16

"真不敢相信又回到这儿了。"迪伦站在齐膝深的荒草中,凝视着隧道漆黑的血盆大口。警戒线在风中飘摇,隧道口仅用一大块金属板草草遮盖着,上面写着:**警方调查期间禁止入内。**

血案发生时,他们一定才刚刚清理好列车事故现场。迪伦想,大概他们把提灯和施工灯都撤了之后,恶鬼才敢钻过来吧?

此时是下午三点左右。当他们要求在这荒凉偏僻的路边下车时,公交车司机就像看一对疯子一样看着他们。

但按崔斯坦的计算,这里是公交车能到的离隧道最近的地方了。从这里开始,他们必须沿着乡村单行道和田野徒步跋涉三英里。

最后的一段路几乎让迪伦精疲力竭——她的腿还在康复期。尽管她可能并不是真的需要拐杖,但是道路崎岖不平,哪怕没有受伤的时候,对她来说也是场考验。

她对他依然心存芥蒂,他本该一发现这件事,马上就告诉她的。但现在既然都已经到了这儿了,之前的口角似乎也就没那么重要了。崔斯坦一定也是这么想的,他慢慢走了过来,揉了揉迪伦突然间僵硬的双肩。他明白重返故地对她来说有多艰难——这个地方曾经要了她的命。

就为了这个,她原谅了他。

到了那儿又会怎么样?从列车里被抬出来时的回忆已经很模糊了。她只记得黑暗和闪烁的光,还有疼痛。现在隧道口寂然无声,空荡荡的。当然,这里还有通向荒原的门。

迪伦干咽了一下,嗓子发紧。她能看到那个当初穿越荒原时造成的破洞吗?她下意识地感到恐慌,害怕自己看到它,害怕自己会掉进去。

好吧,很快就会见分晓了。

"你不是非得去那儿。"崔斯坦的话打断了她的思绪,"说真的,我更希望你不去。"

"我要去,崔斯坦。"

"那里危险重重。"崔斯坦说,"你下山坡的时候可能又会摔断脚踝,那里用拐杖不方便。"

"没关系,我这就甩了它们。"迪伦把双拐从腋下拿开,把它们放在带铁丝网的栅栏上。上次她在翻栅栏的时候把自己的牛仔裤划破了,显然,它还和之前一样锋利,不过至少她这次没有把手扎破。

"你懂的,我不是这个意思。"崔斯坦声音有些急。他走过去把拐杖捡起来,想要递给她时又停了下来。他把双拐都扛在一个肩膀上,然后用空出来的胳膊搂着她的后背,抓着另一侧胯部的牛仔裤。

"靠着我。"他命令道,"你要是非要走路,我就搀着你走。"

虽然万分不情愿,但迪伦明白此时乖乖地说一声"谢谢"是最聪明的。

尽管迪伦的拐杖有时会陷进枕木下那层厚厚的石头路基里去，但顺着铁轨还是好走多了。在隧道的入口，她停了下来。崔斯坦已经移开了那块"禁止入内"的警示牌，正在扯掉挡住隧道口的警戒线。但迪伦停下来并不是因为这个，她人已经在这儿了，但是还不能完全确信自己可以回到漆黑的隧道深处。

上一次的回忆如潮水般涌来：醒来时孑然一身，像聋了一样，耳边一片死寂。车厢座位横七竖八，一片狼藉。那些可疑的软乎乎的东西踩上去滑溜溜的，最后还沾到了她的牛仔裤上。她从凌乱不堪的车厢里爬出来，沿着漫长的隧道孤独地蹒跚而行……

"崔斯坦！"她低声说。

他把那些蓝白色的封锁胶带团成一个黏糊糊的球，正准备把它扔到隧道入口的一边。听到声音，他抬起头，观察着她脸上的情绪变化，嘴唇抿成了一道细线。

"就待在这儿吧。"他恳求她。

然而，迪伦正需要这样的话给自己一点刺激，从无能为力的状态中解放出来。

"不！"她摇着头说，"咱们走吧。"

她把一根拐杖靠墙放好，挨着崔斯坦刚才揉的那团胶带，然后在伤腿一侧的腋下拄着另外一根拐杖。崔斯坦用她手机上的手电筒应用程序照亮前路，冷光照在灰色的石墙上，看起来像是某座中世纪地牢的内部，但这总比空无一物要好些。

尽管当时的列车车厢已经被移走了，但地上仍是一片狼藉，残骸碎片随处可见。隧道更深处，猛烈的撞击使厚重的枕木移位，把金属铁轨也弄得扭曲变形。崔斯坦来回晃动着手电筒的光，再加上笨重拐杖的拖累，迪伦只能小心翼翼地缓步前行。

"等等！"她喊了一声，"我不能——唉！我这条腿太气人了！"

崔斯坦停了下来，把手机上的光打到她这边，帮她照亮。迪伦一门心思赶路，想赶紧缩小两人之间的距离，没留神脚下的碎金属块，它从迪伦的脚下飞出去的一刹那她才发觉。

迪伦感觉自己要摔倒，赶紧伸手去扶墙。她的指甲奋力戳了进去，但身子还是向前栽倒，手擦过砖墙，人瘫倒在地上。

"迪伦！"崔斯坦马上赶到了她身边，扶着她坐了起来，捡起了拐杖，"你没事吧？"

"没事。"她一脸痛苦的表情，把手掌举了起来。在惨白的手电灯光下，只见手上掉了一层皮，鲜血淋漓。

"我送你回去吧。"崔斯坦求她。

"不，"迪伦摇摇头，"我们就快到了。"事情不做完她决不离开，"扶我起来。"

崔斯坦无奈地叹了口气，抓着迪伦的胳膊肘下面，把她拉了起来："至少，你得让我背你吧？"

"不用，你两只胳膊都得空出来。"

崔斯坦听了她的话，站在原地一动不动。"迪伦。"他语带关切地说道，"如果我察觉这里有恶鬼，你就不能继续待在这儿，一切都到此为止。"

迪伦张开了嘴想争辩几句——你以为自己是谁啊？但话还没有来得及说出口，崔斯坦就举起了她的拐杖说："准备好了吗？"

准备得再充分不过了。迪伦点点头。崔斯坦反身继续沿着隧道前行，这次走得更慢了，以便迪伦跟上他的大长腿迈出的步子。

他们走到了迪伦生命曾经终结的地方。这里很好辨认，比如，更多的隔离警戒线、墙上和地面上的粉笔标记、一个个小水坑。看上去里面的血已经干了，还有一股浓重的腥味儿。更糟的是，从迪伦的角度来讲，这个地方她是感觉出来的——胸前一阵寒意，四肢发软，好像身体的活力正在被吸走，又或者像灵魂正竭力离开躯壳。她朝后退去，突然心生惧意。

"就是这儿。"崔斯坦多此一举地说，"我们就是从这儿穿越过来的。"

"这儿也是那些人死的地方。"

"到这儿来，"他说着，蹲下身子检查着地面上的什么东西，"看这儿。"

迪伦上前一步，旋即又停了下来。那种感觉又来了，在胸部深处，就好像她的心是铁铸造的，而一块吸力超强的磁铁正在牵扯着她。她慌忙笨手笨脚地往后退，差点又摔一跤。

"迪伦？"

"你没有感觉到吗？"

"感觉到什么？"

"那种吸力。天哪！感觉就像有东西正在使劲从我身上钻出来。"

"就像灵魂出窍？"崔斯坦恍然大悟，眼睛惊恐地睁大了，"快退后！快退后，迪伦！"

不等迪伦自己一瘸一拐地迈开步子，他俯下身来，搂着她的腰，抱着她疾步往后退。

迪伦的心仍在突突直跳，好像正竭力抵抗，免得从胸腔里蹦出来。她实在不想跟他争了。她指望他走几尺就把她放下来，但他的脚步一直没停。那根拐杖夹在他们两个之间，极为别扭，他的两臂像条钢带一样箍在她的腰间。

"崔斯坦，把我放下来。"

他对她的话充耳不闻："本来就不该带你来这儿，简直不知道我当时是怎么想的。"

"崔斯坦！"她再次想引起他的注意，"没事了。那种感觉没了，你可以把我放下了。"

"等我们出去了再说。"

"崔斯坦,求你了,真的很不舒——"突然,她不再继续抱怨,双眼紧盯着黑暗中的什么东西,"崔斯坦——"

"不行,迪伦!"

此时她真的开始拼命挣扎,眼睛还是死死盯着崔斯坦肩膀上方,"放下我!快放下我!我是认真的,崔斯坦,你必须放我下来!那是……"

恶鬼!真的是一只恶鬼。沿着隧道俯冲盘旋,好似正在品尝空气。它环绕着飞行,对他们的包围圈越缩越小。迪伦有些纳闷,为什么它不径直朝他们扑过来?它似乎有些不知所措,迷失了方向。

"崔斯坦!"

"知道了,迪伦。"他从牙缝里挤出几个词,"我感觉到了。"

崔斯坦急奔到墙边,把迪伦放下,一只手搭在她肩头,压着她猫下身子,挤在墙壁和泥土石子地面之间的角落里。接着,他转过身,护卫着她,身体绷紧,做好了迎战准备。

"等等!"迪伦尖叫一声,挣扎着要从崔斯坦安置她的狭长空间里站起身。

"蹲下!"他命令道。

"不,崔斯坦,等等!"她使劲拽着他的袖子,随即想到自己的行为很蠢——他需要腾出双手,那是他唯一的武器。她松开手,狂乱地拍着他的大腿:"这里不是荒原,你现在是真正的人。那东西要是抓住你,你会死的!"

"嘘!"他推开她的手,全神贯注地盯着恶鬼。

此处离隧道入口十到十五米的样子,从那里射进来的光让这个家伙更难以看清。它紧紧贴在阴影中,时进时退。

"它在干吗?"迪伦嘟囔道。

"它搞不明白这里是哪儿。"崔斯坦低声说,"这些恶鬼都是很蠢的，它们都是成群结队捕猎，无法独立思考。"

"成群结队！"迪伦叫了起来，"我们应该跑，崔斯坦！"

她跑不动，这没关系，她能应付。要是腿又摔断了——呃，上次不是恢复得挺快吗？打上石膏也比送命强。

"嘘！"崔斯坦转身瞪了她一眼，"只有这一个。别——动。"

"崔斯坦！"

"也许它会忽略我们。后面的血迹会继续吸引它去那儿捕捉其他猎物。它现在还没有决断。我们也许可以这样慢慢地……"

"崔斯坦——"迪伦轻轻呼唤他的名字，崔斯坦不再说话了。他转过身，盯着迪伦举起的双手，同一个念头瞬间划过两人的脑海——迪伦的手掌在滴血。

"是你！"他哑着嗓子悄悄说，"它闻到你手上的血了。"

"猜猜谁会胜出？"迪伦压着心头的慌乱问道，"陈血还是新血？"

她看着恶鬼，心里明白了：那四个被害人的血迹虽然量大却不新鲜，而她手上正汩汩流出的血虽然量少却浓稠新鲜，这只恶鬼就在二者间左右为难。

或许是她的想象，那只恶鬼似乎听到了她的问题，自动锁定了目标，终于下了决心。

"迪伦？迪伦，起来！"崔斯坦往前移了几寸，好让迪伦能攀着他站起来。"快走！"她刚一站好他就说道，"离开这儿。"

她想告诉他，她不会离开他的。但她知道自己现在行动不便，留下来只会增加崔斯坦的负担。她身体并不强壮，即便强壮，也没有打恶鬼的实战经验。虽然心不甘情不愿，但她知道崔斯坦说得没错，她开始一瘸一拐地往外走。

离开崔斯坦非常痛苦，更糟的是，还不能回头看后面的情形。

要是她看见崔斯坦陷入困境,她会丧失逃生意志,还可能会再一次正面栽倒。

她真的栽倒了。

她的伤腿一软,随之而来的是突然一阵难以忍受的剧痛。她身子跌落时,先是撞到了屁股,接着头碰到了一截移位的枕木上。她无法呼吸,不能动弹,连看一眼崔斯坦和那个恶鬼也不行。她只能躺在那儿,梳理一下自己凌乱的思绪。

"崔斯坦!"她想大声尖叫,但什么也说不出,"崔斯坦!"

"迪伦,快走!"他听起来气喘吁吁,声音里满是惊恐。这声音刺激着迪伦原本因慌乱而一片空白的大脑,她伤痕累累,挣扎着要爬起来。她慢慢侧过身子,硬撑着起来了,目光终于锁定了崔斯坦,眼前的一幕让她的心跳骤停。

他正在和那个恶鬼搏斗,赤手空拳。他一只手紧紧抓着恶鬼乱蓬蓬的黑毛,另一只手则在尽力撕扯着它的面部。恶鬼死命挣扎,牙齿到处撕咬,爪子划过一道弧线,奔着崔斯坦的胳膊和胸口刺去。他穿的淡蓝色运动衫已经被划破,迪伦能看到鲜血把他右边的袖子染红了一片。

唯一让迪伦感到慰藉的是,他以前惯于在荒原同恶鬼搏斗,现在明显还保留了一些昔日的能力。跟在荒原时不同,他可以抓住它们。

突然,那家伙猛地向后抽身,摆脱了崔斯坦铁拳的控制。它又一次向下俯冲,但闪到旁边,避开了崔斯坦企图抓它的手,径直朝迪伦扑了过来!迪伦倒吸一口冷气,然后抬起一只手护住脸,留给她的也只有这一点时间了。

那双邪恶怨毒的眼睛死死地盯着她……

它在差一点就接近迪伦的时候重重地摔在了地上,崔斯坦的一只大手击中了它的头骨。那家伙急于摆脱,疯狂地扭动着身体,乱抓乱挠，但崔斯坦还是紧紧抓着它。崔斯坦微调了一下手法，使出了全身之力。只听一声刺耳的爆裂声，那个恶鬼重重地摔在地上，一动也不动了。崔斯坦把手移开时，它连抽搐一下都没有。

"王八蛋！"迪伦终于叫出了声。

她伸出手去碰它——一团黑，边缘看不清楚，外形依然模糊。崔斯坦赶紧把她的手打到一边去。

"别碰它！"他喝道。

"它已经死了，不是吗？"

"虽然已经死了，"他提醒道，"可我不知道它现在是个什么东西。它本来不应该出现在这里的。"他哼了一声继续说，"我也是。"

"它现在化成烟雾了。"迪伦说。

那个恶鬼原本是一缕缕羽毛状的，它似乎正在慢慢蒸发，融入空气，好似一缕刺鼻的烟雾。迪伦抓起一截树枝捅了它一下，那东西爆裂开来，化为一团黑色的毒气。

"别吸气！"崔斯坦警告她，此时迪伦已向后退步，远远避开了。她牙关紧咬，屏住呼吸，直到那股黑烟消散。

"上帝啊！"迪伦的手在空气里扇动着，尽管空气重又变得清澈，"你知道它会发生这种变化吗？"

"不知道。"崔斯坦摇了摇头，飞快地眨了眨眼。他看着她，但眼神看起来空洞迷离。迪伦第一次注意到他的双眼像玻璃般透亮，皮肤苍白如蜡。

"崔斯坦？"她伸手去抚摸他，刚刚挨到他，他就一下跌坐在地，坐姿很别扭。

"天哪，你还好吧？"她笨手笨脚地让他躺下，劝他稍微挪一挪，别躺在刚才恶鬼死去的那个位置上。昏暗的光线下，她看见几道深深的抓痕贯穿他的喉咙，胸口上运动衫被撕裂的地方也有两道抓痕。除了面色苍白，他脸上的表情似乎与平常无二。最让她揪心的是他袖子上不断扩大的殷红的血迹。

迪伦抓着他外套的领口用力拽，沿着接缝把它撕开。当她把衣服从他的肩膀上剥下来的时候，鲜血一下子顺着他的肋部向下涌，斑斑点点地滴在地上。她用自己的袖子擦血，一眼看到血肉模糊的肌肉和肌腱，还有灰白色疑似骨头的东西露在外面。

"哦，不。"她低声说道。她用袖子蒙着手，使劲按着他的伤口，除了这个，她不知道自己还能做什么。

你们已经不在荒原上了。脑海中隐隐传来一个声音。

你们现在是在真实的世界。在这里，人是会死的。

迪伦还在压着伤口，看着他脸色苍白、面容松弛，强打精神按下心头的恐慌。崔斯坦此刻一动不动，无知无觉，有可能已经死了。这个念头让她喉咙里立刻涌上来一阵恶心。不，她不会失去崔斯坦的！不会是现在，经历那么多事他们都挺过来了，绝对不会的。

"崔斯坦！"她哭着说，"崔斯坦！求求你一定要挺住，求你了！我需要你！"

她空出来的手在隧道的地上胡乱摸着，找到了手电一直开着的智能手机。电量很少，没有信号，但是她拨打999的时候，不管怎么说，电话还是通了。

"应急服务，有什么可以帮助您的？"

"救护车！"迪伦脱口而出，"我需要一辆救护车。"

Chapter 17

"就是这儿了,"苏珊娜转过街角,用手比画,"你就是在这条街死去的。"

杰克顺着这条路看过去,眼前是一大堆杂乱无章的高层公寓,还有几列低矮的排屋。花园根本说不上,道路两旁也没有树,只有丑陋的水泥建筑和生锈的车辆。许多楼房的窗子都用木板封上了,砖墙上只要还有空地儿,上面必定满是涂鸦。

这是一个悲哀的地方,笼罩着它的黑暗又让它显得更加可恶。前一个小时,上午十点钟的时候,即便是阴云密布,天光毕竟还是亮的。也就从那时候开始,天色越来越阴沉,到现在,他们头上的天空已经和他死去时一样,变得一片漆黑了。

"当初我真不应该来这儿。"杰克慢吞吞地拖着脚走路,那双破旧的运动鞋磨着人行道的路沿儿,"我就这样四处游荡,简直太蠢了。"

"那你为什么要这样呢?"杰克不怎么说起自己的事情,而他告诉苏珊娜的事情她又不怎么感兴趣,所以她尽量不问太多的问题。

杰克耸耸肩："没钱走远点啊！"

"要是你没钱去自己想去的地方，那当初干吗要离开呢？"苏珊娜对他的记忆已经了解得够多了，知道他本打算去格拉斯哥来着。

"你想让我说什么？"他突然起了戒心。

他可没少这样。有时候，她只是朝他那里看看，他都要摆出一副防御的架势。

戒心重，脾气暴，惹是生非。

这样说来，仅仅十六岁就在一条空荡荡的小巷里被人用匕首捅死，也就没什么好大惊小怪的吧？

"我必须离开。"他突然说，"我的继父……还有我妈，她是个没用的人，她从来不会顶撞他。我受够了。"

苏珊娜双唇紧闭，只是点了点头。她曾经看到杰克蜷缩在自己的屋里，听着他的继父在痛打他妈——且不论她有没有顶撞他。不过，这无须让杰克知道。

他深吸一口气，双手都插进口袋里，神情有些惊慌。苏珊娜突然意识到，他很紧张，甚至有点害怕。被人用刀袭击的经历一定非常痛苦，无助地躺在巷子里任由鲜血慢慢地从身体内流出来，也一定会带来精神创伤。现在面对自己内心的恐惧感时，他用的还是老办法——阴沉着脸。苏珊娜很清楚，在他短短的一生中，面临任何事情时，他都是这副样子。

"咱们继续吧。"

他们穿过长街时，荒原的边界开始融入现实世界。眼前的景物依旧——杰克的荒原本来就是他死亡地点的精确还原，至少一开始是这样。但是生命的迹象开始出现，马路上有了车流，人们在家门口出现，走上人行道。

他们既无法摸到也不能看到苏珊娜和杰克。几天的荒原生活已经让杰克适应了空荡和死寂，他跟每一个从身边经过的人都保持着安全距离，关车门的砰砰声、从开着的窗户里传来的笑声，都会吓得他一哆嗦。他察觉出了自己的失态，更糟的是，他发觉自己这副畏畏缩缩的样子还被苏珊娜看到了。最后的几百米，他故意走成一条直线，遇到任何人都不躲。他径直大步地从十几个年轻女孩中间穿了过去，其中有一个女孩打了个冷战。

最后，他们终于到了那条巷子。

杰克站在那里，注视着自己殒命的地方。他紧咬牙关，拳头也攥紧了。苏珊娜站在他身旁，目光越过他的肩头，看着他看到的东西。

一具尸体。缺了他那副精力充沛、脾气暴躁的样子，还真有点不像杰克本人了。然而这尸体就是他的，他平躺在地，一只胳膊向外伸着，另一只胳膊压着肚子，他穿的黑T恤衫很好地掩盖了伤口。臀部附近，外套掉在地上。他的身子下面，血流了一大摊，左手边的砖墙上血迹斑斑，尸体旁边开裂的水泥地上还散落着一层垃圾。

最后安息在这个地方太惨了，他是个趴在垃圾中间的悲剧人物。

"我现在该怎么做？"杰克问，喉咙发紧，嗓音沙哑。

这倒是个问题，不是吗？苏珊娜自己也没主意。她站在那儿，脑子在飞速运转，她感到有些惊慌。杰克将目光射向了她："怎么说？"

"你需要……你需要重新和你的身体结合。我觉得，我觉得你需要爬回里面去。"

"爬回里面？"他狐疑地扬了下眉毛，"这又不是掀背式小汽车！"

"你知道我是什么意思。"苏珊娜眉头紧蹙,又生出一个念头,"你这么做的时候,要尽力去想自己有多希望回来。"

"你是说,希望自己活着?"

"嗯,是的。"

他哼了一声:"太荒唐了。"

苏珊娜自己心里也提防着,因为她的确不知道自己该怎么办。

她瞪了他一眼:"你要是想就这样死了,那就算了,我总还可以把你重新带回荒原。"

"别。"他马上摇头,脸上露出惊恐之色。这是她第一次看见他真的害怕,他很善于掩饰自己的感情,除了愤怒——他毫不费力就可以把这种情绪展示出来。

"别,我照做还不行吗?"他做事一向不拖泥带水,马上靠近自己的尸体,猫下身子。他伸出一只手,准备握住尸身那冰冷的手指。

"等一下!"苏珊娜大叫一声让他赶紧松手。

"你保证过的,"她提醒他,"你说过会带我一起的。"

她伸出了手,杰克凝视着她。

"否则这个办法就不灵了!"她赶紧加了一句,生怕他不相信自己。

杰克抓住了她伸出的手,握得很用力。苏珊娜感到痛,但没表示不满,至少她明白他不打算放手。

"来吧。"他一边说着,一边身子毫无征兆地向前一趴,进入了自己的躯壳。

在他倒地的一刻,苏珊娜感到自己的手被猛地一拉,接着更强劲的拉力从她自己身体的中心传来,那股力量使劲拽着她。她俯视下方,发现自己的五脏六腑已经和身体分了家,这是对她胆敢如此尝试的严惩。她除了自己那件厚厚的黑色的套头毛衣,什么也看不见。接着一阵剧痛，她瞬间失明、失聪，每一根神经都疼痛难忍，让她大叫起来。

她无法呼吸，动弹不得，也不能思考。多一秒这样的痛楚，她都无法承受。

然后，这一切在瞬间结束，苏珊娜发觉自己匍匐在地，手掌正压在杰克那一摊迅速冷却的血泊中。

"该死！"她喘息着说，"真该死！"

她晃晃手想甩掉余痛，眨着眼睛四处张望。

那条小巷！

还有杰克！

她赶紧用血淋淋的手在牛仔裤上抹了几下，然后摸摸他的胸口。她感到那里有热气，更重要的是，他的胸口在动，随着呼吸有规律地一张一弛。尽管呼吸困难，也有点不规律，但毕竟有出气也有进气了。

"杰克！"她呼唤着，抓着他的双肩轻轻摇晃，"杰克，能听到我说话吗？"

他微微动了一下，但没有睁眼。这一幕好像是他们初次见面那一刻的再现，只不过这一次他还活着，这一次他有了生的希望。

苏珊娜不奢望现在就把他唤醒，她撩起他的T恤衫查看他的伤势。伤口还在渗血，但不是像她预想的那样血流如注，而是涓涓细流。她把他的T恤衫底边卷起来，手用力按压在伤口上面。这下要比她轻摇轻晃更有用，他猛地一下恢复了知觉。

"走开！"他的反应跟初次见面时一样，向前一扑，伸手抓她。她被他逼得往后退，身体跌坐在地上，后背又抵到了那堵墙上，两腿在身下很别扭地盘着。尽管跪在地上，但他还是比坐着的她高了一头。他眼神迷茫，不知所措地紧皱眉头。

"杰克！"她用嘶哑的嗓音说，"是我，苏珊娜。"

他眯起眼，思索着，在头脑里找寻着。瞬间他的脸上显出恍然大悟的神色，身上的劲马上散了。他一放开她，马上就瘫倒在地上，刚才捉她的胳膊垂落在那摊血泊中。他抓着自己的身体一侧，开始大口喘气。

苏珊娜靠着他，手放在他捂着肚子的手上。"杰克！"她说，"杰克，我们成功了！听我说，醒醒！"看他的眼睛不知不觉又要闭上，她赶紧使劲晃他，"听我说话，杰克！"

"哦，上帝啊！"苏珊娜身后传来一个尖厉的女声，她转身看到一个女孩。那女孩还穿着校服，肩上背着书包，眼睛周围的妆很浓，此时她两眼圆睁，惊恐万状："你需要帮忙吗？"

"好的！"苏珊娜如释重负。杰克的伤势太重，她一个人处理不了："帮我们叫一辆救护车吧。"

"不。"苏珊娜以为他又昏过去了，可那双抓着她胳膊的手依然有力，"不要救护车。"

"杰克！"苏珊娜转过来对他说，"你需要救护。"

"不要喊救护车。"他从牙缝里挤出这句话，瞪着那个女孩，"你要是叫救护车，你会倒霉的！"

那小女生吓得脸色苍白，手机也放下了。

"快滚！"

"等等！"苏珊娜还想喊住那个女生，但她已经跑开了，肩头的书包上下蹦跳着。

"你这是干吗呢？"苏珊娜气呼呼地说，"我们成功了，杰克。可是你真的受伤了，你需要医治。"停了片刻，她又说："你想再死一次是吗？"

"先听我说，好吧？"杰克松开她的胳膊，继续挣扎着要站起来，"笨母牛！要是叫救护车，你知道谁会跟着来吗？"

"急救医生？"苏珊娜大惑不解地说。

137

"笨蛋！"杰克花了会儿工夫让自己的上身从满是裂纹的水泥地上移开，看到苏珊娜一脸困惑的表情，他白了她一眼，"你真就那么笨啊？是警察！先扶我起来。"

苏珊娜本就对这个真实世界的事情一知半解，加上杰克这一通怒吼，她更是方寸大乱。她按照杰克的吩咐帮他撑着胳膊肘，慢慢把他拉起来。这一动也碰到了伤口，他马上脏话连篇地一通大骂。

"为什么你不愿意让警察来这儿？"趁着他喘息的工夫，也就是污言秽语都说完了的时候，苏珊娜问道。

"信不过警察，我可以在家处理伤口。"杰克没管苏珊娜怀疑的目光，"把我从这儿弄出去就是了。"

这可不是当初他们约定的。他们原来说好的是苏珊娜帮杰克还魂活过来，而杰克把她带进真实的世界里。现在这两件事都已了，他们的交易也该结束了。但是苏珊娜无法摆脱自己的使命感——她作为摆渡人的本能，就是保护他让他不受伤害。

何况，现在到了这里，苏珊娜也是一头雾水，不知道该去哪儿，也不知道该做什么，更不知道怎么找崔斯坦。她不喜欢杰克，也不信任他，甚至还有点害怕他，可眼下，她也只认识他一个人，而他对这个世界的了解，要比她多得多。

"好吧，"她说，"我来帮你。"

他咆哮着发号施令，苏珊娜打手势拦了辆出租车，然后动作轻柔地把他扶进车里，希望暗沉的天色能让出租车司机看不到他们衣服上和脸上的血迹。

"他这是怎么了？"司机恶狠狠地问，"他不会吐在车上吧？"

"他不会那么恶心的。"苏珊娜让他放心，她充满同情地轻轻拍了拍杰克的胳膊，疼得他眉头一皱，"保证不弄脏车。"

"去哪儿啊？"司机问，不过语气听得出来不怎么高兴。

苏珊娜充满期待地望着杰克。她头脑中有成千上万段他的生活回忆，但对他想去哪里一无所知。

"斯特灵。"杰克低声含糊地说，"文森特大街。"

司机没再说什么，车子驶离了路边。

苏珊娜注视着窗外，看着街道在眼前飞驰而过。她现在坐在车里，那个瘫坐在她身旁的男孩是真正的人，坐在前面手握方向盘的司机也是活生生的人。她现在已经身处真实的世界了。

真实的世界。

这里深不可测，这里让人惊讶，这里充满神奇，但如果她找不到崔斯坦，那这一切将毫无意义。她不知道该如何找到他，连从哪里开始也不知道，但是……

但是当她闭上眼睛全神贯注时，她就能感知到他。

他就在这里。

她会找到他的。

Chapter 18

崔斯坦的感受就是这样的吧？迪伦坐在急诊室的硬塑料椅子上，忐忑不安。她意识到，几周前，崔斯坦的处境想必跟现在的自己一样。

太可怕了。

迪伦获准跟他一起坐救护车，可一到了医院，两位急救人员就赶紧把他转移了。她尽自己所能地跟在后面——蠢笨的拐杖！但是他们只让她在那间造价不菲、挤满了人的候诊厅等着。迪伦心里难受，这种难受跟以往崔斯坦不在她的视野内时不一样。这次难受是因为害怕——在绝望地等待救护车到来的时候，崔斯坦的意识时有时无。自从他们把他用带子固定在担架上推进急救车后，她就再没有看见他睁开过眼睛。

可现在……现在除了腿痛反复发作外，她没有感觉到呼吸急促和恶心。她看不到他，不知道他现在在哪儿，正在经历什么。而她除了难受、害怕，别的什么感觉也没有。

她告诉自己，这是因为他现在丧失了意识。等他醒过来时，那种身处地狱般的感觉就会回来，到时候你心里还会感激不尽。

别的什么事也做不了，只有坐下等待。一位接待员走过来，记录下崔斯坦的详细情况。一位护士走过来问迪伦需不需要检查一下。尽管她的膝盖一阵阵抽痛，就好像有小人正拿着锤子硬要从膝盖骨里钻出来一样，但她仍拒绝了护士的好意。要是崔斯坦醒过来要找她，或者他们准许她见他，她可不想那时自己被固定在其他地方的病床上动弹不得。

但几分钟后发生的事情让她觉得，刚才还不如跟那个和善的护士走——一个远没那么和善的护士突然闯进候诊厅，眼睛在人群中扫来扫去，最后她那一双怒目对准了迪伦。

"你没事吧？"琼大叫着，"玛丽说你不愿意检查。"她的目光落在迪伦的腿上，注意到她伸腿的样子僵硬、笨拙。

"我没事。"迪伦轻声说。她尽力把腿往回收，慢吞吞、懒洋洋地挪，就好像自己的坐姿一点没有改变似的，但并不怎么成功。尽管牙关紧咬，但她还是痛得发出了咝的一声："你知道崔斯坦现在怎么样了吗？"

"你的样子可不像没事。我不知道你们两个都干了些什么，"琼对她说道，"你跟我去做X光检查。"

"你知道崔斯坦现在怎么样了吗？"迪伦重复着自己的问题，"什么事情都没告诉我。"

琼直勾勾地俯视着她，嘴唇紧闭，眼中满是怒火。很明显，她肯定知道了一些事情。为了得到那些信息，迪伦横下心来预备恶斗一场。但是，泪水先盈满了眼眶，随后顺着面颊流了下来。

她只喊了声"妈"。

这就足够了。

"他没事。"琼叹了口气说，"好吧，他情况不大好。有一道很深的撕裂伤，还流了很多血，他们只能给他静脉注射，增加他的体液。"她补充说，迪伦沉重的喘息声清晰可闻，"他需要缝很多针。但是他会没事的。"

琼说得没错。但因为医院床位紧张，他只能在一位护士的陪同下回家休养。这意味着，那天晚上八点之前，琼把迪伦和崔斯坦一起匆匆送上了出租车。

崔斯坦面色苍白、步子僵硬，但是思维依然灵敏活跃，迪伦略感欣慰。

一路无语。

琼余怒未消，一开始燃烧的怒火渐渐冷却为灼热的锋刃。她坐在黑色出租车后排的后向式翻折座椅上①，怒视着迪伦和崔斯坦："你们两个到底是怎么想的？又回那个隧道去干吗？"她的声音虽然低沉却很尖锐。

"妈——"

"她现在刚离开轮椅，走路还一瘸一拐的——我简直无法想象，你们两个干什么了把自己伤得那么重！不过你们现在既然还在我的屋檐下住，这肯定不是你们应该干的事。"

她要是知道事情的真相就好了。迪伦暗想。不过，不管怎么样，现在她都必须安抚一下母亲："对不起，妈，是我的错——我求着崔斯坦带我去当初事故发生的地方，因为我觉得这样可能会有用——"

"有用？你这样已经耽误了身体康复，迪伦。我还要为了他再撒一次谎，他的详细资料我填表的时候都是瞎编的。傻小子，看你把自己都划成什么样子了。我的工作可能都保不住……"

"崔斯坦把我举过铁丝网的时候脚下打滑了，"迪伦扯谎道，"我们两个都摔倒了，就是这样。求求您别再为这个责怪崔斯坦了，都是我的错。"

---

① 后向式翻折座椅，英国黑色出租车车厢内的座椅和国内常见的不同，为两排面对面摆放。出租车司机座位后面的一排座椅是可以向上翻折收起来的。

"对不起，琼。"崔斯坦哑着嗓子说，在座位上不安地挪动了一下身体，"以后不会再发生这样的事了。"

琼又沉默不语了，直到回到家都没有再开口。她还没有把迪伦最担心的事情付诸实施——把崔斯坦扫地出门。暂时还没有。也许她知道，如果自己真这么做，迪伦也会一起走的，不管自己说什么。

尽管才刚过九点，但琼宣布崔斯坦需要休息，所以他们就都早早上床睡觉了。迪伦觉得这样正好，她真的想跟崔斯坦单独说话，但是除非琼不出意外地进了自己的卧室沉沉入睡，否则这是不可能的。

她尽量不一瘸一拐地走路，去了卫生间，然后换上睡衣，关掉灯。她缓缓上了床，径直挪到靠墙的一侧，安顿好了，耐心等待着。

崔斯坦站在客厅的窗边，注视着窗外晦暗的街道。天色已晚，然而还是有一些车辆鬼魅般顺着下面的马路游荡。对面街上的公寓里没有几家的窗户还亮着灯，下面的人行道上行人绝迹。

这座城市的夜晚从未像现在这样平和过。万籁俱寂，除了琼在卧室里打电话的低语。电话已经打了有一会儿了，但崔斯坦听不真切，不知道电话那头的人是谁，不过他觉得自己可以猜到。

他等着她通完话，进了卫生间，就打算去迪伦那儿。

他需要她。需要抱着她，感受她呼吸时胸口在他手下面温柔地起伏。哪怕琼的通话不能早早结束，他也打算偷偷溜进去。

他早已经打算这么做了，要不是——

他闭上眼，凝神静听，悄无声息。除了马路上的噪声和琼低低的声音，还有……

那种感觉又来了。一种强烈的悸动，轻轻触碰着他脑海中最黑暗的角落。自从迪伦把他带入这个真实的世界后，他头脑里很久都没有这种感觉了。

这里,有一个摆渡人。

他突然睁开眼,仔细搜索着这条街道。依然什么也看不见,但他的内心深处已经意识到了。

不在附近。这一点他可以肯定,只能模模糊糊感觉到其存在,但难以锁定位置。他只能感觉其大概的方向——在北边,在遥远的北边。也许数英里外,他想。尽管隔了很远的距离,但感觉他是熟悉这个摆渡人的,那种共鸣的方式崔斯坦不会弄错。

苏珊娜。

她管自己叫这个名字。在拥有了这个名字的同时,她也拥有了乌黑的秀发与深色的眸子。多少个夜晚,他坐在安全屋的门边或窗前,看着苏珊娜做着同样的事。

她在这里干什么?昏暗的街道上没有答案。

他叹口气,反身朝门厅走去。身体就这么微微一动,也扯动了肩膀上的伤口。他的身体僵冷,刺痛感从伤口向外扩散,顺着胳膊下移,封着肺里的空气使之出不来。

"崔斯坦?"他一抬头,看到迪伦站在卧室门边,正向外窥探。

"我在这儿。"他说。

"你在干吗呢?"

"就往窗户外面看看。睡不着。"他顿了一下,在那一刻他想把苏珊娜的事情告诉迪伦,分享一下这条最新情况。但他还是有意识地让这想法自生自灭了。苏珊娜不是恶鬼,她是一个摆渡人。她出现在这个世界,对他们两个不构成什么危险。如果她设法找到了一条进入真实世界的通道,有机会体验真正的人生,那也不是他该操心的事,苏珊娜的命运是她自己的。

"上床睡觉吧。"迪伦低声说。

崔斯坦把这新出现的困惑先抛到了脑后，迪伦还站在那里等他。他走到她跟前，手放在她的臀部，引着她回屋。

"上床，"他说，"我需要抱着你。"

她没有想到自己会迷迷糊糊睡着。但崔斯坦在她身后挪动身子的时候，她猛然一下子醒了。

"对不起，"他耳语道，"我有点不舒服。"他翻了个身，仰卧着，"到这儿来。"他抬起手臂，好让迪伦依偎在他身旁。

"这里……"在他的肩头，她有些迟疑。

"伤口在另一边。"他一边说着，一边用手轻抚她的秀发，让她躺下。

"哦，好吧。"迪伦躺好，长出了一口气，"你现在感觉还好吗？还疼吗？"

"有点儿，"崔斯坦承认说，"你妈给了我点止痛片。"

迪伦哧了一声："她竟然没让你就这么受罪，我还真感到挺意外的。"她顿了顿又说，"之前我还害怕她会把你赶出去。"

"我想她可能会这么做。"崔斯坦说，"现在还是有这个可能。"

对此迪伦并无异议："她要是那样做，我就跟你一起走。"

"你没有太多的选择，"崔斯坦说，"我很抱歉。"

"你知道，我们之间这条纽带没让我觉得心烦。"迪伦耸耸肩。这又不是他的错，他当时又不知道会发生什么事。而且，她暗自喜欢他们凡事都绑在一起，只要她不会躁动不安、想要呕吐或者腿上像针扎一样痛就行。

"我想说的不是这个。"他说。迪伦的眉头皱了起来。

"我们在穿越荒原的时候留下了一个破洞，恶鬼们就是从洞里穿过来的。穿越过来后就开始杀人。我本应该知道……"

"但我没看到洞啊！你看到了？"

"你感觉到那个洞了。"他喃喃低语,"你告诉我,你觉得像是有什么东西在拽你,那是荒原在尽力把你带回去。"

"哦。"迪伦说,"我以为会看到一个裂口或是入口什么的,我搞不懂。"

"还记得当时那两个世界看起来一模一样吧?"他提醒她。

"但是你看到它了吗?"

没有回答。

"你也没有看到它。"她说,"你第一次知道它是在我说感觉很古怪的时候,那并不意味着——"

"不,那就是。迪伦,我知道那里有一个洞。否则怎么解释那里出现的恶鬼呢?"

她不知道该怎么回答这个问题:"可你已经杀了它啊!"她尽力想找出令人高兴的一面,"至少它不会去杀害更多无辜的人。"

"我只杀了那一个。"

"那一个?你觉得有很多吗?"

"我不知道,"崔斯坦承认,"在这儿发现恶鬼,跟在荒原上不大一样了。那只恶鬼是快到我头顶的时候,我才察觉到它的。"

"看样子我们不可能回去猎捕它们,那玩意儿差点要了你的命。"

"它办不到。"崔斯坦马上还击,他低沉的嗓音里满是被冒犯的男子汉尊严。

"你差点失血过多,崔斯坦。"迪伦轻声说,"差一点,要不是我叫了救护车。在这儿,你不可能还那样对付它们了。"

他嘟囔了一声,她把这理解为对她的话表示同意。

"那么,"她说,"我们实际上是无能为力了,是吧?"

本来她是想说陈述句,但是声音中的疑问语气还有越来越强烈的不祥预感把这句话拉成了问句。

"不,还是有我们能做的事情。"崔斯坦回答,"我可以尽力把洞口封闭,不让更多的恶鬼钻过来。"

"怎么封?"

沉默,一片死寂。

"要怎么做,崔斯坦?"

"穿回荒原。"

"不!"她大叫起来,"不,绝对不行!想都别想!"她的声音提得很高,可她毫不在乎,"你听到我说的了吗?不行!"

"迪伦——"

"我已经说了不行,崔斯坦。不行,就到此为止吧!"

"嘘!"崔斯坦用指尖按着她的嘴,调整了一下姿势,黑暗中他们面对面。他的手一直就停在那儿,指尖轻轻用力:"今天晚上我不想为这个吵架。现在我只想……只想紧紧挨着你。"

迪伦准备好怒斥崔斯坦的那些话,本来打算等他一放开自己的嘴就一吐为快的,现在全都咽回了嗓子里。他说得没错,她今天差一点就失去了他。当时看着鲜血浸透了他的T恤衫,顺着他的皮肤往下淌,那种感觉真是无比绝望,完全无能为力。

他现在就暖暖地在自己身边,这就足够了。

她伸手抓住崔斯坦上床时穿的T恤衫下摆,亲吻着他的手指,一次又一次。他用自己的唇代替了手,她又开始吻他的唇。他不顾肩膀还有伤,她也紧紧搂着他,想要贴得更近,沉浸在他身体的热力中。

她的手慢慢向上滑动,停在他的胸口,感受到他的心跳。这提醒着她,他们两个现在都是活生生的人,奇迹般光荣地活着。

这才是最重要的。

至于其他事嘛……有架明天再吵吧。

Chapter 19

"崔斯坦？"迪伦用胳膊肘轻轻碰了一下他没受伤的半边肩膀。

"嗯？"崔斯坦转过头对着迪伦，同时留意观察着附近的街道。

"我保证等你的伤好了，我们一定能把恶鬼的事情彻底解决的，现在你能不能……"

"我能不能什么？"崔斯坦透过他蓬乱的淡茶色头发，瞥了一眼迪伦。

"假装你是一个带着普通烦恼的普通男孩，就装一会儿好不好？"迪伦抓着他的手，一捏。

他们商量好了去见迪伦的爸爸詹姆斯，地点就在跟公寓只隔了几条街的一家小意大利餐厅。琼坚持说，既然这次她不在场，会面的地点就一定要在附近。

"好啊——那应该是什么样子？没零花钱，考试可能不及格，下次聚会谢莉尔会邀请我去吗？"

"这就对了嘛！"迪伦深吸了一口气，尽可能地把关于恶鬼的烦心事推到一边去——其实也推不了多远。她转过头看着崔斯坦："见我爸你紧张吗？"

"我干吗要紧张？"他紧紧抓着她的手，"别担心我，迪伦。我看你才紧张呢。"

她是紧张，几乎浑身发抖。

"我也不知是怎么了，"她坦言道，"明明已经见过他了。"

"你只见过他一次。"崔斯坦纠正道，"虽然他是你爸，但对你来说，他几乎还是一个陌生人，而且这次也没有你妈在旁边缓冲。"

"我不是还有你吗？"迪伦说，"这样更好。"

听了这话，崔斯坦又是一笑，又捏了一下她的手。

"而且，"迪伦揶揄道，"貌似我现在根本没办法挡着你吃比萨。"

现在迪伦最喜欢的事情之一就是让崔斯坦体验各种新鲜事物，然后看他的反应，特别是食物，因为在荒原上他不用进食。到目前为止，冰激凌和苹果在最受他欢迎的食物排行榜上名列前茅——第一名就是比萨。

"那，"迪伦吐出一口气，"咱们出发吧。"

餐厅里迪伦爸爸尚未现身，不过他已经打电话订好了餐。侍者领着他们来到后面一个温馨舒适的小餐位旁。

迪伦盯着餐厅大门，她心头如小鹿乱撞，根本没心思琢磨菜单。没过多久，詹姆斯快步进了门，头转来转去地找寻座位，脸色沉静。迪伦知道他还没看见他们。

"他不知道我们在这里。"迪伦说着站起身来，朝他挥手示意，样子略显笨拙。与此同时，侍者也在用手指着他们餐桌的方向。终于，詹姆斯看到了她，脸上立刻乐开了花。单是他脸上喜悦的表情就差点让她飞奔过去,尽管她觉得这么站着很傻,但一直到他过来,她始终保持着这个姿势。

"嘿,小甜心。"他径直上来给了她一个大大的拥抱,"抱歉,我来晚了。"

"没关系。"迪伦从他的怀抱中退出来,羞涩地一笑,"我们刚来没多大会儿。"

"好,那就好。"他慢慢走到一旁,依依不舍的样子。她注意到,他投向崔斯坦的目光就不是那么友好了。

"崔斯坦。"他打了个招呼,"听过不少你的事。"他俯视着崔斯坦,目光中既有不满也有怀疑。

"你不应该听琼的一面之词。"迪伦一想到她妈说她男朋友的坏话,脸色马上阴沉下来。

她转过身对崔斯坦说:"我可净说你的好话来着。"

他冲她一乐,那双蓝眼睛和小雀斑哟……迪伦情不自禁也报以一笑,心底涌起喜悦的暖流。然后,詹姆斯高声清了清嗓子,这一刻就这样流逝了。"你妈告诉我你又把膝盖弄伤了,"他一边说着,一边拿着菜单,目光在上面快速滑过,"这次是怎么回事?"

"摔倒了。"迪伦告诉他,心想昨天下午的事还是少说为妙,同时又纳闷,琼是什么时候把这事告诉他的?这样做又是为了什么?她想起来,昨天崔斯坦溜到她床上的时候告诉她琼还没有睡,还在打电话。琼这么做有点匪夷所思,她不是恨他吗?

"真没想到,你这么快就不打石膏了。"他评论道。

"医生说没有问题,"迪伦耸耸肩,"他说我需要增强一下肌肉的力量。"

"当时你在哪儿?"

"什么?"

迪伦爸爸抬起眼睛盯着她,一双碧绿色的眼睛跟迪伦的一模一样,"你摔倒的时候在哪儿?"

她感觉他已经都知道了,但不管怎么样还是回答了他:"我们回到了那个隧道。我老做噩梦,我觉得回去一趟可能会有用。"她撒了一个小小的谎,跟琼她也是这么说的。

"但你不光是去了隧道,是吧?你还隐瞒了逃学这档子事。"迪伦不知道琼到底跟他说了多少事情,"你拖着条伤腿钻隧道,还破坏了犯罪现场。"

"生我的气了?"迪伦的声音短促而尖厉。在那么短短的一秒时间内,迪伦的一小部分头脑想要大叫一声:"他没这个权利。他以为他是谁呢?"但她最大的感受是受了伤害,她心里很沮丧。他们只是刚见过一面,他就开始对自己说三道四了。

不过,他摇摇头否认了,他们的目光再次交会。"没生你的气,宝贝儿。"他又翻了一页菜单,匆匆瞥了一眼,然后又看着她,"不过,我觉得你是不是被带坏了?"

他没说迪伦是被崔斯坦带坏了。他没有暴露自己的想法,甚至连偷偷看一眼崔斯坦也没有,不过他就是那个意思。"你母亲跟我说,你是最近才有这样的行为的。"他继续说,"逃学,溜到你不该去的地方。在那场事故之前,她都没有听说过你这个新男友。她和我都有点纳闷,是不是你的新男友跟这些事有点关系?"

"她和我?"迪伦差点就脱口而出了,"你们俩现在又成拍档了,是吗?"

他既没有回应,也没有指责,只是在等待。

"我以前也没有向她打听您的私事。"迪伦的话说得毫不客气,连她自己也不知道这股勇气是打哪儿来的。不过,她不允许他把崔斯坦当成坏小子。决不!"崔斯坦没有挑唆我逃学,也没有拉着我进隧道,更没有让我联系您。一切都是我做的,自己的事自己负责。所以,如果您生气,那就该生我的气。"迪伦深吸一口气,给他机会打断自己，但是他没有，"崔斯坦一直陪在我身边，帮我渡过了很多难关，您根本不知道那有多难。"

詹姆斯的嘴微微动了一下，迪伦意识到他没有把她刚才这番话太当回事。要是他清楚这些话都是千真万确的就好了。

"我爱他！他现在已经是我生活的一部分了。"她讲完了，盯着他看，给他时间领悟她没说出来的心声——您还不是我生活的一部分，起码现在还不是。

时间一分一秒过去，迪伦壮着胆子看了一眼崔斯坦。他在那里静静坐着，也不插话。她又望了一下爸爸，他显然被自己的话吓了一跳。

"你说得没错，"他说，"对不起，我现在还没有在你的生活中赢得一席之地。但是，我是你爸，我也替你们担心。"他冲她笑笑，这次把崔斯坦也含在了里面，"咱们重新开始吧。崔斯坦，认识你很高兴。我也听过不少你的好话，从迪伦那儿。"

看着迪伦跟她爸爸谈笑风生，崔斯坦仅仅感到一时的解脱。他心里清楚，如果又有恶鬼穿越过来，可能更多的人会丧命，自己怎么有闲情逸致跟着一起说说笑笑？

他冒着失去一切的风险跟迪伦来到人世，赌上了自己的生命——尽管称不上有多美好，还有永生不灭的灵魂。有那么一阵子，他以为自己已经逃脱了上天的惩罚。

但任何行为都会付出代价。他的行为在此世与来世之间撕开了一个洞，里面渗出的是现实版的噩梦，将别的灵魂置于险境。

他没办法细数这些年来在他手上被恶鬼夺去的亡魂有多少——不用说，肯定远远少于在他的引导下成功穿越荒原的灵魂数。尽管他确切无疑地知道，死后仍有来生，然而那四个被害的人仍像巨石一样沉沉地压在他的心底。因为他也确切无疑地知道，并不是每一个亡魂都能抵达迪伦曾为他描述过的应许之地。

此外，那些人本不该现在离开人世，他们本不该在那一天殒命。崔斯坦不知道自己是否应该相信命运——每一个灵魂在尘世的时间早有安排，他们的死期在他们出生之前就已经定好。但不管怎么说，是他的鲁莽行为干扰了他们本应享有的寿命，不管那是五个月还是五十年。

他需要做点什么。但是他知道，他只知道，唯一的解决之道就是返回荒原。或许他穿越回去，到了那条界线，迪伦曾经跟他描述过的那个萨利就会屈尊前来，告诉他应该怎么做。也许，返回荒原本身就会使平衡恢复，那个裂缝就会自然合上，永远将他和迪伦分开，甚至会杀死他们。

大概，也许，可能吧。

什么都说不准。唯一可以确定的是，如果他待在这里袖手旁观，将会有更多人丧命。

他要回去，如果不是因为一个难以克服的难题，本来早已回去了，这个难题就是迪伦。他不确定自己能独自回去。如果他撇下迪伦离开，与她分处两个世界，她和他每时每刻都会心虚气馁、黯然神伤，这苦痛将会成倍增长，很可能会让她郁郁而终。

他不能把她带回荒原。她首次穿越荒原，侥幸躲过恶鬼们的追杀，要归功于她的勇敢；然后她又孤身一人，为了寻找自己重返荒原，能绝处逢生更是匪夷所思。带她再登荒原，让她又一次冒生命危险，那就未免把他们的好运气用过了头。况且，如果他祈求众神灵拨乱反正，他自觉那些神灵不会对他们的处境报以多少同情。他们不会再把他和迪伦送回人世，从此以后继续过太平日子的。

何去何从，他也没了主意。他既不能冒险独返荒原，也不能带着迪伦回去，更不能坐在这里无所事事，任由恶鬼们穿洞而入，大快朵颐。这道难题不容易解答——不，根本就无解。

崔斯坦叹息一声，伸手揉了揉脖子，缓和一下因为突然间紧张而绷紧的肌肉。他尽量把自己的注意力拉回到迪伦父女二人的谈话中。对她来说，要让这个男人对他有好感，这一点才是最重要的。崔斯坦感觉，要是他另有想法，詹姆斯·米勒不会安坐在那里一声不吭的。

迪伦正说到兴头上："那老师正在跟安娜说话，要她把化妆品收起来——谢天谢地——这时候'鸽子'从马克那儿抢过来一张纸，开始在他的头顶晃那张纸，嘴里还一遍又一遍喊着：'奶子！看见没，奶子！他在画奶子！'他没看到马尔科姆夫人正站在门口看着他。突然，她大喊一声：'大卫·麦克米兰！'所有人一下子安静了，我觉得'鸽子'快从椅子上摔下来了！"

詹姆斯笑着摇了摇头："那个女人过去一向铁腕治校。我简直不敢相信她还在学校，简直不敢相信她还活着。我还是个小学生的时候她就已经上岁数了，那可不是昨天的事。"

"我以为她今年就退休了。"迪伦说，"真遗憾，我挺喜欢她的。至少，她能让每个人都闭嘴，这样我们就能该干吗继续干吗了。"

"是啊，这学校挺让人不舒服的。"他扮了个鬼脸，然后幽默感突然消失了，"你在那儿还顺利吗？没人……惹你不开心吧？"

"你是说，我有没有受欺负？"迪伦问。

"呃，是啊。"他等待着她的回答，一脸紧张，崔斯坦能看出他有点忐忑，这让他多少显得更有人情味儿了。

她咧嘴一笑："有崔斯坦在那儿，我现在什么麻烦都没了，每个人都怕他。"

"是吗？"詹姆斯露出审视的目光。

"他们不过是一群小白痴。"崔斯坦说，"你硬顶他们一下子，他们就不知道该怎么办了。"

"说得对。"詹姆斯赞许地点点头，崔斯坦觉得自己可能在他心目中得了一分。

迪伦对他一笑，他们继续用餐，再没出什么状况。

詹姆斯付了账，三个人走出餐厅。清朗的夜晚，虽然看不见繁星，但密密交织的路灯灯光明亮，远方亦有光芒。詹姆斯开始提出要开车送他们两个回家，但随后承认自己的车停错了方向，乱停在半英里之外的街角。

"没关系。"迪伦再三说，"我们走快一点就是了，只需要十分钟。我还有崔斯坦陪着呢。"

詹姆斯盯着迪伦看了很久，心里在反复掂量着。崔斯坦能看出来他内心正在做着激烈的斗争：一面是保护亲生女儿的本能，一面又小心翼翼，不想做得过火，毕竟他们的父女亲情也才刚刚建立。

"你们一到家就给我打电话。"他最后说道，"要走大路，别抄小道。有人跟你搭讪，别理他们。好吗？"

"知道了，爸！"崔斯坦看到，当迪伦说出那个字眼儿，把詹姆斯·米勒认作家人的时候，她的眸子里洋溢着一丝兴奋与幸福。这样的表情是她从未有过的，不过，他不会因为这个生她的气，他有迪伦就够了。

"给我一个拥抱。"詹姆斯说，语气有点生硬。很明显，因为迪伦改口叫他爸，他和迪伦一样，情绪都很激动。

迪伦点点头说："好嘞。"她笑着轻轻拥抱了一下詹姆斯。

他说道："那，你们就回去吧。"边说边向后退了几步，抱着臂，稳稳地站在那里。崔斯坦看出来了，他是要看着自己的女儿消失在视线之外才肯离开。

崔斯坦牵着迪伦的手，确保她的拐杖戳在合适的位置，让她的身体保持平衡。他领着她走过一小排商铺和咖啡馆，大部分的商店都已经关门了，只有经过一处卖酒的窗口时，透明的玻璃罩子散射出明黄色的灯光。街道上很安静，但一种针刺的感觉在不断困扰着崔斯坦。

"怎么了?"迪伦看他数分钟之内第四次探着脖子四下张望,于是问道,"有什么不对劲的地方吗?"

"没什么。"他说,安慰性地抓着她的手。可能真的没什么,因为每次他回头张望,都没有什么不对劲的地方。

"崔斯坦。"迪伦警觉地说,"到底怎么了?"

"没什么。"

她叹了口气,把手从他的掌心抽走:"告诉我!"

他耸耸肩:"我只是……"

"只是什么?"迪伦一边走一边转头张望,差点跌了一跤。崔斯坦赶紧伸手拽她,在她摔倒前扶她站稳:"有人跟着我们吗?"

"没有。"他扮了个鬼脸,"我觉得没有,我只是……感到了什么。老实说,什么也没有。"

迪伦突然在人行道中间停下了脚步,姿势很容易让人想起她父亲一分钟前看着他们离去时的样子。

"我只是有点害怕,仅此而已。但这儿什么人也没有,我都看过了。我可能是被恶鬼搞得有点神经质了吧。"他拉着她的胳膊,"来,咱们走吧,天冷。"

崔斯坦在回公寓的路上坚决没有再回头看,他不想让迪伦受惊吓。但是,那种不祥的感觉,脖子后那种针刺般不舒服的感觉并没有减弱。

这种感觉跟他察觉到苏珊娜穿越过来时的感觉完全不同,她现在还在人间,但离这里还很遥远,那是徘徊在他意识边缘地带的一丝暖意。

不,这次的感觉不一样,既冰冷又凶猛。

Chapter 20

"不对啊。"

苏珊娜掀开杰克腰部的敷料，使劲盯着露出来的一大片苍白的皮肤。

"怎么了？"他问，"感染了吗？感觉不像。"

"没有，"苏珊娜说，"看上去……看上去挺好的。"

说"挺好的"还算是轻描淡写，在杰克的监督下——只是那目光让人紧张不安，她亲自缝的那些伤处现在已经变得平滑光洁。皮肤上没有疤痕，只有一道微微隆起的红印子，看起来不红不肿，也不像是新伤。苏珊娜对人类伤口的愈合知之甚少，但她知道不应该这么快，她都不确定自己能不能这么快就痊愈。

很明显，穿越回来的杰克跟以前不一样了。

现在，他们在杰克妈妈的公寓里，丑陋的水泥高楼配上生了锈的金属阳台。看起来，在这个地方长大是够糟糕的。

把他弄进楼里时颇费了番周折，主要是因为苏珊娜对门禁系统知之甚少。杰克的妈妈匆匆付了出租车费后就在屋里照看儿子，关怀备至地问了他一大堆问题,最后在遭到冷遇后悄悄回了自己房间。当然,苏珊娜在杰克的记忆中见过他妈妈。这是个个子矮小、安静腼腆的女人,头上华发早生,嘴和眼睛周围有深深的皱纹。她总是一副受了惊吓的样子,双肩老是微微前倾,好像在以一己之力抵抗着整个世界。她也曾在杰克的记忆中见过他的继父,但现在他似乎不在家里。

苏珊娜晚上就在起居室的沙发上过夜。眼皮沉重的感觉让她倍感神奇,那种暖暖的、飘飘然的感觉,让她的意识缓缓沉入一片混沌之中。睡觉,原来睡觉的感觉是这样的。她闭着眼睛,享受着入睡的过程。

十三个小时,她睡了十三个小时。醒来后,她先去检查了一下杰克的情况。她心里隐隐感到他可能已经死了,结果他恢复得很好。不过,他仍然有些精神恍惚。在他又昏昏沉沉睡去时,苏珊娜听到厨房里有人走动的窸窸窣窣的声音。她猜,那是杰克的妈妈。她感觉挺尴尬,觉得自己闯进了别人的生活。她轻轻穿过起居室,有道敞开的拱门直接通向厨房。杰克的妈妈还是穿着昨天晚上的便袍,脚穿一双绒拖鞋,手里提着个水壶。

"要茶吗?"她问道,声音有些过于欢快了。

"我……不用了,谢谢您。"苏珊娜尽量微笑,但感觉拘束又难为情,使出了浑身解数,那笑容却像是在扮鬼脸。

"杰克还在睡觉,是吧?"

"是。不过,他现在没事了。"

杰克的妈妈点点头表示认可:"哦,午餐时我得去上班,冰箱里的东西你可以随便吃。等杰克醒了,他可以自己照顾自己。"

别的就没什么要嘱咐的了。杰克妈妈往杯子里加了一勺牛奶,然后轻轻地蹒跚着走出了屋子,脸上又带着那种过于欢快的表情。咔嗒一声,她进了自己的卧室,轻轻把门关上,留下苏珊娜独自待在起居室，满心诧异。

没有盘问吗？不问一下她是谁，来这里意欲何为？不问一下她有什么权利突然在这里现身还指望有地方睡、有饭吃？似乎是哪里出了岔子，这跟苏珊娜在脑海里设想的妈妈形象完全对不上号，尽管这挺符合她看到的杰克记忆中的妈妈形象：被丈夫欺压虐待，被儿子呼来喝去。她饱受着生活的折磨，她的人生里处处都是遗憾，样样稀缺——缺得最厉害的就是钱。苏珊娜心里一阵难受，充满了对她的同情。她蹑手蹑脚地走过杰克妈妈的屋子，又悄悄进了杰克的卧室。

他还在睡，睡了整整一天。中间偶尔醒来，苏珊娜就往他的喉咙里倒点水，喂他点吐司，在她能找到的食物里，她唯一知道该怎么处理的就是那片已经不大新鲜的面包。什么时候她确定他身体没什么大碍了，她就离开这里，就这样决定了。

杰克躺在床上，这倒给了苏珊娜许多思考的时间。不过她的心思都集中在崔斯坦一个人身上：他在哪儿？她可以感觉到，他就在这附近的某个地方。他们靠着灵魂的牵引彼此靠近，试问这世上能有几人如此？这一定是冥冥之中的征兆。现在，怎么才能到他身边呢？她只能坐下，闭上眼，让自己感觉的触角尽可能地伸远。那时，也只有在那时，她才能感受到他一星半点的影子。

这感觉既给人安慰，又让人害怕。

她非常肯定，距离越近，她就越容易对他准确定位——在荒原上就是这样的。但她现在没有钱买票，而且，昨天她连操作大楼安保对讲机这样简单的事情都弄不明白，这让她大大地尴尬了一回。经过这次教训，她明白自己还不懂的生活琐事要以百万计。这些事情都有可能让她露出破绽，让她显得与众不同。她需要在接近崔斯坦之前避免引人注目，为此她需要找一个引路人帮她应对全新的环境。

所以，她需要杰克。

一整天她都在心里反复掂量这事。一会儿想想之前在荒原上杰克有多么难对付，一会儿又为自己孤身一人怎么行动发愁。有好几次，她都已经不知不觉地站起身，准备离开这里走自己的路了，但每一次都因为恐惧和迷茫而就此打住。

要想到崔斯坦身边，她就需要杰克的帮助，就再多忍一小会儿吧。

杰克终于醒了，他马上变得喋喋不休，让人心烦。苏珊娜要再检查一下他身上的绷带，他把她的手打开了。"我已经好了。"杰克把T恤衫往下捋回到小腹，"老天，我都等不及去冲个澡了。"

"你真的不能把伤口打湿了。"苏珊娜一边说，一边闪退到一旁，免得他翻身下床的时候踩到自己。

杰克只是不屑地瞥了她一眼，直奔浴室而去。

"好啊！"她对着空气嘟囔着，"去洗吧，把全身都淋透。关我什么事啊？你伤口感染了才好呢，你个傻蛋！"

说到最后那个词她只是嘴唇动了动，但没有出声。尽管他离得很远听不见，浴室里也已经响起了噼噼啪啪的淋浴声。她可不傻，跟杰克这样的小混混斗嘴可没什么好处。

他洗了很久。正当她开始怀疑他是不是已经昏过去了的时候，水声戛然而止，她听到了从浴室里传来的脚步声。片刻后杰克出来了，除了一条围在腰间的浴巾，什么也没穿。苏珊娜给他敷的绷带淋透了，紧紧贴在他的皮肤上。他皮肤苍白，但肌肉发达，看起来孔武有力。一想到他轻轻松松地就能伤害自己，苏珊娜心里又在暗暗叫苦。

在荒原上，她毕竟还有些能力，更何况他还需要她来保命。可现在既然已经身处人世，力量的平衡也就被打破了。苏珊娜感觉自己像只老鼠，期望着猫不要把自己嚼碎了再吐出来。

"你要是想洗澡,可以冲一冲。"杰克一边说着,一边慢悠悠地从她身边经过,钻进了卧室。

在杰克还躺在床上昏睡不醒的时候,苏珊娜还不敢冒昧地在浴室里洗澡。洗热水澡的诱惑几乎无法抵挡,光是想想都让她无力拒绝。

"谢谢你。"她对着杰克离去的背影柔声说,然后几乎是飞奔进了浴室。

这里跟自己想象中的一模一样,密闭的浴棚几乎让人产生幽闭恐惧症,然而热水的温度她刚好能够承受,小瀑布一样的热水落在身上带来的快感抵消了如同封闭在棺材里的感觉。

她早早地就强迫自己出来了。她裹着条大浴巾,盯着自己的衣服。她的全部家当就是她一直穿的这套衣服。在荒原上她只要一动念就可以更换全套衣服,但在这里,同一件牛仔裤和套衫她已经穿了好几天了,说它们脏兮兮都是轻的。她想,也许杰克会允许她洗洗衣服,或者借给她一件干净衣服穿。不管怎么说,她都无法忍受已经清洗干净的身体穿上满是污垢的衣服。

刚一出现在他卧室门口,她还没来得及问问杰克怎么使用洗衣机,他就喊了一声"给",朝她扔过来一捆东西。苏珊娜接过来一看,原来是几件衣服。

"几件萨米的衣服。"他解释道,"她把衣服留在这儿了,那时候我们……不管怎么说吧,应该适合你,你们的尺寸差不多。不过,"他想起之前她冒充萨米的骗术,眼睛眯了起来,"你懂的。"

"嗯。"苏珊娜想,那件事说得越少越好。她匆匆回到了雾气缭绕的浴室换衣服。

他拿给她的是一套紧身的衣服,一条牛仔裤还有一件女式衬衫。衬衫罩在胸前,露出一道V形的乳沟。呃……好吧。她会着手学习用洗衣机，尽早重新穿上自己那件衣服。

苏珊娜在浴室里待了很久才出来，在梳头、调整暴露的衣服这些琐事上面拖了很长时间。杰克现在已经能起床四处走动，那么他们就该讨论一下那个棘手的问题了。他们原来的安排是，苏珊娜帮他还魂，他帮助苏珊娜来到人间。当初他们达成交易时，原计划里并没有杰克帮她追踪另一个摆渡人这样的事。苏珊娜不知道，如果她试图重新对他们之间的约定讨价还价，杰克会作何感想——尤其是他已经履行了自己的那部分承诺。她没有任何可以拿来做交易的东西，只能寄希望于他人性中高尚善良的一面，她不确定他有没有这样的品质。

最后，她终于硬着头皮走出了那间蒸汽缭绕的避难所，在起居室里找到了他。他此时正在穿鞋。

"我要出去一趟。"他说着拿起一件黑色皮夹克，从咖啡桌上抓起钥匙，最后一本正经地看着她，目光在她穿的衣服上面来回审视。

他依然一脸木然，看不出他心里是怎么想的："我回来的时候你还在这儿吗？"

这个问题让苏珊娜猝不及防，一时倒犯了踌躇。现在正应该畅所欲言，请杰克帮帮自己的忙。可看到他板着一张面无表情的脸，她又临阵退缩了。

"我——"她干咽了一下说，"我可以走，要是你……"

"留下来。"他说得直截了当，"今天你可以留下来，把自己的事情安排一下。我不会去很久。只是……要是你听到门口有人，就把你自己关在我房间里。"

她想，他说的"有人"指的是他的继父。

"好，"她说，"谢谢你。"

他嘟囔了一句算是回答，然后就朝门走去，门嘭的一声关上。

自从苏珊娜在那条巷子里看到杰克,她第一次可以真正让自己放松一下了。她长出一口气,头歪在肩膀上,聆听这空灵的寂静。

这份静谧她总共享受了整整十七秒钟。突然一种难以名状的焦灼感从她的胸膛深处涌来,之后,她的皮肤开始感到针扎一般的刺痛。她头晕目眩,恶心难受。她从沙发上挣扎着爬起来,站起身,腿却支撑不住。

"这是怎么了?"她喘息着问。没人回答。她的五脏六腑深处突然一阵剧痛,一下子痛得跪在地上。"杰克!"她叫喊着,但声音只能勉强从嘴里发出来。

她咬着牙往前挪。在荒原上她曾经数度被恶鬼抓伤撕咬,靠着那时积累的经验,挣扎着向前门爬去。她跟跟跄跄地到了楼梯平台,顺着楼梯摔了下去。

在六段台阶下面,她竟然看到了杰克。他瘫倒在几级台阶之上,头枕在最上面尖锐的边缘上,一只手死死地抵住胃部,白色长袖T恤衫上血迹斑斑。

"杰克,你还好吗?"她顺着台阶紧走了几步,站在他摔倒的正下方,问道。那种剧痛来得快,现在消失得也快,但她依然感到虚弱,像有后遗症一样,浑身颤抖。

"没事。"杰克抬起头,注视着自己的身体和上面的血迹。他把T恤衫撩起来,戳了戳伤口。尽管T恤衫上有血,但那些伤口看起来就跟苏珊娜之前换敷料时一样。他眼睛飞快地眨了眨,就像刚酣睡了一场,现在要醒醒似的。"这到底是怎么回事?我摔倒了吗?"他疑惑地看着她,"你在这儿干什么?你刚才跟着我吗?"

看到他的目光中满满的敌意,苏珊娜吓得身子向后一缩,他认为是自己推了他吗?

"我刚才在屋子里。"她语速很快,"你走后还不到一分钟,我就开始感觉难受,迷迷糊糊、头晕目眩、反胃恶心,然后这里火辣辣地疼。"她揉着自己的半边身子说,"正好就是你受刀伤的地方。看起来有太多巧合了,所以我就下来追你。发现你时,你就是这个样子。"

"你觉得发生这种事,是因为我离开了?"

"我……我不知道。"苏珊娜无助地耸了耸肩。

杰克沉着脸说:"回到楼上去。"

"什么?"

"回去。咱们倒要看个究竟。"

苏珊娜很想告诉杰克,如果他非要当场查验,他可以自己上楼,因为自己身上的痛感虽然正在减弱,但尚有余痛。不过话到嘴边,她又咽了回去。他们需要知道刚才的说法是否成立,她也需要取得杰克的好感。

上行了一段楼梯,她感觉尚好。往下一瞥,看到杰克正在注视着她,在刺目的黄色荧光下,眼睛发黑。又上了一层,她看不到杰克了,头晕目眩的感觉又来了。她只得抓住楼梯扶栏,靠拽着它向上走。又上了一层后,心里直翻腾。在下一段楼梯口,她转过身子,打量着那些台阶。

"够了。"从下方传来杰克的声音,让她如释重负。她转过身,几乎是飞奔而下,感觉每走一步,恶心和头晕的感觉就随之减轻一分。等到她终于又回到他身边的时候,他坐在那里,但皮肤如白蜡般苍白,上面裹着一层虚汗。

"这下你满意了?"她问道。短短的五分钟之内,他让她经受了两次折磨,她心里堵着一股怨气。

他没有回答她的问题,只是要她扶他起来。

她伸手让他撑着自己的手慢慢站了起来,他晃了几晃,随后逐渐站稳。他的一只手紧紧拽着她的胳膊,开始往家里走。

"这是什么意思?"门一关上,两个人的谈话没人听到了,他马上发问。

"我不知道。"苏珊娜无助地耸耸肩,"我猜……我猜我们不知怎么的连在一起了。一定是因为我们是一起从荒原穿越回来的。"

杰克琢磨着她的话,缄默不语。

"你是说,现在我们给绑到一块儿了?"过了一会儿他怒气冲冲地说,"离开对方哪怕一百英尺也不行?"

"我不知道,也许吧。"她深吸了一口气说,"我是说,看起来是这样。"

"你知道会发生这种事吗?"

"什么?"

他朝她近了一步,样子凶巴巴的:"你之前知道会发生这种事吗?"他们之间尚隔着半个起居室,但杰克越逼越近了,"你那个时候说要帮我回到自己的身体内,要我带你一起走。"他说话间已经到了她的面前,两人之间只有几英寸的距离了,但他仍在往前靠。苏珊娜只有往后退。"你说带你穿回来就万事大吉,说什么以后再不会和我见面。我们当时就这么说定了。"苏珊娜嘭的一声碰到了墙,杰克不依不饶地逼过来,她现在完全无路可退了,"当时你对我撒谎了吧?"

"没有,我——"

"你早有预谋是不是?骗我说帮我穿越回来,压根儿不提我会跟你缠在一起,是不是?"最后几个词他完全是对着她的脸吼出来的,苏珊娜不禁变得畏畏缩缩的。"不是!"她重复着,声音更轻,"我没有撒谎,杰克。我当时不知道会发生什么事。我以为我们能各走各的,我向你发誓。"

杰克没有说话。

苏珊娜很想观察一下他脸上的表情,猜猜他现在的想法。可他现在正怒火中烧,她不敢抬眼看。终于,她实在受不了这样的压力了,把头抬了起来。

他余怒未消,瞪着她:"你必须给我想出个办法,把这个解决了。"

Chapter 21

"有话还是说出来的好。"

迪伦嘭的一声把自己的托盘放在咖啡桌上，小玉米粒儿一下子从模压塑料盘子里飞了出来，正好落进海绵布丁的蛋奶冻里。

"说什么？"崔斯坦把自己的托盘放下，动作要小心翼翼得多——他刚才一番花言巧语，哄得那位餐厅的女服务员允许他买薯条和蛋糕，没有蔬菜，也没有主食。这肯定违反了他们学校促进健康的膳食政策，但崔斯坦就冲着那位打菜的女士微笑，她最后还是给了他要买的食物，她随后给迪伦多加了点蔬菜作为弥补。

"你从昨晚开始就一直怪怪的。"今天早晨的历史课上，大部分时间他都凝视着窗外。他太心不在焉了，在他们去往上科学课那间活动教室的时候，他真的摔了一跤。尽管他是脸朝下、四肢摊开地摔倒在地，书和包散了一地，却没有人嘲笑他，马克和"鸽子"甚至停下来帮他捡东西。

要是迪伦出了这样的洋相，她简直就没脸活下去了。

"没有什么不对劲的，迪伦。"

"你撒谎！"迪伦尖刻的声音里含着怒气，因为愤怒总比伤心要好——要是她任由自己感到伤心，她可能就会大哭一场了，而在人头攒动的校园餐厅里面，她可不打算这么做，"说出来吧。"

崔斯坦打量着她，他一定已经意识到了她现在有多认真，或许是注意到了她眼里的泪光。不管怎样拼命说服自己现在她应该很生气，都还是被他看出来她的真实情绪。生气，该死！

"别对我这样，崔斯坦。"她说着，声音里带着哭腔，"有什么事别再瞒我了，你做过保证的。"

"别在这儿，"他说，"咱们找个没人打扰的地方吧。"

"相信我，没人听的。"迪伦反驳道。既然崔斯坦现在看起来愿意谈谈，她也控制了一下自己的情绪，"到底怎么回事？"

他噘着嘴说："那种古怪的感觉又来了。"

"就像有人在偷窥我们？"

"是，但我还没办法解释。我脖子后面会有一种针扎一样的奇怪感觉，等我回头看的时候，又什么都没有。"

"你觉得可能是谁？"

"我现在开始觉得，可能不是人，而是什么怪物。"

"那是什么东西呢？"迪伦眉头紧锁，感觉自己的胃正在顺着座椅往下坠，"恶鬼吗？你觉得有只恶鬼在悄悄跟着我们？"

"不是。"崔斯坦马上摇摇头，"恶鬼不会做这种事。它们根本不会有这样的想法，它们根本就不会思考。"

"那到底是什么呢？"

"我不知道。"他苦着一张脸说，"所以我才发愁。我一直很好奇……"他欲言又止。

"往下说啊！"迪伦在桌子下面轻轻踢了他一下。

"还记得吗，你跟我说过，在越过那道界线之后遇到了个东西，我对他很好奇。"

还记得吗？这些事她是永远无法忘却的。当时她的心都碎了，完全不知所措。在那道界线，崔斯坦欺骗了她、背叛了她、抛弃了她。这个东西此时出现了，告诉她要跟着他走。萨利，他的名字突然浮现在她的脑海里。他看上去有点像人类又有点像天使，只是没有双翼和光环罢了。散发着明亮的白光，这就是迪伦对他最深刻的印象。她一直无法看清他的脸，但她感觉他很美丽。

"他来这里干什么？"她有些纳闷，"你觉得他也找到了那个洞然后穿越过来了吗？"

"不会。"崔斯坦摇摇头，"他不会冒险进入荒原。要不是你告诉了我，我以前根本不知道还有这种生物存在。"

"那，他来这里要干吗呢？"

"找我们？"崔斯坦的表情变得阴郁，"或者，说得再具体点，是来找我的。"看到她一脸疑惑，他又接着说道，"因为我擅离职守，也许他是来拖我回去的。"

"那会很困难，"迪伦抢白说，"他没办法抓到你。"

不用看他紧绷的嘴，迪伦也知道事情没那么简单。

"我可能别无选择，迪伦。"

迪伦在心里琢磨着这个萨利，尽力想把自己模糊的印象说出来："他是……崔斯坦，也许那些恶鬼让你对荒原的感受出现了一些偏差。"

"你的意思是？"

"呃，在幽冥界的另一边，那里是一个神奇的地方。萨利给我的感觉就是一位天使，让我觉得跟他在一起很安全。"她想不出有什么更好的动作表达自己的观点，只好耸了耸肩，"因为你爱上了谁就派人过来找你算账，那里不像是这种地方。我这么说有用吗？"

"有用也没用。"崔斯坦说，他掂量着她的话，整张脸都拧在了一起,"我有种感觉,那双盯着我的眼睛并不友善,感觉那目光既阴沉又凶猛。"

"那就有可能根本不是我在跨过界线后遇到的东西。"

"嗯。"崔斯坦也赞同,"有可能是别的东西,某种我们还不知道的东西。"

"那我们怎么办呢?"

"不知道。"他说,眼睛里暗淡无光,写满了忧郁,"但是我觉得……如果我能靠近人世与灵界之间的那个洞,修补我们造成的破损,这样也许会有用。"

"好吧。等我们身体一复原,我们就再去一趟,尽量修好它——要是我们能摆脱我妈的话。"迪伦想起了琼。自从他们上次铩羽而归之后,琼就一直像只鹰一样监视着他们的一举一动。"我一直都睡不踏实,老想着恶鬼也来到了这个世界。"迪伦说。

"我也是。"崔斯坦清楚食堂里还有不少人在身旁走来走去,于是踩踩她的脚,"你妈不是允许我们今晚参加万圣节舞会吗?可能她现在已经开始放松警惕了。"

"也许吧。"迪伦说,"我觉得,我们还要随时留心着,看看是不是能当场把那个偷窥的家伙捉住,如果可能的话——我也说不清楚,或许我们会撞见它的。"

崔斯坦若有所思地点点头,迪伦知道他心里的焦虑并没有减轻,她自己也是一样,没有完全释然。但是让崔斯坦开口把自己的忧虑说出来,像是卸去了她肩头压着的重担,她最害怕的事情就是他还有秘密瞒着自己。他是她的知己,是她的一切,她需要他信任她,就像她对他那样。

"真的有必要这样吗?"

"是的,有必要。"迪伦又剪下一条胶带然后向上瞥了一眼:

"别坐立不安的。这些胶带需要挺直匀称,要不然看起来不对。"

粘好最后一截胶带,她直起身后退几步,欣赏着自己的杰作。

"好了吗?"崔斯坦看起来就像个要被送上绞刑架的烈士。说真的,他看上去真的像个上了绞刑架十年之后的烈士。迪伦粘在他身上的长白胶带看上去倒是不错,可这整体的效果……

"再坚持一下。"她把手伸到墙上,吧嗒一声关了灯。在黑暗中,那些胶带闪着光,崔斯坦的黑衣服消失了,看起来像是一具活动的骷髅。不,应该是一具一动不动、两只胳膊交叠在一起还很不耐烦的骷髅。"完美!"

他嘟嘟囔囔地回了一句,迪伦把灯重新打开的时候,他脸上依然是一副没好气的样子。

"我给了你选择啊!"她提醒他,"你本来可以扮成死神,我可以扮成骷髅的。"

"不。"崔斯坦一副欲言又止的样子,就跟她一开始提出两个方案让他选的时候一样,"我再也不愿意看到你死去的样子了,哪怕是开玩笑也不行。"

"要不我们扮成伯特和厄尼①去?"这是迪伦的备用方案。想起之前把这两位的图片拿给崔斯坦看时他的表情,迪伦咧开嘴笑了。

"要不是为了你,我才不会做这种事呢。"崔斯坦看着镜子里的自己,表情介于恐惧和无奈之间。

"我喜欢你这么打扮。"迪伦握着他的手,笑了,"这可是万圣节舞会,盛装打扮是强制性的。"

其实倒也不是非这样不可,但是大部分人都会穿上奇装异服。而且这也是她第一次参加真正的舞会,所以她打算全力以赴。何况,她的那套衣服——小黑裙外罩兜帽长袍,看起来真不错。琼

---

① 伯特和厄尼(Bert and Ernie),是美国儿童教育电视节目《芝麻街》中的两个主要人物。

还特批她这次可以不拄拐,这真让她喜出望外,她可以一直用镰刀①的。

"咱们快把这事了了吧。"崔斯坦叹了口气。他把迪伦从卧室里拉出来的时候,朝她使了个眼色。

"照相!"他们往门厅走的时候,琼粗声粗气地说。她把他们推到起居室的壁炉前面,手里拿着照相机。她第一次以支持认可的目光看着崔斯坦,谢天谢地。迪伦知道,她妈是担心她在学校太孤单——她看起来没多少朋友,也不参加任何俱乐部和体育队,学校的晚会也一概不去。怎么能这样呢?带着迪伦参加舞会让崔斯坦在琼心里加分不少,而且,可能还会让他多一点行动的自由,但愿吧。

"笑一个!"

"死神是不笑的,妈。"迪伦提醒她。

"要笑!"琼的语气不由分说,她一边调整照相机一边说,"我答应了要把照片给你爸看。"

到底什么时候琼和詹姆斯谈了这些事情的?为什么?他们不是恨对方入骨吗?迪伦暂时把这些疑问抛在一边,胳膊慢慢绕到崔斯坦背后,趁着他搂着自己的肩膀依偎着他,脸上挂着微笑。

她感觉自己看上去傻极了,同时她也欣喜若狂。

今晚,她要和一个自己喜欢的男孩参加舞会,共度良宵;今晚,她会忘掉恶鬼、忘掉杀戮,还有此生与来世分界线上的破洞,今晚,她会和常人无异。

---

① 镰刀,西方的死神通常穿一身带着兜帽的黑斗篷,手中拿着一把巨大的镰刀。

Chapter 22

傍晚时分，天气并不冷。他们一天之内第二次步行穿过昏暗的街道，朝学校走去，路上还碰到了一群也来参加舞会的同学，于是结伴而行。大家都是盛装打扮，穿得古怪而华丽——不，大部分人的装束只是古怪而已。在马路的另一边，一大拨"僵尸"招摇过市，个个活灵活现。前方还有三个身着紧身衣、足蹬"恨天高"的"恶魔"，正在费劲地行走，那是谢莉尔和她的闺密们。

在礼堂门口，碰到了他们的历史老师麦克·马纳斯。显然，他是被拉来维持秩序，不让恶徒混进去的。

"票呢？"他冲着他们大喊。

崔斯坦从他的裤子口袋里面掏出两张卡片。

"你的服装呢，老师？"迪伦身后有个僵尸打扮的在吆喝。

"他穿在身上的，"另一个"僵尸"窃笑着说，"他打扮得像个老古董！"

麦克·马纳斯还和以前一样，穿着一条棕色的休闲裤和格子夹克。他嘴唇上的胡子很浓密，打着领结，好像就是为了让学生取笑才故意穿成这样子的。再加个烟斗，他就活脱脱是个维多利亚时代的中学校长了，特别是那副见人爱搭不理、凡事喜欢记仇的表情。

他听了"僵尸"的笑话可没有笑："麦考·马克，你还是想想不让你进场这事吧！"

麦考·马克气急败坏地叫着："你说什么！"

迪伦并没有停下脚步听他们的争吵。她忙着打量装饰一新的大礼堂：灯光都调暗了，多彩追光灯有节奏地随着砰砰作响的音乐一明一暗，影影绰绰地可以看见墙上装饰的食尸鬼、恶魔还有墓碑，礼堂到处都挂着仿真蜘蛛网。

"感觉怎么样？"她对着崔斯坦的耳朵大声吼。

"感觉很爱你！"他也是吼着回答她，"必须的！"

她开心地笑了，调皮地把他推到了一边。他也许会抱怨，但他太渴望尽情享受真实世界的种种经历了。他以前或许没有想到这些，但眼前的一幕的的确确比坐在电视前吃着微波炉加热的食物要有趣多了。

他们把外套扔在了衣帽间，尽管迪伦脑子里还有镰刀斩掉谢莉尔的头之类的幻想，但她还是把镰刀也撇在那儿了。

"咱们喝点饮料吧！"迪伦喊道。

茶点也是万圣节的主题，纸杯蛋糕上面是软糖做的蜘蛛，还有棉花糖冒充的蜘蛛网；桌上一大杯用果汁鸡尾酒做成的"恶魔血"静待宾客，旁边的纸杯子摞得像座高塔。

"这里面含的E代码[①]可能比你想知道的还多。"迪伦警告崔斯坦，一样舀了一杯。

"E代码？"崔斯坦听不明白。但是迪伦痛饮了一大口，示意他也应该照着做。这酒跟她预想的一样甜腻腻的，但当她尽力咽下去的时候，才发觉嗓子堵得慌并不是因为饮料太甜。

---

① E代码（E-number），指欧盟国家认可的食品中的添加剂。

"哦，上帝！"她高举着杯子，气急败坏地说，"里面加了猛料！"

"毒药吗？"崔斯坦问道，一脸警觉。他伸手要把迪伦的杯子拿开，但是她让杯子绕了一个大圈，然后护到胸口，让他碰不着。

"可能是伏特加。"她笑了起来，环顾四周，看看有没有老师能听到他们俩的对话。劲爆的音乐仍在砰砰地响个不停，他们必须站得很近才行。"你可真是从另一个世界来的！它不会要了你的命。这是种廉价的烈性酒，所以喝起来味道就跟毒药似的。"她说。

他耸耸肩，喝了一杯，做了个鬼脸，一口气全咽了。迪伦屏住呼吸，也一口闷了。

"跟我跳舞吧。"崔斯坦笑着夺过她的酒杯，把两人的杯子都放下。

迪伦以前都没有跳过舞，说老实话，她是一直没什么机会。可是即使机会真的出现了，她也仅限于做一个看客。但现在她允许崔斯坦引着自己来到舞池中央，不停地跟着他的舞步旋转。

"你是怎么学会的？"趁着他把自己拉近然后两人都在旋转的工夫，她大声问道，"荒原上也跳舞吗？"

"我不知道该怎么跳，"崔斯坦大声回答她，"我只是喜欢这个借口。"他把迪伦甩出去，然后又拉回来，"在公开场合能搂着你。"

迪伦心里一万个同意。他们平时在学校里都很小心，身体的接触仅限于在桌子下面碰碰脚，偶尔来一下柏拉图式的拥抱，还有在觉得没人看到的时候偷偷摸摸拉拉手。这让迪伦一直耿耿于怀，只能眼睁睁地看着谢莉尔之流对着崔斯坦流口水。今晚，她已经看到她们又瞄上他了。除非她死，否则她们休想跟他跳舞！不，他只属于她一个人，哪怕她死了都是！想到这些，她笑了。

"再来一杯？"崔斯坦趁着两首曲子之间短短的空当问道。

迪伦能听到自己的心跳声，她急切地点点头。可等他们返回酒水台，酒已经被抢光了，他们只能凑合来点果汁了。

"我现在汗流浃背！"她大声说道，手在自己面前挥舞着。这么多人都挤在大厅，无比闷热。他们两个刚才一直在跳来跳去，她看了一下表，足足跳了半个多小时。

"去呼吸点新鲜空气吧？"崔斯坦问，指了指防火安全门。这道门一直开着，好让屋里凉快一些。他坏笑着说："二人世界时间，我向你保证过的，不是吗？"

他的确保证过。迪伦没有丝毫犹豫。她做出的最糟糕的决定就是认可琼的安排，让崔斯坦当自己的"表哥"。

可他们刚到了外面，崔斯坦又紧张起来。他的头突然转向旁边，凝视着暗处。

"要不，"他拉着迪伦的手，向后面的消防出口退了一步，"咱还是回去再跳会儿舞吧？"

"崔斯坦，怎么了？"迪伦耳语道。

刚经历了礼堂里极度的喧嚣，现在外面安静得有几分诡异。里面的噪声完全盖过了平日里城市的嘈杂声，对迪伦耳膜的冲击让她的耳朵里嗡嗡作响。不过她能看出来，崔斯坦一定是听到了什么或是感觉到了什么。

"怎么了？"

崔斯坦没有说话，但当他朝着礼堂转过身时，防火安全门已经嘭的一声关上了。

"真会挑时候！"迪伦恨恨地说，"我敢打赌，是'鸽子'或是别的什么人，就会瞎闹。"

"嗯。"崔斯坦急忙四下观望，"从哪条路回去最快？"

"我们可以使劲敲门，然后……"

"不行!"崔斯坦打断了她,"我们现在就得赶紧走。"

"崔斯坦?"迪伦快步和他并肩走着,一只手被他紧紧抓在手心。天黑,她走路有些一瘸一拐的。刚才跳那么长时间的舞,让她精疲力竭了,所以她低着头,尽力看清该在哪里下脚。崔斯坦走得很快,但她不想让他慢下来,他现在已经成了惊弓之鸟。

"我们又被盯上了吗?"

崔斯坦匆匆点了点头。"它就在这儿。"他小声咒骂着,"我真蠢,带你离开了其他人。我简直不敢相信……"

他突然不说话了,也不往前走了。

迪伦转过头一看,崔斯坦就像一尊雕像一样怔在了那里,死死地盯着前方。

"崔斯坦?"

他没有答话。

"崔斯坦?"迪伦转头,朝着那个把他吓得动弹不得的方向望去。

此时她看不见学校后面那条街,甚至连学校也看不见。只有一道光,像一块戏剧幕布,映出前方几米处出现的东西。除此之外,什么也看不见了。

不,某个东西,她看见了——一双目光锋利的眼睛。

哦,上帝啊!如果就是它一直以来尾随着崔斯坦,那它跟萨利绝对不是一个物种。两者唯一一致的地方就是都笼罩着光,很难看清面貌特征。

"崔斯坦?"她颤声说。

可他还没有开口,那个东西先说话了,它的话在迪伦的脑海里回荡:"摆渡人。"

如果这是问候语,也未免太不友善。这声音里透着一股威严,迪伦的后脊梁顿时感到一股寒意:"你有玩忽职守之罪。"

它停顿了片刻。崔斯坦趁着这工夫把抓着迪伦的手指松开。他没有看她,依然紧紧盯着前方耸立的生物,嘴里轻声说:"迪伦,走,快跑!"

跑?扔下他吗?开玩笑吧。"我不会离开你的。"

那东西又说话了,打断了他们的对话:"摆渡人,且听你犯下的罪过:你没有把指派给你的亡魂送到来世;更恶劣的是,你明知犯禁,却纵容亡灵附体,重返人间。"

它的指责如同钢针扎在迪伦的皮肤上。她掌握的正是那种犯禁的知识——知道死后会发生什么。

"快走!"崔斯坦嘴角挤出一声低沉的怒吼,"回里面去。"

"我说过了,没你我就不走!"迪伦拦住他在空中挥动的手,紧紧拽着,"跟我走!"看起来这完全是痴心妄想,但如果他们绕着这几栋楼快跑,跑回学校接待处,就会碰见其他人,而眼前这个家伙不愿意现身,"快,崔斯坦!快跟我跑啊!"

"不行!"崔斯坦重复了一遍,"我动弹不了。求你了,"他掰开她的手,"快跑!"

"你离开了荒原。"那家伙还在细数崔斯坦的罪过,"擅离岗位,放弃你神圣的职责。你一直想尽办法把自己当作人类,而你根本就没有被授予这种权利。你容许恶灵混入人世,致使无辜者死于非命。你还……"

"你是谁啊?"迪伦脱口而出,她不想让这家伙最后宣判。

它停了下来。迪伦能感觉到它的目光像聚光灯一样打到自己身上,把一切都照亮了,一直透到骨头里,直达她的灵魂。

"我是审判官。"

她没想到这东西会回答自己。

审判官又是什么?她还想接着发问,但是崔斯坦嘘了一声让她别说话。

"人类灵魂，这不关你的事，你甚至都不该在这里见证这场审判。"它的声音在迪伦体内隆隆作响，听起来像是可怕的怒吼，"你本该看不到我的。"

迪伦明白，自己要是没有去过荒原又折返，并且不可饶恕地爱上一个摆渡人的话，应该是看不到它的。现在的她已经不是从前的她了。

审判官又转向崔斯坦。

从它的目光中解脱出来后，迪伦努力克制着自己，不敢有丝毫放松。

"摆渡人。"它的声音如同雷鸣，"你的罪行，你都听到了？"

崔斯坦跟刚才一样，依然怔在原地，尽管他还可以活动自己的脖子和胳膊。听了审判官的话，他低下了头。

借着审判官背后诡异的亮光，迪伦可以看到崔斯坦紧咬牙关的影子。

"你的罪名成立。"审判官继续说，"鉴于你的罪行，褫夺你继续引导荒原上新亡魂的权利。"

尽管低着头，但崔斯坦还是勉强点点头表示认罪。

"你要失去你在人间窃取的生命。"

这次尽管有些犹豫，但崔斯坦还是点了点头。他的眼睛紧紧闭着。

迪伦被惊得倒吸了一口气。失去他窃取的生命？这条命？不！

"等一下！"她大喊了一声，但审判官根本没理睬她。

"你将返回荒原，成为那些恶鬼中的一员……"

"恶鬼？不！"迪伦激动得简直说不出话来了。她朝审判官走去，大叫着："等一等！"

崔斯坦赶紧伸手，铁钳一样的手一把攥住她的上臂，硬生生让她收住了脚步。

"我接受您的判决。"他说,"但是,我请求您不要惩罚迪伦。"他大胆地扬起下巴,此时迪伦还在拼命挣扎,"在这件事上她是无辜的,全是我的错。"

什么?迪伦终于扯开了他的手,肘部顶来顶去,身子来回扭动,拼命想要挣脱,"不,不是这样的。这是我出的主意,如果你要惩罚他,那……"

她还没说完最后一句,崔斯坦就用手堵住了她的嘴。

"我对人类的魂魄不感兴趣。"审判官说着,不屑地看了迪伦一眼,"只要她不把知道的秘密说出来,她是不会受到伤害的。"

"你能把我们分开吗?"崔斯坦一边用手捂着不让迪伦喊出声,一边问道,"每一次我们试着分开,都会疼痛难忍。我们之间隔的距离越远,疼痛就越厉害,就好像那场火车事故在我们两个人身上重演了一遍。"

审判官微微动了一下:"那她就受着吧,人类灵魂不关我的事。我来是要带你回去接受命运惩罚的。"

"她会死的!"崔斯坦说,"你要是把我从她身边带走,她会死的!"

"那她就死去好了。"审判官的语气就好像在讨论天气一样,可它谈论的是她和崔斯坦即将面临的死亡,这让迪伦恼怒极了。她越挣扎越厉害,最后崔斯坦只好放开了她。她从崔斯坦和审判官身边跑开,站到了远离那道光的安全处。

"你不能这样做!"她大喊一声。

"你本来已经死了,"审判官说,"我只是让一切恢复正常而已。"

"我不关心我的死活!"她并非不关心自己的生死,但此刻她更关心的是崔斯坦,那个审判官也一样,"你不能就这么把崔斯坦带走。我们才刚刚开始恋爱!而且他跟我一起回来都是因为我的错,是我劝他这么做的。"

"迪伦!"崔斯坦冲她怒吼一声,但他现在够不着她了。

迪伦没有理会,仍对着审判官说:"你不能这样做。"

"我能,我必须这样做。你可以跟他告别了。"

"迪伦!"崔斯坦说,脸上的表情无比痛苦,"我爱你。"

这句话正扎在了迪伦心尖上。她感觉整个人如同被劈开了一般,心在滴血。以往崔斯坦离开她身边时种种焦虑、恶心,还有痛苦的感受登时一齐向她袭来。她的心脏在胸腔里怦怦狂跳,她知道自己死亡也就是一瞬间的事。她也想不顾一切地对崔斯坦说同样的话,但如果他们只有这最后的几秒钟,把时间浪费在这个上面她耗不起。她还有最后的机会跟那个家伙讲道理,她一定要把握时机。

"他不能就这么消失。他有在这儿交的朋友,在学校也注册过。如果你把他带走,大家会有很多疑问。"

审判官似乎对此毫不在意:"他们可能会问问题,但不会找出答案的。"

它转向崔斯坦,迪伦知道最后的时刻到了,它要把崔斯坦带走了。就这么一下子,它就会杀死自己,把崔斯坦交给⋯⋯

"那些恶鬼又怎么办?"她尖叫着问,审判官顿了一下。她继续说道:"它们找到了穿越过来的通道。除非我们把那个洞封上,否则这种事还会不断发生。但是我们能弄死它们,我们已经这么做了,就在隧道里。"

"你撒谎!"审判官呵斥道,"恶鬼是杀不死的。"

"我没有撒谎,我发誓!"迪伦注视着审判官,满脸哀求、绝望的神色,"这中间崔斯坦还受伤了。给它看看你的伤!"

审判官没等崔斯坦裸露伤口,瞬间就靠了上来,然后抓着他的骷髅服,撕开了那层材料和下面的衣服。

审判官看到了崔斯坦皮肉上沟壑般的抓痕,这些伤口愈合起来和人类一样缓慢。

"在这儿就可以杀死它们。"崔斯坦说,"在这个世界,它们变得更像血肉之躯,"他摸着自己的伤口,"就跟我一样。"

笼罩着审判官的光似乎在一瞬间暗了一下。"我控制不了恶鬼。"它说道,"我也无法封闭你们造成的两个世界之间的破损。"它凝视着崔斯坦,"你们知道自己的行为带来多么严重的后果了吧?"

崔斯坦一言不发。迪伦张开嘴想说些什么,但崔斯坦脸上的表情让她没有再说下去。那表情里……带着希望。

有什么转机了吗?

突然,审判官放开了崔斯坦:"我给你一次机会,虽然你根本不配。"

机会?迪伦的心几乎要飞出胸膛,如释重负的轻松感让她几乎听不到审判官后面说的话了。"你要找一个办法封闭这条……通道,你还要摧毁其余穿越到人间的恶鬼。"

"如果我完成了呢?"崔斯坦问。

"如果你能完成这两项任务,我就准许你继续待在这儿,守卫这个世界,阻止其他摆渡人进入,发现恶鬼立即处决。你接受吗?"

"行!"迪伦兴奋地倒吸了口气,"行,我们能行!"

审判官没理她,眼睛只盯着崔斯坦。

"我接受。"他说。

"你有三天时间,"审判官说,"三天,不能再长了。我不会可怜你第二次的。"

然后,它消失了。

Chapter 23

"我需要时间好好想想。"崔斯坦说。迪伦醒来时发现他的校服刚穿了一半,把她的校服摆在了床边,"我们可不能操之过急,而且……"

"操之过急?"

"所谓操之过急指的是没做好充分准备,就是先冲进去但还没有……"

"我知道这个词是什么意思!"迪伦气呼呼地打断了他,"只是,在吉斯夏尔别当着任何人的面说这个词,好吗?"

"那是……什么过急来着?"崔斯坦疑惑地看着她。

"不是!我是说其他……"她突然住了口,狐疑地看着崔斯坦。他尽力睁大眼,保持着无辜的样子,嘴角却在抽动。

"白痴!"迪伦骂了一句,过来推他的胳膊。闹了一会儿,两人才切入正题,"我们得想出个计划来,只有三天时间。我们需要的是行动,不是去上这个该死的学!"

"我们需要有个方案,"崔斯坦表示赞同,"所以我需要点时间好好想想。我们暂时还是按部就班，等我想出最佳方案再说。要是你现在逃课，"看到迪伦张着嘴准备争辩，他提高了音量，"那琼又会对咱们两个严加管制了。她现在才刚开始信任我们。那样我们就什么也做不成了。"

他们还是去了学校，不过整堂电脑课上迪伦都在喋喋不休地跟崔斯坦念叨上学有多蠢，除非他听她的话，否则她还打算继续唠叨下去。

迪伦忍不住想，他们的任务——找到其他所有可能从荒原逃逸的恶鬼——似乎根本就不可能完成。

"到现在为止，还没有其他恶鬼杀人事件。"她说。

"嗯。"崔斯坦说，"除非我们能逮到那个连杀四人的恶鬼——我也不知道行不行——也许它还没有再次杀人，因为它上次太暴饮暴食了。跟吃一个亡魂相比，吃一个活人就是一顿大餐了。它上次可是一口气吃了四个。"

迪伦脑海里浮现出那血腥的一幕，不禁一脸苦相。"它随时有可能再饿。"她提醒崔斯坦，"所以我们需要去那儿，确定地方是对的。"没有回应，"崔斯坦？"

"该死……"他压低声音骂了一句。迪伦看了一眼他的电脑屏幕，上面没有他们应该做的一行行代码，满屏就只有三个红色的大字：已屏蔽。

"你在搜什么？"迪伦问。二年级的时候，因为企图浏览色情视频，"鸽子"曾经被拖出教室。会导致这种结果的，还有其他事情。

"如何自制炸药。"崔斯坦招了，看起来有一点不好意思。

"什么！"迪伦一声惊叫，让班里所有的脑袋都朝他们这边转了过来，连詹姆斯夫人也停下手边的事情抬头张望。迪伦急忙弓身，等大家的注意力转移了，再瞪着崔斯坦说："你不能在谷歌上搜这个！"

"现在我知道了。"崔斯坦喃喃地说。

"不光是因为网站被封，还会引起政府机构的警觉，他们会觉得你是恐怖分子！"

"那把你的智能手机给我吧，我在那个上面搜。"

"那就更糟了！"迪伦尖叫了起来。有时候，她会不自觉地忘记崔斯坦对这个世界的各种门道知之甚少，"你要是真的需要，我们得去网吧。"

"知道吗，"崔斯坦说着，目光突然越过了她的头顶，"我想出了一个更好的主意。"

"什么主意？"迪伦转过身，想看看到底是什么吸引了崔斯坦。她只看见"鸽子"还有他那几个狐朋狗友正在瞎鼓捣电脑后面的线。

"崔斯坦，看什么呢？"

"我一会儿就告诉你。"他低声说，然后径直走到那一小帮男生中间，坐在他们旁边，竟然还和"鸽子"攀谈了起来。

等他们上完电脑课离开时，她问："能不能告诉我你在干吗？"她刚才看着崔斯坦和"鸽子"那一帮傻瓜在一起有说有笑，好像是好哥们儿似的。迪伦觉得自己已经够有耐心的了。

"炸药。"崔斯坦嘀咕了一句，替迪伦开门。

"这事到底跟'鸽子'有什么关系？"

他看着她，样子有点吃惊。她知道，他以为自己能猜出来他心里的想法。

"我打算把那个隧道炸了，"他耸耸肩，"尽力吧。"

迪伦还是不明白："可为什么你要去和'鸽子'说这事？"

"还记得那天在实验室发生的事吗？他差点儿就把整个地方给炸了。我刚才问了问他，当初他瞎兑在一起的化学原料有哪些。"

"我觉得他可能早忘了。"

"他还记得，"崔斯坦告诉她，"记得很清楚。"崔斯坦稍停了片刻，想看一眼刚才那三个凑得太近的一年级男生，他们已经溜之大吉了，"他告诉我他在家试过，用家用物品就行，主要材料是清洁用品。他差点把他妈妈的屋顶掀了。"

不行，绝对不成。

"你不能这么做！崔斯坦，我们惹的麻烦已经够多了！如果警察发现了，我们都会被抓起来！你什么身份证件都没有，崔斯坦，不行！"

"什么麻烦比告诉审判官我们失败了更大？"他让迪伦自己慢慢体会这话的分量，"迪伦，它要把我带到荒原上，交给恶鬼们。到时候，我也会变成那些成群结队、愚蠢透顶的坏家伙中的一员，而你……你会死的，迪伦。"

"是，可……"她摇了摇头，"就算你把隧道炸了，那可是通往阿伯丁的铁路干线，他们还会重新把隧道打通，然后那个洞又会暴露出来。好好想想吧，崔斯坦！"

"我已经想过了。"他告诉她，语气异常严肃，"自从听到那四个人的死讯，我什么都没干，就在考虑这事了。我的办法是，不在这里炸隧道，我要在荒原那头炸掉它。"

迪伦盯着他，完全惊呆了。

买到制作炸弹所需的原料竟然如此简单，这太让人不安了。他们去了Homebase①，崔斯坦在购物车上装满了化学药品和管道胶带，一小卷铜丝还有其他杂七杂八的零碎，他还买了一个油罐。这看起来太可疑了，但那位柜台里的中年妇女眼皮都没眨一下就把这东西塞进了购物袋。收银的时候，迪伦皱了一下眉。

---

① Homebase，英国一家仓储式的大型连锁超市，销售大型家庭设备和园林设施。

先逛超市再长途跋涉回家，一路上迪伦都很少讲话。他们和琼共进了晚餐——猪排和土豆泥——然后一起看完了平时琼爱看的一档厨艺节目。她就像个机器人一样按部就班地做着上床睡觉前的准备工作。一直到琼睡下了，迪伦还在望着天花板发呆。

这是她现在唯一能做的表情了，如果放任自己的情绪的话，她可能就该大喊大叫了。

终于，崔斯坦依偎在她身旁了。他还没来得及躺得舒服一点，迪伦就开始怒气冲冲地声讨他了："你要丢下我了。"

"没有的事嘛！"崔斯坦慢慢用胳膊搂着她，抱得更紧了，"我不是在这儿吗？"

"你打算丢下我了。"她重复了一遍，"你那个去荒原的计划，你心里清楚……你清楚，一走就不会回来了。"

沉默。迪伦乖乖地在他的臂弯里待了五秒钟，然后就开始竭力挣脱——他不打算让她和他一起去。

"停一下，"他请求道，"听我说。"

"听你说什么？听你给自己找借口？你以前不就哄我一个人跨过那道界线吗？你这是故技重演！"迪伦控制不住自己的声音，哽咽着几乎说不出话来，"拜托，崔斯坦，你不可能来去自如的。"

"我不是要离开你，迪伦。"他发誓道，"我有一个主意。"她等着他往下说，"如果我把自己拴在真实世界，我应该就能在炸弹爆炸前寻一条路穿越回来。"

"把你自己拴起来？"

"就像安全绳那样，登山的时候用的。"

"你要拿条绳子系在腰上，然后盼着能把自己拉回来，这就是你的计划？"她声音里带着嘲讽。

"我们只有三天！"崔斯坦提醒她，"现在只剩两天了，你还有更好的办法吗？"

没有。可回到那条隧道,眼睁睁看着崔斯坦消失在黑暗中,把她一个人孤零零地撇在那儿……

"我要和你一起去,"她脱口而出,"我们一起引爆隧道。"

崔斯坦搂着她的手此时变得像铁栏杆一样。她感觉得出来,他身体每一处线条都绷紧了:"不行。"

"崔斯坦!"

"不行!"他用紧紧的拥抱来强调自己的态度。

在黑暗中,迪伦愁容满面。让他一个人去没事吗?他没有想过自己能应付下来吗?在荒原上,她可以靠自己活下来的……而且是两次。

"为什么不行?"她语气强硬地问。

"我需要你站在隧道另一边,"崔斯坦说,"我要把绳子的一头系在你身上。"

噢,原来如此。

好吧,这话总算有点道理。可让他一个人穿回去,她还是不开心。要是她真像崔斯坦说的,有什么更好的法子,她死也要跟他争。可惜,她没有。

"你要是不回来,"她告诉他,"我就要去找你。"

又是拥抱,这次温柔多了。

"好。"他在她耳边说。

一边说着,一边在她的耳垂上一吻,然后是她的下巴、脖子,最后是嘴唇。刚才说话时残存的一点怒气和紧张感让迪伦一开始还硬绷着,可这也只维持了一次心跳的时间。当他吻得越来越深时,她感觉整个人都融化了。

为了他,她曾经穿越过一次荒原,她还可以再来一次。

Chapter 24

"杰克？"苏珊娜溜进杰克的卧室。他背对着她站着，望着下面乱糟糟的一片城区，他身体的每一块肌肉都还紧绷着。

"杰克，我觉得我有办法了。"

"什么办法？"他转过身死死盯着她。

"就是把我们彻底分开的办法。"

"接着说。"

"我知道有人能帮我们。"

沉默。只听得到杰克妈妈用吸尘器清洁起居室地毯的声音，她今天早上已经做过两次清洁了。

"我觉得在这儿你应该不认识别人了吧？"杰克终于开了腔。

他语气里的咄咄逼人，苏珊娜不可能听不出来。"他不是这里的。反正一开始不是。他跟我一样，也是摆渡人。"

"呵。"

杰克没有再说话，苏珊娜硬着头皮等着。杰克非得同意才行。她也想不出其他什么法子接近崔斯坦了。杰克要是不愿意，没人差遭得动他。

拜托了！她暗自祈祷，同意了吧！

出乎意料的是，他没有用他锥子一般锋利的目光盯着她、用连珠炮似的问题考问她，他的目光集中在她身后的门厅上。

"好吧，在他回家之前把一切都搞定。"他的嘴唇轻蔑地翘了起来。

"什么？"苏珊娜眨眨眼，完全蒙了。杰克妈妈还在做清洁，吸尘器的噪声更响了。哦，她恍然大悟："你继父要回来了？"

"嗯，不能等了。"很容易听出来他的嘲讽语气，但苏珊娜同时也察觉到了这声音里流露出的战栗与不安。

"他这段时间去哪儿了？"她问，突然间意识到自己这是在玩火。杰克不喜欢回答私人问题，而且她明明知道他讨厌他那个继父。

"干活儿呗！"杰克恶狠狠地说，"他是个卡车司机，跑长途运输的，一出门就是好几天，盼着他别回来了。"杰克的目光又转回到她身上，"那个摆渡人……"

"他叫崔斯坦。"苏珊娜说。只要一说出他的名字，她就激动得心一阵乱跳。

"崔斯坦？"杰克轻蔑地眉毛一挑。他转了转眼珠，问道："你知道他在哪儿吗？"

啊，这一下问到关键了。

"知道一点吧。"苏珊娜闪烁其词。

"什么叫'知道一点'啊？"杰克一迈步走到屋子中间，"你是知道还是不知道？"

"我知道！"苏珊娜先把他安抚住，这个小小的谎言让她心里暗暗叫苦，"我是说，我知道大概的方向。"

"什么？"

"南边。"

"南边？"杰克重复了一遍，愣了一下。

苏珊娜点点头。

"光是在南边？完了？"

"呃……西南方向。"

"你不是在开玩笑吧？"杰克又朝前走了一步，他们两个之间只有一臂的距离，这屋子总归是不大，"世界那么大，你就知道他在我们南边的某个地方，那我们该他妈的怎么找他？"

"我能感觉到他。"苏珊娜保证说，"他离我们不远，跟我们同在一个国家。我们相互之间有感应。我们离得越近，感应越强。你要是带我朝这个方向走，我总会找到他的。我保证，杰克。"

苏珊娜几乎可以肯定自己能兑现承诺。哪怕做不到，她也愿意冒一次险。她一定要接近崔斯坦。她还没有走最远的路、冒最大的险，不能就这样轻言放弃，然后和这个杰克绑在一起，了此残生。

杰克刚要开口答复她，吸尘器这个时候恰好停了，瞬间的安静让人感到特别不舒服。杰克突然改了主意，这倒是他一贯的行事风格。他走到苏珊娜身边，把自己的夹克衫从挂钩上取下来。

"那就走吧。"杰克说着就朝门走去，焦躁不安，就好像他打算一个箭步从她身上穿过去似的。

苏珊娜能做的只有闪身躲开。她心里一块石头落了地，头有些眩晕。疾步跟在他身后，腿感觉发颤。他们这就要去找寻崔斯坦了，她简直不敢相信这是真的。

"快点！"杰克在催她。

苏珊娜使出了浑身解数走快点，虽然她不明白干吗突然这么急。

不过刚走到前门，一切就都清楚了。

钥匙在锁眼中转动时发出的响声让杰克停下了脚步。他妈妈飞

191

奔到沙发那里,慌里慌张地又把沙发垫子拍一遍,让它变得更软。

苏珊娜看着门开了,隐隐预感那个恶棍会破门而入,虽然她已经在杰克的记忆中见过这人了。此人长相普通,身材瘦而结实,中等身高,棕色的头发稀稀拉拉,一张窄脸,五官分明。他和杰克没有血缘关系,但是也长着一双冰冷的眼睛。

他进来的时候,先用冷峻的目光扫视了下整个屋子,只在苏珊娜身上停了那么一毫秒,然后就移开了。杰克僵直地站在那里,攥着拳头。他把杰克从头到脚看了一遍,然后走进一尘不染的房间,最后目光落在杰克妈妈身上。她怯生生地对他微笑。"你回来了。"她问候道。

"嗯。"他又朝前走了三步,把包和夹克衫甩在沙发上,然后把杰克妈妈搂在怀里。他刚一碰到她的时候,她的身体微微往后退了那么一点点,这是自己的想象吗?苏珊娜不敢确定。不过,当杰克的继父往后一退步,把注意力转移到杰克身上时,杰克那副准备动手的架势绝对不是苏珊娜能想象的。

"杰克。"他声音低沉,目光又投向了苏珊娜,她感觉屋子里寒意弥漫,"这是谁?"

"杰克的朋友。她在这儿住了一阵子了。"杰克妈妈忙在一旁解释,脸上带着讨好的笑容。

"明白了。"杰克的继父舔了舔嘴唇,继续说道,"把这儿当旅馆,食宿全包,是吧?"话里带着刺儿。

"我们正要出去。"杰克抢着说道,同时把身体挡在了两个人之间。

"好极了。"他继父的声音又甜又腻。

杰克看样子是想顶句嘴,要不就是让自己一会儿紧攥一会儿松开的右拳派上用场。可是,从这儿逃离的诱惑大到没法抗拒,他没再说什么,大踏步走了出来。苏珊娜在后面紧紧跟随。

"杰克。"她一边追着他下楼梯,一边喊着。他双手忽地一下把防火安全门推开:"杰克,等等。"

他没理她,依然走得飞快。苏珊娜感觉他们两个之间似乎有一股引力似的,同时肋部一阵阵刺痛,只好用手按着以前被恶鬼刺伤的地方,一路跑得上气不接下气。

杰克直到冲出公寓到了前庭户外才放慢了脚步。他站在那儿,呼吸急促,样子像一头被激怒的公牛。他想大喊,又叫不出声来,侧过身子,一拳打在一辆已经伤痕累累的白色小货车上。

"你还好吧?"她问道。

"没事。"杰克嘟囔了一声,可他眼里闪着的怒火已经给了苏珊娜不同的回答。

"你爸好像……"

"他不是我爸。"

"你的继父,他好像……"

杰克一只手在空中一摆,又打断了她的话:"我不想提他。我们走吧。"

杰克大踏步穿过街道,直到住宅越来越少,商铺越来越多,最后完全成了商业区和工业区。虽然今天是工作日,这边却安静得很,许多建筑物上都挂着"待售"或者"出租"的牌子,就算是还开门营业的地方,也是看起来年久失修的样子。

苏珊娜打了个寒战,倒不是有多冷,而是这个地方热度太低。

离公寓已经挺远的了,杰克的怒气看起来也慢慢消了,她觉得现在再跟他说话应该是安全的。这倒不是说现在跟杰克待在一起就最安全。

"我们来这儿干什么?"

"你想找到你那个摆渡人,是不是?"

苏珊娜默默点点头。

"好，那我们需要想个法子到那儿。"

她环视四周，心里还是蒙的。视野中既没有公交车站也没有火车站，连出租车也没有，唯一能动的交通工具是一辆嘎嘎作响、开往市中心的货运篷车。

杰克看出她脸上茫然的神色："我们得开车去。"

"开车？"苏珊娜还是一脸懵懂的样子，"可你根本没车啊！"也没有驾照，这一点她非常确定。

"这个我会处理的。"杰克开始得意，突然一副很开心的样子，"我可是短路点火①的大师。"

苏珊娜没有完全搞清楚什么叫"短路点火"，即便是这样，当她吃力地跟在杰克身后，看他满世界找"体面货"时，心里还是隐隐有种不祥的预感。

最后他盯上的是一辆外观整洁的蓝色掀背车。车停在两栋高楼之间的一块阴影处，显得很不起眼。车看上去很干净，保养得也挺好，只有从车轮拱罩处开始向上慢慢扩散的锈斑暴露了这辆车的年龄。

杰克靠近车，手里拿着个银光闪闪的东西。苏珊娜默默看着他动作麻利地一下子把那个东西插进车门与驾驶位旁的车窗玻璃之间，接着咔嗒一声，下一秒杰克就把门拽开了。"女士先请。"他拉着门请苏珊娜坐在副驾驶座位上，一边说着，一边嬉皮笑脸地看着苏珊娜。

苏珊娜有点犹豫。也许不愿意承认，但她真的直到此时才完全明白他们现在是在偷车。偷车，这可不比在商店里小偷小摸或是在墙上乱涂乱画。这些事对杰克来说已经是家常便饭了，这可是真正的犯罪。要是被逮到了……

但她也知道自己没多少选择，要是她此时不肯上车，不仅大家

---

① 短路点火（hot-wiring），指不用钥匙直接接线启动车辆的点火方式，常用来偷窃汽车。

都很难堪,而且自己早晚还是得坐上赃车。另外,她只能感觉出崔斯坦的大概方向,开车是最好的出行方式。她苦着脸,猫腰爬进了车里。值了,只要能接近崔斯坦,这么做也值了。

"现在该怎么办?"她说。尽管她可能对这个世界的门道了解不多,但她的确知道一般来说,发动汽车需要有钥匙才行。

杰克眼睛里带着戏谑的笑意睨了她一眼说:"稍等。"他的手指在方向盘下面乱摸了一阵儿,突然暗处亮起了一道微光,接着车子咳着喘着发动了起来。"行了!"

此时的他可真是如鱼得水。车一挂挡,伴随着轮胎发出的刺耳声音,他们出发了。虽然杰克不可能有驾照——他还没到年龄,但苏珊娜确定这不是他第一次开车,这一点从他操纵汽车的熟练程度就看得出来。他转着方向盘,换挡动作麻利、平稳自如,车子飞驰着绕过工业区那些狭窄的角落。等上了一条双行道,他猛踩油门,车子向前猛冲,苏珊娜的身子被甩回到座位靠背上。

"好了。"他胡乱调着收音机频道,直到从扬声器里传来砰砰作响的重低音方才作罢。这声音几乎淹没了他的喊声:"西南方向是吧?"

Chapter 25

他们走的还是之前去隧道的那条路线,他们的书包里塞满了造炸弹的装备。行李架上放不下他们的包,但崔斯坦不想让它们离开自己的视线。在每一辆公交车上,他都把书包小心翼翼地放在两脚之间,同时警告迪伦不要剧烈摇晃它们。

"会爆炸吗?"她着急地小声问。

"不会。"崔斯坦答道,尽管看起来他心里也不是那么有底,"但是有些化学药品千万不能混在一起。至少,在我们做好准备前得这样。"

这次走向铁轨要容易得多,因为迪伦的腿已经复原得很好,走在这样高低不平的路上也没有问题。尽管如此,她还是走得很慢,落在了扛了两个帆布背包的崔斯坦身后。虽然她走得磨磨蹭蹭,但是似乎也没怎么耽误时间。不一会儿工夫,那条隧道就森然矗立在他们面前了。

迪伦之前还担心现场可能会有工人,毕竟铁路公司也承受着压力,要让这条线路尽早恢复运行。但崔斯坦对此并不赞同。他查到的消息是，只有当警察结束对那四个人的谋杀案的调查之后，工程才会重新开始。鉴于杀死他们的是来自冥界的恶鬼，崔斯坦觉得警察的调查不会取得什么进展。

等他们越来越接近目的地的时候，迪伦发现崔斯坦的看法正误参半。

那里没有工程货车和建筑施工的牌子，没有挖掘机、电锯和锤子的声音，但是自从他们上次冒险之后，显然已经有人来过这儿了，现在隧道的入口处竖起了一道木头路障。胶合板子上喷了"禁止进入"字样，上面还纵横交错地缠着警戒线。

迪伦停下了脚步，可崔斯坦一直走到那个临时路障的正前方才站住。他叹了口气说："我们得使足了劲砸烂这东西。"他有些懊恼地朝它踢了一脚，那东西晃动了一下，"看起来也不是特别结实。"

是不结实，崔斯坦一个人就能把路障整个儿从隧道口推开。

"等一下！"迪伦说晚了一秒钟，崔斯坦已经把那块丑陋的薄木头板推到一边去了，"那恶鬼出来了怎么办？"

"现在是白天。"崔斯坦提醒她，他看了一眼头上阴云密布的天空，"它们要从这儿出来的话，现在光线还是太强烈了。"说完他做了个鬼脸。

他拉开了一个背包，取出两个强光手电。

"给！"他递给迪伦一个，"这个能让它们不敢靠近你，或许比手机灯光更管用。你就在这里待着，我过去检查一下，看看是不是还有恶鬼藏在里面。"

他开着手电朝隧道深处照了一下，那道光柱很快就被黑暗吞噬了。

"崔斯坦——"

"我会小心的。"他没有给她更多的时间争辩，一耸肩，把一只帆布包扛在背后,开始顺着隧道往里面走。

在拱顶的每一处曲线周围,在靠近地面的每一个黑暗的角落,手电光都在晃动。迪伦也在看着,眼睛搜寻着那些飞奔而来、如一团旋风般的恶鬼。但随着崔斯坦离她越来越远,阴影越来越多,不可能看见什么了。

她搂着自己,转过身子,目光穿过眼前的荒凉向外望去。铁轨笔直地穿过荒野延伸到远方的地平线,远处铁轨两旁,低矮的山丘起起伏伏。跟荒原不同的是,她在这里可以看到零零星星的农舍,一座小镇在更远处闪着朦胧的光。这景致并不迷人,但并非一片虚无。

开始下雨了,雨滴浸湿了她的头发。她的外套虽然是新的,但是价格并不贵,也不像标签上宣称的那样防水。迪伦感到自己的肩膀又湿又冷。当然她可以退到隧道里面去,但她宁愿自己身上被淋湿。除非到了紧要关头,迫不得已,否则她绝不愿在隧道里多待片刻。

她吁出一口气,感觉难受焦躁,不光是因为崔斯坦离自己越来越远。不,全是因为这个地方。上帝啊!这个地方令她毛骨悚然。要是崔斯坦摧毁荒原那边的隧道计划成功了,她就再也不到这儿来了。

永远不来了!

"迪伦!"他在叫她,不过声音里听不出惊恐或者焦虑。

她一转身,把手电光对准隧道深处:"怎么了?"

"这里很安全。你把那个背包拿过来好吗?"

不知怎么的,她开始还想着他会过来接自己,不过那样既愚蠢又没有必要。看在上帝的分上,他已经检查过隧道了。没有恶鬼,没有危险。

"振作,振作。"迪伦喃喃自语。

她把那个背包背在肩膀上，开始顺着隧道往里面走。

用不了多久，也就走了十步左右，这幽深封闭的洞穴就将外部的一切声音都隔绝了。不管是轻柔的风声、偶尔传来的鸟鸣，还是远处路上行车时沉闷的嗡嗡声，在这里通通变成了一片死寂。只有她急促紧张的呼吸声、外套窸窸窣窣的声音、脚踩在石头上嘎吱嘎吱的声音，还有其他动物——老鼠和蝙蝠逃跑时爪子剐蹭的声音——它们都在避让迪伦。

过了许久，终于走到了崔斯坦身边。他蹲在那里，手电放在枕木上，正在包里乱翻。

"是这儿吗？"迪伦疑惑地问。

这里不是当时事故发生的地方，起码还有一百英尺远呢。

"这里离我想让你去的地方最近。"崔斯坦说，"上一次，你跟我说你感觉有一股吸力，就像是有什么东西在使劲把你拖回荒原似的。现在你还有这种感觉吗？"

迪伦想着，把注意力集中在胸口和心脏上面。心跳得比平时快了，她感到一种异样的冲动，想要继续往前走，但这次跟上次那种被人拽着的恐怖感觉不一样。

"不，"她说，"我在这儿没事。"

"好。"他站起来，手里拿着一卷绳子，"我会把绳子的一头系在这边的铁轨上。要是绳子绷紧了，或是我开始猛拉绳子，你就赶紧拽，能使多大力就使多大力。不过，"他说着往前走了一步，俯下身子注视着她的眼睛，"不要越过这个地方。懂了吗？"

迪伦顺从地点了点头。当然，如果到了最后关头，她会顺着绳子穿过那道门直到找到另外一头的崔斯坦为止。但是现在没有必要把这些告诉崔斯坦。

崔斯坦把绳子在自己的腰间绑好，然后低头用绳子另一头在一截金属联轴器上打了一个双结，使劲拽了拽看绑得结不结实。他刚一松手站起来，迪伦就过去抓着绳子跟金属连接的地方。

"现在用不着这样。"崔斯坦说，"等着吧，看到我猛拉绳子你再拽。"

"我想抓着它。"迪伦坦言，"这样我就能感觉到你在行动，我就好受多了。"

"好吧。"崔斯坦把两个帆布包都背在一个肩膀上，空出来的一只手举着沉甸甸的手电。他开始朝里面走，突然转过身，又靠近迪伦，在她的唇上深深一吻："在你不知不觉中我就回来了。"

Chapter 26

没事的，崔斯坦想，没事的。

然而，离开迪伦还是费了他很大的心力。他不愿带迪伦进入荒原，无论如何他都不想这么做，可是视野以内看不到迪伦，同样让他很难受，因为他知道这附近就有恶鬼。

他不知道当他潜回荒原后会发生什么事，将他们两个紧紧连在一起的不可思议的命运纽带又会怎样。但他现在下定决心按照自己的计划行事，必须干到底。如果他要平息审判官的愤怒，拯救他们两个人的性命，没有别的路可走了。

他在生自己的气——无比愤怒。要是当时他带着摆渡人应有的，也是自己一贯的冷漠超然的态度，规规矩矩地把迪伦送过荒原，送到那条界线边，她现在就能平平安安地在那儿待着了。肉体虽已死亡，灵魂却安然无恙。当然，那样他也就永远无法体会她的微笑、她的爱抚、她的亲吻带给自己的感觉了。那感觉犹如忽而溺水将亡，忽而飞行天际。但这些都不重要。他爱她，所以他本应保证她的安全，不应该有非分之想，希求得到生命和爱人。

但是一切都已无法回头。他现在能做的就是尽力挽救自己造成的乱局,祈盼自己和迪伦能活着重返人间。

尽管已经下定了决心,在荒原的入口处,他还是迟疑了一下。万一,他穿过去就和迪伦隔开了怎么办?万一又给他指派了新的灵魂怎么办?万一把他抛到荒原的另一边,永远也找不到这条隧道了怎么办?到那时迪伦又会怎样呢?万一,他穿越回去就等于割断了他们两个之间的纽带,他们都因此送命又该如何?

这些问题的答案无法知晓。他深吸了一口气,伸手感受到了荒原更加黑暗、更加冰冷的空气,然后走了进去。

什么也没有发生。

意识到这点,崔斯坦长出了一口气。他知道自己现在还活着,依然在迪伦的那个荒原上。这在他看来,就说明迪伦也安然无恙。伸手一探,那条围着腰的绳子还在。尽管匪夷所思,但他还是有种奇怪的感觉:他系的这条绳子——他和迪伦之间这实实在在的联系,防止了两人分开后再次出现那些虚脱、眩晕的症状。在开始干活前,他让自己轻松了片刻。

只走了十几英尺,他就跪在地上,把手电放在地上,拉开了另一只背包的拉链。他忙而不乱,把各种瓶子和电线摆在周围手电灯光照得到的地方。他对自己现在正在做的事情只有一些粗浅的了解,但愿有"鸽子"的指导就够了。最关键的一步是引发化学反应,就跟把曼妥思投进可乐瓶里差不多吧?①

他动作敏捷,但手兀自微微发抖。他把一小杯结晶体稳稳地放在一个液体容器上,然后做了一个类似于捕鼠夹的装置——一旦定时器倒计时结束,它就会弹开并将那些晶体倒进去,然后就是,轰隆一声。

一切都准备好了以后,他慢慢向后退,手里抓着汽油罐。他

---

① 将曼妥思薄荷糖扔进可乐,会使瓶中大量可乐瞬间喷涌而出。

在自己的小小科学实验区——围墙、枕木还有两者之间，都洒上汽油，小心翼翼地不让自己身上被溅到一星半点。最后送上一声祈祷，按下了定时器。

三十秒、二十九秒、二十八秒……

他对时钟能正常运转感到满意，转身开始快步向大门走去。他面带微笑，简直不敢相信一切会如此轻而易举。可才过了一秒钟，他就感觉到有一双利爪在抓自己的肩膀，撕碎了他的外套，刺入了皮肤中。

是一只恶鬼。

根本来不及有什么想法，崔斯坦的第一反应是极度恐慌、四肢无力。他犹如被闪电击中了一般，体内肾上腺素飙升。

现在要阻止炸弹爆炸已经太晚了。这个装置没那么高级专业，就只是用胶带粘在一起的。一旦他按下了计时器，就没有回头路了。他只能把恶鬼甩掉，就现在。

他急转身，想正面迎敌。但那爪子已经嵌进了他的衣服和皮肉里，恶鬼也跟着他转身，想让他失去平衡。崔斯坦又气又恼，大吼一声，伸手去抓那一对利爪，打算把它往下一搜，自己便可直取它身上薄弱的眼睛和脖子。可他根本没有抓住，自己的手反而径直穿过了那凶残的魔爪。就好像现在他是人类一样，他成了荒原上的魂魄，而非摆渡人。

恐慌又涌上心头，从未如此强烈。他知道，普通亡魂是没有办法击退恶鬼的。没有摆渡人的保护，他们免不了会被拖到地下，魂魄的精华任由恶鬼吞噬，最后也变成面目可憎、愚蠢凶残的怪物。此时赶紧逃走或许能获得一丝渺茫的生存希望。

道理他当然明白，但无边的恐惧感让他的身体压倒了理性，不再听大脑的话。他拼命扭动挣扎、搏斗，使出浑身解数想站稳脚跟，不让恶鬼有机可乘，把他拖到地下。

还剩多少秒？二十秒？十五秒？十秒？

他赶不走恶鬼，甚至连碰也碰不着它。隧道爆炸时他仍将在此与恶鬼搏斗。即使恶鬼杀不了自己，爆炸后的烈火也会要了自己的命。

一股巨大的力量在崔斯坦腰间一拽，他一下子跪在了地上。他手脚并用地在砂砾上爬着，肘部擦着枕木一阵剧痛。头顶的恶鬼得意地咯咯直笑，旋即俯冲下来，直取崔斯坦的小腹。他的身体在外界刺激下收缩着每一块肌肉，压迫得肺部无法呼吸。尖锐的石头刺进了他的手掌，他大吸一口气，挣扎着想要站起来。然而恶鬼又一次抓住了他，不停地把他往下拖、拖、拖。身下的地面似乎正在熔化，如同黏稠的糖浆。他唯一能做的就是抬起手，一只膝盖向前挪……

他在下沉。

他要死了。

那股拉力又来了，把他向前拉、向上拽，刚得到片刻的解脱，恶鬼又用牙齿咬着他，重又把他往下拽。

就这样被拉来拽去，崔斯坦感觉自己正在被扯成两半。他的身子猛然间被一股巨大的力量拉向前方，他感觉到了空气的变化，原来他正好从人世与灵界之间的破洞穿了过去。

他躺在地上，昏迷了一瞬间，醒来时听到身后的恶鬼发出狂暴的吼叫。它也随着他一道穿过来了，爪子还嵌在他的肋部。他现在不在荒原上了，可以摸到恶鬼了。他撑着胳膊想起身，但砰的一声巨响，又被掀翻在地。

是那颗炸弹。

一道光闪过，火焰从那道大门蹿出来，烧焦了崔斯坦的头发，然后就是一片漆黑、一片死寂。崔斯坦静静地趴着，几乎不敢动弹。

"崔斯坦！"他的名字在隧道里回响，"哦，天哪！崔斯坦，你没事吧？"

他猛抬头，一时默然无语，注视着站在身前的女孩的模糊身影。因为她背对着隧道口，崔斯坦只能看到她的剪影。

不过，崔斯坦是不会弄错她是谁的。

"苏珊娜。"他用沙哑的声音说，"原来是你。"

Chapter 27

迪伦站在黑暗的隧道里一动不动。身边的男孩看起来年纪跟崔斯坦差不多，在那里走来走去，躁动不安，但迪伦没有理会他。她的眼睛现在死死地盯着前方：崔斯坦，她的崔斯坦，正张着嘴，注视着一个漂亮的黑发女孩。

之前作为安全绳用的那根绳子松松垮垮地垂落在她手中，但把崔斯坦拉回到安全区的人不是她。她努力过。老天做证，她真的努力过。可那根绳子在她手中横冲直撞，把她手掌上的皮都磨掉了。就在绳子即将脱手的时候，她被人用肩膀挤到了一边。那个女孩——苏珊娜把绳子抓得更牢，手劲也更大，是她猛地一下把崔斯坦拉了回来。

太及时了！

他们真是幸运，再晚一秒钟，迪伦就会永远失去他；再晚一秒钟，崔斯坦就会身陷一片爆炸后的火海。但看到他们两个现在对视的样子，迪伦顿时感觉自己没那么幸运了。

"崔斯坦？"她踌躇地喊道。她想要一个解释，她想把他们两个隔开。

"别说话!"崔斯坦大喊,"这儿还有恶鬼呢!"

迪伦站定了,手电光把隧道里里外外快速照了一遍,"在哪儿?"

她刚才一直没有看到有什么东西从自己身边飞过,不过突然她的注意力被什么东西吸引了过去。

"它在这儿。"她向左迈了一步,一脚踢在泥土碎石路面上的一个东西上面,"死了。"她的声音听起来低沉平淡,但异常引人注意。

崔斯坦松了口气,靠在隧道的墙上。"它一定是受了爆炸气浪的冲击。"他指了指迪伦脚旁一段厚实的金属,"把它递给我。"

她一言不发地把东西递给了崔斯坦。他强撑着站了起来,把大铁块举过头顶,然后使足了全身的力气向下猛砸。没有血,但冒出几缕黑烟。四个人都往后退,只见那地上的恶鬼已经化为一团烟雾。

迪伦看着崔斯坦和那个女孩站在那里,脑海里划过无数个疑团。但她先要核实一下:"我们的计划成功了吗,崔斯坦?"

"不知道。"崔斯坦回过头望着之前那个破洞所在的方位。迪伦注意到,他在有意避开苏珊娜的目光。"有一个验证的办法。"他说。

他举起双手,感觉气流是否有变化。如果有轻微的改变,就说明已经步入了荒原。他小心翼翼地往前走了两三步,没有任何变化,一点差别都没有。

通向荒原的大门已经被封死了。

"我想我们成功了!"崔斯坦一边说着,一边继续在已经封上的门附近这儿戳戳,那儿探探。

"真的啊?"迪伦要疾步上前,但崔斯坦伸手拦住了她,"没问题的。现在我没有以前那种感觉了，那种吸力消失了。"她走到前面跟他并肩站着，自己也摸索了一番。然后，她垂下手，故意和他的手指扣在一起。

她回头去看苏珊娜的反应。隧道里太黑看得并不真切，但苏珊娜的神情是不是有一丝惊慌，抑或是嫉妒？

至少杰克完全面无表情，一副事不关己的样子。他站在苏珊娜旁边，但不知怎的还隔着段距离。

迪伦又转向崔斯坦。"我们成功了。"她低语道。

崔斯坦放开她的手，开始解缠在腰间的绳子上的死结。迪伦看他的手指微微发颤。这绳子救了他的命，要不是在腰上系着它……

崔斯坦大概也想到了这些，他索性撂下那个绳结，一把将迪伦紧紧搂在了怀里。

"崔斯坦？"迪伦一只手轻抚着他脖子后面的头发，踌躇着问道，"这位是……"

"你救了我！"他喃喃低语，脸埋进她的脖颈间，"要不是你拽那根绳子，恶鬼就抓到我了，我打不过它。"

"你本来可以的。"迪伦尽量安慰他，但感觉喉咙里好像哽着个硬块似的。他还不知道，不知道把他拉回安全地带的人不是她。她能感觉到苏珊娜的眼睛在盯着自己。随之而来的还有崔斯坦和这个突然出现的女人之间令人费解的沉默，尽管他们很明显是认识的。

"不。"崔斯坦否认道，"我根本抓不住那个恶鬼，而且炸弹还剩下几秒钟就要爆炸了。要是你不把我拽回来，迪伦，要是你……"

"不是我。"尽管想隐瞒，但她还是说出了真相，"不是我救的你。"

崔斯坦的身体在她的臂弯里僵了片刻，随即往后一退："你说什么?"

"不是我救的你,"迪伦又重复了一遍,"是她。"这话说出口时,感觉就像嘴里塞了一把灰,"是苏珊娜把你拽回来的。"

崔斯坦离开迪伦的怀抱,转向苏珊娜——他真正的救命恩人,然后又把刚才的话一字不差地复述了一遍,语气仍然显得震惊:"苏珊娜,你来了。"

迪伦暗想,震惊之外,这话里还有别的意思。

"我们先从隧道里出去吧,"崔斯坦说,"然后再谈。"

Chapter 28

　　崔斯坦领着他们出来的时候,那个女孩一直紧挨着他。苏珊娜看着他们,注意到她紧紧握着他的手,时不时地用审慎的目光回头看她一眼。杰克在她身边跌跌撞撞地走着,安安静静地由着别人指挥这可不像是他的做派,不过可能也坚持不了多久吧。

　　外面的暴雨已经停了,天幕低垂,天色昏沉。一行人从隧道的拱形出口下出去的时候,苏珊娜只顾抬头看天,一下子撞到了崔斯坦宽阔的后背上。

　　"哦,对不起!"她低声说着,跟跟跄跄地快步向后退到杰克身前。杰克非但没打算扶她一下,反而一闪身。她眼看就要摔倒,崔斯坦赶紧一伸胳膊把她搂住。这一抱很有力,他手上的体温透过她身上那件带着潮气的羊毛衫传了过来。

　　这是他们第一次身体接触。尽管他们已经认识好几个世纪了,他却从未碰过她。

　　哪怕现在崔斯坦心里跟她想的一样,她也没办法通过他的眼睛或者脸上的表情看出来。在这里,在这个真实的世界,他看到自己到底会想些什么，心里又有什么样的感觉，这些通通不得而知。

等他确定她恢复了平衡后，就把手松开了。

"你还好吗？"他问道。她默默点点头，欲言又止。该说什么呢？他们每一次在深夜里相遇，或凝视窗外的荒原，或仰望天上的群星，或观察外面越聚越多的恶鬼。在相遇的每一刻，两个人都是默然无语的，那时候任何言语都是多余的。

可现在她需要说话："我没事，谢谢你。"

"崔斯坦。"他身旁那个女孩子依然像礁石上的帽贝一样缠着他。两人嘀咕了几句，然后崔斯坦转过身对着苏珊娜说："这是迪伦。她是……"

"你用来穿越荒原的灵魂，"苏珊娜替他说了，"知道，见过。"

"不是用她，"崔斯坦脸色一沉，"我们是一起穿越的。"

"那你也是摆渡人喽，就像崔斯坦一样？"迪伦插话道。

"迪伦。"崔斯坦说，"这是苏珊娜。对，她也是个摆渡人。"崔斯坦扫了一眼杰克，然后又看着苏珊娜，一边眉毛疑惑地抬了一下。

"这是杰克。"苏珊娜说。

"嘿。"迪伦犹疑着对他笑笑，而他下巴一点，算作回应。他眼中满是戒备提防的神色，注意力集中在崔斯坦身上。

崔斯坦一只肩膀微微一耸，就不再理会杰克。他又转向苏珊娜，探问道："你来这里干什么？"

尽管她也料想到会有此一问，但这个问题还是让苏珊娜感到不知所措。

"我来是要和你在一起啊。"这话就在她的嘴边，但她说不出口。事情跟自己想的完全不一样。在她的想象中，崔斯坦看到她会激动万分，会笑着拥抱她。他会庇护着她，给她介绍这个新世界。

在这里，他们可以开始真正地活着，可以开始真正的生活。

可现在她从崔斯坦身上感受到的只有一阵阵的不满抑或是失望，而他引导的灵魂冷漠的样子也是再明显不过了。苏珊娜咬了下嘴唇。

这个问题杰克回答了："我们现在给绑在一起了。"他说话的语速很快，"自从我们穿越过来以后，我们之间的距离就不能超过十米。苏珊娜说你知道该怎么解决。"他使劲盯着崔斯坦，"你到底知不知道？"

"不知道。"崔斯坦摇摇头，"我们也遇到了同样的麻烦。每次我们一分开，就会经历一次迪伦死时的痛苦。就是这次，我依然有这种感觉。"

"你们就没有想出来怎么把这种感应掐断？"杰克的火直往上蹿。

"没有，"崔斯坦眯起眼睛，看着杰克答道，"从来没有。"

崔斯坦语气里的威严让苏珊娜忐忑不安、提心吊胆。不过，按照杰克一贯的做派，他要么是没留神，要么是没把它当回事，他开始冲着苏珊娜发脾气。

"都是你说的！"他厉声骂道，"你跟我说什么他能帮上忙！又在扯谎！你根本一点头绪都没有，是吧？"杰克完全进入了咆哮模式，此时苏珊娜却不觉得害怕。

她用余光看到崔斯坦把手从迪伦的手上拿开，调整身体的重心。杰克这边的咆哮还在继续："你根本就不属于这儿！要是我能把你甩了……"

杰克还要接着放狠话，却不得不戛然而止，因为崔斯坦揪住了他夹克衫的领子，把他向后一推，杰克的肩膀啪的一声越过隧道入口旁的山崖边缘。

"住嘴！"崔斯坦怒吼道，"你敢再多说一个字试试！"

"放开我！"杰克拼命想要挣脱，却办不到，"把你该死的手拿开！"

"你本是应死之人，"崔斯坦斥道，"明白吗？你本来已经死了！要是你运气够好的话，这会儿你本该已经穿过荒原了；运气不好的话，你也变成恶鬼了。在荒原上见过它们吗？知道它们是什么吗？它们都是些愚蠢透顶的亡魂，变成恶鬼都是因为喋喋不休，不知道闭嘴，也不听指挥。"崔斯坦把他拽回来，松开了他的衣服。

让苏珊娜感到诧异的是，杰克待在原地没动弹；更让人吃惊的是，他居然一声不吭了。

"我估计，你本来会变成恶鬼。"崔斯坦继续说，"你看着就有恶鬼相，你自以为什么都懂。知道吗，在荒原上，我们说的话才最顶用。你没死，是吧？"他顿了一下，看到杰克微微摇了摇头，"那你就该知道感恩，明白吗？"

没等杰克回答，崔斯坦就转过身背对着他。杰克没有任何反应，一动也不动。苏珊娜刚才一直屏住呼吸，此时才松了口气。她看着崔斯坦径直走向那个灵魂，然后胳膊揽住她。

"我们不知道怎么做才能打断灵魂间的纽带，苏珊娜。"他说，"也许审判官知道。"

"审判官？"苏珊娜问道，"它是谁？"

"我们来这儿就是因为它，"崔斯坦答道，"它来自荒原。两天前它把我们逼得走投无路了，它说要审判我。它的法力极大，能把我定在原地动不了。若不是它允许，我连话也说不了。"听到这里，苏珊娜感觉五脏六腑都生出一股寒意。能让崔斯坦都感到恐惧的东西，一定非常可怕。"它和我们做了笔交易。它说，如果我们想留在人间，就得修复我们在穿越过来时造成的破损。要把那个破洞封上，除掉从里面出来的恶鬼。"崔斯坦顿了一下，接着说，"你也是从那里穿过来的吗？你看到我这样离开了，所以跟在我后面照着做,是吗?"

不是。照实说就该回答"不是"。苏珊娜是自己发现了一个灵魂,然后劝说他倒在自己的死尸上还魂。按照崔斯坦的说法,她也在荒原和真实世界之间的帷幕上扯开了一个洞。这就意味着,那个审判官或许也在追捕她。

她需要把这事告诉崔斯坦,然后请求他的帮助。既然他能封闭他们造成的破洞,就能封闭她的,或者至少可以告诉她该怎么做。

苏珊娜张着嘴想要向他坦白,可话就是说不出口。

她不想变成崔斯坦的负担,不想承认自己使用了欺骗的手段诱导那个灵魂带她回来。要是崔斯坦相信了自己当时只是带着那个灵魂跟着他前后脚穿越过来的……

貌似这一切就没那么糟糕了,貌似自己就没那么心术不正了。

她回头看了一眼,杰克没有理会他们,目光掠过这一片荒郊野外,正因自尊心受到伤害生着闷气。她转过身,对着崔斯坦露出自己最动人的微笑,这笑容本是她留着对付那些狡猾的亡魂时用的。

"是的。"她开始撒谎,"我看到你离开了,于是就跟着你。"她深吸了一口气,接着说,"我也想有个在人世生活的机会——杰克当然也一样。他还太年轻,不应该就这么死了。"

崔斯坦点点头,脸上的表情还是难以揣测。

"你刚才说你必须除掉恶鬼,"苏珊娜继续说,"就是那个恶鬼吗?"她回指了一下那条隧道。

"不。"迪伦这次声音又脆又响,"我们觉得应该不止这一个,因为这个洞也开了一段时间了。不久前,就在这个隧道里还有四个人遇害。我们在新闻里看到的。"

"可是,"苏珊娜摇着头说,"它们现在可能出现在任何地方。你们到底打算怎么找到它们呢?"

"我们会找到它们的。"崔斯坦说着,紧紧抱着面色惨白的迪伦,"因为我们必须找到它们。靠近那些家伙的时候,我能感应到它们。所以我们只需要想好观察的地点就可以了。"

杰克壮着胆子也挤进圈子里,但他特意跟崔斯坦保持了一定距离:"要是你们找不到又会怎样?"

迪伦回答得声音很轻,却忧心忡忡:"那个审判官就会要我们两个的命。"

迪伦的话像在苏珊娜的小腹上重重地打了一拳。她都做了些什么啊?她现在跟崔斯坦面临同样的厄运,也连累杰克要葬送自己的命。她现在还没有把真相告诉他们。但她可以跟崔斯坦学,挽救他的性命。

"我们会帮你们的。"她结结巴巴地说,"和我们一起走吧,我们有辆车。咱们一起找恶鬼,然后除掉它们。"

Chapter 29

苏珊娜和杰克领着他们朝那辆车走,迪伦拉了下崔斯坦的胳膊,让他别走那么快。她看得出他不想说话,但她一定要问个清楚:"崔斯坦——"

"嗯?"他含糊地答应了一声,粗哑的嗓音里带着一丝焦虑。

"她是谁?"迪伦问道。

"你不是知道了吗?"崔斯坦微微耸了耸肩,"她是个摆渡人。"

"你知道我要问什么,崔斯坦。她跟你是?"

"同事。"他答道。

但迪伦摇了摇头。"你向来是独来独往的,"她说,"这是你告诉我的。你的任务只是接待一个个亡魂,然后护送他们穿过荒原。"她咽了一下哽在喉头的口水,接着说,"那你是怎么认识她的?她是……你和她……"

"我和她?"崔斯坦靠近迪伦,皱了皱眉,"我和她没什么,不管是过去还是现在。每一个摆渡人都是独立工作的,但是我们引导灵魂的线路是固定的,她的线路就挨着我的。有时候我们走的路是重合的,我们可以相互看见,知道自己并不是那么孤单。就这些。"他对迪伦怜惜地笑了笑，伸手去握她的手。

"别。"迪伦身子往后退，跟他稍微隔开点距离，然后抬起双手一挡，"别把我当成什么醋意大发的女友。"好吧，她承认的确是吃醋了，可这只是事情的一方面，她压低了声音继续问，"你以前怎么没跟我提过她？"

崔斯坦叹口气说："我知道了。对不起。"

为什么对不起？迪伦等着他说下去，可崔斯坦再没有下文了。

"你之前就知道她在这儿，是不是？她穿越过来了，你好像也不怎么吃惊。"她本打算冷静、理性地对待这件事。可但凡涉及崔斯坦，她从来也没有冷静、理性过，哪怕在他们初次见面的时候也是一样，当时他那种傲慢的态度简直把她气疯了。此刻她很难压住声音里的怒火。

迪伦仔细观察着崔斯坦的反应，可以看到他的脸因为激动微微抽搐。是漠然还是无辜？不管他现在什么表情都没用，他看起来就不清白。

"是，我知道。"他坦言道，"她一穿越过来我就感觉到了，大概几天前吧。"

"几天前？"

"迪伦，就是这么回事。我知道这是个摆渡人——这种感觉跟那个审判官注视我们时不一样。没有敌意，所以我也就不想告诉你，让你心烦。这感觉更像是一种共鸣，像和声一样。"

迪伦不喜欢这样的和声，一点都不喜欢："你能分辨出那是苏珊娜吗？我是说，你见她之前。"

"能。"崔斯坦说，"我马上就认出她来了。我不知道她为什么在这儿，但是我知道那是她。"

对迪伦来说，这些都可以归结为一点：他对她撒了谎——隐瞒和欺骗一样恶劣，感觉就像背叛。他似乎不信任她，这很伤人。

"你特意不告诉我？"这才是问题的关键。如果苏珊娜对他根本无所谓，那为什么不告诉她呢？另一个摆渡人穿越过来了！自己当然有权利知道！

"我不知道。"崔斯坦盯着前方，苏珊娜和杰克正向那辆车走去。

"你不知道？"她瞪着他，她要的绝不是这个跟什么都没说一样的回答。

"我不过是……"他又耸了一下肩，耸得迪伦在那一刻简直想掐住他的脖子，"当时你还有伤，又是凶杀案，又是隧道里的恶鬼，还有你爸……发生那么多事，我只不过是……不过是觉得你要操心的事情够多的了。"

答得好，入情入理。可是……

"你应该告诉我。"迪伦轻声说，"之前恶鬼吃人的事情你就瞒着我，感觉被人盯上了也不跟我讲。我简直无法相信你竟然一而再再而三地这么做！"她越说声音越高，和杰克一起等在前面的苏珊娜都听到了这边的动静，回头张望。

崔斯坦从鼻子里重重呼出一口气，然后下巴使劲点了一下算是同意。"对不起！"他低声说，"我知道我以前也道过歉，我知道我答应过有事不瞒着你。"他闭上眼轻轻摇了摇头，"这样做挺傻。"他微微露出一点笑意，不过转瞬即逝，"我习惯了什么事情都一个人做，什么事都自己拿主意，我还不习惯对别人敞开心扉，这对我来说还很新鲜。这方面我做得并不好，但我愿意做好，迪伦。"

迪伦相信他的话。他真诚的表情、懊悔的眼神都不可能是假的。可他这一次的欺瞒实在太伤人了。而且，他们正要和崔斯坦谎言中那个女孩一起上车，崔斯坦在荒原上的那么多岁月可都是和她一起度过的。在这个世界上，除了他自己，只有她知道身为摆渡人是什么滋味。

Chapter 30

看着杰克在仪表盘下面一阵鼓捣，使出短路点火的手法发动汽车，迪伦马上就明白了，这辆车不是他自己的。

可跟她的烦心事相比，上了辆赃车这种事算是最轻的了。她觉得自己胸口像压着一个又冷又硬的肿块，让她呼吸困难。苏珊娜每次跟崔斯坦说话，送出的每一个温情脉脉的眼神，都会让她胸部一阵痉挛，让那个肿块跳着痛。

她的心都要碎了。但一想到审判官悬在他们头顶的最后期限、仍然出没的恶鬼，还有随着时间流逝越来越饿的肚子，她现在只能忍气吞声。没办法，要精神崩溃也得往后放。他们的当务之急是消灭恶鬼。

他们出发了，杰克开车，迪伦坐在副驾驶的位置上，崔斯坦和苏珊娜坐在后排，闭目凝神。除了苏珊娜额头微蹙，他们几乎面无表情。这样就好，因为他们的手是拉在一起的。

崔斯坦和苏珊娜只能勉强感应到恶鬼邪灵的存在。但他们发现，如果他们身体接触，这种感应能力就会加强。在商量如何找出恶鬼的时候，每个人都挺尴尬。但迪伦有种感觉，苏珊娜对上述的意外发现颇为欣喜，特别是现在他们就挤在后排座位上，手指缠在一起。而迪伦和杰克就只能按照他们那些含混不清、没多少参考价值的指令（比如"朝北""那边""往那儿开"之类）驾驶车辆。迪伦尽量往前看，可又忍不住每隔十秒钟就转过头查看一下他们是不是又凑近了，观察一下这两个人有没有乐在其中的意思，因为迪伦心里实在是别扭极了。

终于，当杰克把车开到一个名叫艾伦桥的小村子时，崔斯坦忽地睁开了眼。他的目光与迪伦的撞了个正着，他赶忙先松开了苏珊娜的手。

好极了！迪伦看着他环顾四周，观察方位。

"就是这儿了，"他说，"现在光凭我自己也能感觉到这儿有恶鬼。"

"我也是。"苏珊娜附和道。

应声虫。

杰克把车停在一个咖啡馆前，外面的座位区已经荒废了，桌子上满是一摊摊雨水。透过蒙着水汽的车窗，迪伦看到一些貌似斯特灵大学学生的人三五成群地坐在里面，盯着各自的笔记本，对他们这些要跟恶鬼死战的人浑然不觉。

"知道具体的位置吗？"迪伦问崔斯坦。她身子向前倾，好把自己的外套脱掉。

"不知道，"崔斯坦摇摇头，"我们还得继续找。白天它们是不会出来的，它们会找一个安全的地方藏起来，比如洞穴或者下水道之类的地方。"

"你是说，又黑又吓人的地方？"

"就是那种地方。我们离得越近，越容易发现它。"崔斯坦又转向苏珊娜，"就像你找我一样。"

"真有才！"这次迪伦甚至都没有掩饰一下自己刻薄的语气，"那你觉得该从哪儿开始呢？"

"那片树林。"崔斯坦朝一片常青树林点了点头。树林任性地随山势起伏，那座小山将斯特灵大学的校园挡在他们视线之外。"我能感觉到有股黑暗的力量，就来自那里。"

"痛苦、死亡，"苏珊娜也表示赞同，"还有饥饿。我们得赶快了。"

"嗯，知道了。"迪伦做了一个深呼吸，"前头带路，麦克达夫①。"

崔斯坦向她投来疑惑的目光，但没多说什么就出发了。迪伦和苏珊娜紧随其后，在雨中艰难跋涉，杰克断后。

走了不到十分钟，就到了那片树林。崔斯坦和苏珊娜马上翻过齐腰高的铁丝网，迪伦却犯了踌躇。她打心眼儿里不想进去。在黑暗中，拉长的阴影如同伸开的手指，冒出地面的根茎随时可能把她绊倒，让她双膝跪地。当然还有恶鬼可能藏在暗处，渴望猎捕到活人，大快朵颐。

要不是看到崔斯坦和苏珊娜两人越走越远，肩并肩看起来就像一对情侣的样子，她一定就待在这儿不走了。可就在她注视他们的这会儿，苏珊娜正好转过身来跟崔斯坦说着什么，他则歪着脑袋，面带微笑。

"好得很！"迪伦嘟囔着，在杰克身后慌忙赶路。她快步如飞，很快就超过了杰克，与苏珊娜和崔斯坦仅有一步之遥。

"还记得不，我以前在荒原上跟你说我讨厌远足……"迪伦气鼓鼓地说，跟着这两个摆渡人上山刚过了一分钟左右，就已经气喘吁吁了，"还有爬山。"

---

① 麦克达夫，原文为"Lead on，Macduff"，引自莎士比亚著名悲剧《麦克白》第五幕第七场，在剧中为"Lay on，Macduff"，但从19世纪末以来，人们常常这样误引。现在这句话已经成为在请他人前头带路时常说的一句习语。

崔斯坦嘟囔了一句，回头看了她一眼，目光里带着同情。

　　"好吧，现在我还是这样。知道我还讨厌什么吗？"她挥拳朝一根低垂的北美黄杉树枝打去，"就是树！还有雨，大自然。"她说完了，运动鞋在泥泞的地上嘎吱作响。

　　"对不起。"崔斯坦回答，反身后退，在崎岖的路面上，他的步子依旧又自信又稳当，"要是可以的话，我倒想把你留在镇子上，舒舒服服地待在咖啡馆里吃糕点。"

　　此时此刻，他描述的场景听起来真不错，但迪伦现在与崔斯坦必须寸步不离。无论如何她都不会任由他把自己撇下的，有苏珊娜在更不行。

　　"回头吧，"她对他说道，"回头你可以给我买蛋糕，要大的。"

　　当然，崔斯坦根本就是身无分文，所以最后还是得迪伦用她自己正在锐减的经费来付账，但重要的是，要有这样的想法。

　　"我保证。"崔斯坦说，"现在……嘘！我们如果能打它个猝不及防，它就容易对付多了。"

　　尽管当着苏珊娜的面受数落让迪伦心里很不舒服，但她还是照着他说的做了。十分钟过去了，十五分钟又过去了，他们在树林间疲惫地穿行着，一言不发。

　　在厚厚的阴云和浓密的树冠之间，光线正在迅速暗下来。这可不妙，如果这里有恶鬼，它们会马上醒来……

　　"崔斯坦。"迪伦声音里带着点哭腔，"天要黑了，要不我们明天再来？"

　　回到家去他们就会因为逃学惹上大麻烦，说不定还会被永远禁足。但这些都没什么了不起的，那个审判官可以和琼拼个你死我活，争夺一下看谁才有权力毁掉他们不灭的灵魂。迪伦会把宝押在琼身上。

"崔斯坦。"她被一截粗壮的树根绊了一下。

"嘘！"他突然停下脚步,伸手示意大家不要说话。迪伦快走了几步,躲在他身后,挨着苏珊娜,从他肩膀后面向外张望。

一个盖满落叶的土台子,正面由砖砌成,里面修了一个入口,不到一米高。门已经坏了,朽烂的木头歪歪扭扭地悬着,看起来像是一个观鸟屋或是老旧的防空洞。

"你觉得它在这里面？"迪伦低声说。

"没错。"苏珊娜悄声回答,"它拍打翅膀很有规律。"她微微打了一个寒战。

"我们怎么办？"

"你和杰克一起站在那儿。"崔斯坦指着土墩左边一棵橡树说,"我进去看看恶鬼在不在里面。苏珊娜你守在这儿,如果它从我那儿溜出来了,就把它抓住。"

"等一下！"迪伦站在苏珊娜的前面,"这个我来做。"

"不行！"崔斯坦摇摇头,轻轻推了一下迪伦的肩膀,催她退后,"苏珊娜一直在对付恶鬼,这事她能做好。"

"崔斯坦！"

"不想跟你吵,迪伦,和杰克一起站到那边吧。"

"可……"

"嘘！"苏珊娜打断了他们的争吵。迪伦转向她,打算让她留心自己的事。这时她听到了一声尖厉的哀鸣,恶鬼醒了。

它已经知道他们来了。

"苏珊娜,准备好了吗？"崔斯坦问。

"准备好了。"苏珊娜略一点头,面色凝重、镇定。

"崔斯坦,让我来吧！"迪伦抓着崔斯坦的胳膊,还在做最后的争取。

"不行！"崔斯坦说,"一想到你有生命危险,我就没办法全神贯注。拜托了，迪伦，别争了，就当是为了我。"他把手抽出来，在迪伦的胳膊上使劲抓了一把。

这一次迪伦终于朝那棵树走去，她不情不愿地站在安全地带，看着他慢慢靠近那个入口，没有丝毫犹豫地钻了进去。

苏珊娜站在外面警戒。尽管迪伦不愿意承认，但她弓身抬手蓄势待发的样子，让她看起来的确胸有成竹，好像从那个棚屋里跑出任何东西她都能应对自如似的。

当然，她既美丽又勇敢。

只要崔斯坦不在自己视野之内，迪伦就开始四处搜寻武器防身。她弯下腰，捡起一根坠落的棒球棒大小的粗树枝，握在手里感觉挺结实。迪伦对自己的临时武器还算满意，于是匆匆走过去站好位置——她站在了苏珊娜身后。

以防万一。

她又扭头看看杰克。他尽量站得远些，位置安全，态度冷漠。

小屋里突然传来一阵骚动，迪伦的注意力赶紧从杰克那里转向前方。幽静的树林里回荡着撞击声与刮擦声。迪伦咬紧牙关，克制着自己大喊大叫的冲动——她现在绝对不想因为这个让他分神。她加倍用力地握紧了树枝，微调一下自己的姿势，把重心放在脚趾肚上。

半开的门里传来一声吼叫，听起来像是被激怒的猫的叫声，只不过声音更响亮、更可怖。随后是捶打重击的声音，接着是哐啷一声，好像什么东西倒在了地上。迪伦真想看看里面究竟发生了什么，但又不敢放下手里的棒子把门完全拉开。

仅仅过了一秒钟，迪伦就庆幸自己没进去。那扇门就跟自己敞开了一样，或者，说得再准确一点，是那只恶鬼尖叫着从里面冲了出来，在空中乱扑乱撞。尽管已经做好了准备，但苏珊娜还是被吓了一跳，身子往后微微一仰，那家伙就从一旁迂回而过。苏珊娜不顾一切地转身伸手去抓,可它如幽灵般从她的手指间穿了过去。

迪伦吓得大叫一声,还是为时已晚。她马上意识到自己就是挡住恶鬼逃亡路的第二个障碍。她打起精神,然后挥动木棒,奋力一击。

她结结实实打中了目标,那恶鬼啪的一声摔在几英尺之外的地上。

但它并没有待在那里不动,只一瞬间,它便卷土重来,再次舒展利爪冲向空中。迪伦调整了一下握姿,再次将木棍击出。这一次,她没有打中。

恶鬼俯冲到她拱起的胳膊下面,爪子死死地朝被雨水浸透的夹克衫抓去。迪伦感觉衣服正被它撕裂、扯烂。尽管恶鬼的爪子长且异常锋利,却并没有穿透她所有的衣服。不过,她依然感受到柔软的腹部有针尖扎上去般的刺痛。

她一只手松开树枝,俯身去抓那只恶鬼,手上的触感简直令人作呕。那家伙一缕一缕的皮毛看上去像是破烂不堪的黑布碎片,可下面的皮肤纹理质地和生肉无二,冷冰冰、湿乎乎的。迪伦尽量不去想这些,手上一使劲,指甲也扎了进去。她奋力把恶鬼从自己身上掰开,可它抓得太紧了,身子来回扭动、左冲右突,头部甩来甩去,张开大口,满口牙参差不齐,犹如锯齿,想要一口咬住迪伦。

它几乎就要得逞了,要不是崔斯坦及时赶到,它差点就要咔嚓一口咬到迪伦的手腕了。他掐住恶鬼的脖子,把它甩在地上,一只铁拳牢牢地把恶鬼按住,然后把身体移开。

"快!"他大叫一声,"迪伦,用力打它!"

迪伦趁机深吸了一口气,把木棒举过头顶,使出了全身力气朝下砸。一下、两下、三下……崔斯坦把手移开后,迪伦仍在不停地抡棒猛击。她很有可能就这样永不停歇地打下去,但崔斯坦上前攥住了她的手腕。

"够了,"他轻声说,"它已经死了。"

的确,那家伙终于死了、完了、一命呜呼了。迪伦俯视着地上那一摊遗骸,呼吸沉重。就在她眼前,它开始化为一团烟雾。她真的把它干掉了!

她扔了树枝,双手捂嘴,心有余悸,终于哭出声来。

"好了!"崔斯坦把她揽入臂弯,带着她往远处走了几英尺,避开恶鬼正在气化的死尸,"没事了。"

"对不起!"苏珊娜的声音在迪伦肩膀后面响起,"当时我伸手去抓它,本来应该能抓到的,可……"

"没关系,"崔斯坦又紧紧抱住了迪伦,"迪伦把它干掉了。"

这一句暖心的话胜过了千言万语,迪伦得以控制住自己的情绪,止住了哭声。不过她依然没有离开崔斯坦的怀抱,就让他那样抱着自己,感受着他的体温,让苏珊娜明白崔斯坦是她迪伦的。

"不过,"停了一会儿,崔斯坦只对她一个人嘟囔了一句,"你本来应该到橡树那边。"

"如果我在那边呢?"迪伦反驳道,一样轻声细语。

"那恶鬼就会逃走,我们的麻烦就大了。"崔斯坦坦言道。他冲她一笑,笑容里带着悔意:"幸亏你没服从命令。"

迪伦多矜持了一小会儿,然后也冲他笑了起来。

他们成功了,他们封上了那个破洞,还杀死了恶鬼。审判官没什么理由再来惩罚他了。

迪伦退后几步,长出了一口气。自那个舞会之夜后,她终于能缓口气了。

Chapter 31

　　苏珊娜看着崔斯坦和迪伦说说笑笑，庆祝战胜了恶鬼。他们现在倒是自由了，可苏珊娜的艰巨任务才刚刚开始。还有多久那个审判官就会出现，对她做出同样的判决？还有多久恶鬼会发现她造成的破洞，然后跑到人间来戕害无辜？

　　天哪，她真是太蠢了，为什么要对崔斯坦撒谎呢？为什么？她当时不想承认自己的所作所为：特意和一个像杰克那样的灵魂合作，目的只是接近崔斯坦。她那样出现，崔斯坦会怎么看她？如果她告诉他自己穿越过来的真相，他会更厌弃自己的。

　　在隧道里看到他，然后和他一起寻找恶鬼；拉住他的手，觉得有归属感和默契。这曾经的一幕多么温馨，他的身体离自己是那么近，自己能够感受到他身体的温暖，这比他们一起在荒原时还要让人安心。

　　可很快他就松开了手，而且还是迪伦帮着他除掉了那个恶鬼。她现在紧紧抱着崔斯坦，沉浸在成功的喜悦中。现在他们两个即将重返用辛苦换来的美好生活了，苏珊娜别无他法，只能尽力独自解决自己的问题——哦，身边还跟了一个杰克，这比孤身奋战更糟。

这一天并没有像她希望的那样结束。

他们重新踩着泥泞的路面回艾伦桥。苏珊娜一门心思想着怎样才能接近她和杰克在生死帷幕上造成的破洞，最后还是崔斯坦先开腔打破了沉默。

"等等。"他突然停下脚步，连带迪伦也跟跄了一下，"我们先别高兴得太早。应该检查一下周围是不是还有别的恶鬼。我不想冒任何风险。"

苏珊娜心里一沉。她知道，没有崔斯坦的帮助，自己是发现不了恶鬼的。他们只有合力才能搜寻到恶鬼。可这就意味着……

"苏珊娜？"崔斯坦向她伸出了手，苏珊娜的脸一红。

苏珊娜踌躇着，双手在身体两侧摇摆不定。对她来说，现在只有一条路可走了。她自己也清楚，但接受现实并不轻松。

她只能彻底坦白，她必须向崔斯坦承认自己之前都干了些什么，还对他撒了谎。

崔斯坦的手依然伸着，眉头扬起，带着疑惑的表情。她知道一旦他们的手拉在一起会发生什么，他再也不会像以前那样看待自己了。

她不清楚到底哪项坦白最让他失望。

她内心还在绝望地挣扎、纠结，泪水已经充满眼眶。灵魂中那个怯懦、自私的自我正在疯狂地想办法来弥补，不愿失去崔斯坦对自己的尊重、赞赏，还有那奢望中的爱情。

然而，什么办法也没有。

"崔斯坦，有件事要告诉你。"

"什么事？"他看她的眼神差点让苏珊娜改变主意，但她知道自己不能这么做，是时候为自己的行为承担责任了。

"我骗了你。"她顿了顿，让自己的坦白再延迟片刻。崔斯坦没有说话，迪伦向前一步，靠在他身旁，表情警觉："我们不是从你们制造的空洞中穿越过来的，我们另外制造了一个。"

迪伦倒吸一口冷气，脸上满是惊恐之色。不过苏珊娜等待的是崔斯坦的反应——他依然面无表情，简直让人受不了。

"所以你和杰克才被绑在了一起，"他缓缓说道，"因为你是借了他的身体穿越过来的。如果当初你跟着我们……"他没往下说，就让这念头自生自灭了。

苏珊娜意识到，本来穿越过来可以那么容易。她拼命控制，身体才没有往后退。现在再想这个太晚了，实在是太晚了。

"崔斯坦，对不起！"苏珊娜说，"我不应该对你撒谎的。我只是……只是害怕。太蠢了，真的是，我非常、非常抱歉。"

"你得回去。"

"什么？"

"你得回到荒原上去。我们向审判官承诺过，会阻止其他人穿过生死之间的帷幕——不只是要除掉恶鬼，还要确保不会再有穿越发生。"

"我会告诉它！"苏珊娜赌咒发誓地说，崔斯坦冷冷的反应几乎让她落下泪来。他生她的气，对她失望透顶，想让她消失："我会告诉审判官，第二个洞也是我制造的，和你一点关系都没有，我们会把所有逃过来的恶鬼消灭干净。"

"我觉得这话对它起不了什么作用。"崔斯坦说，"我们已经达成了协议，它要求我们不折不扣地信守承诺。"

"可要是我解释了，要是我承担全责的话……"

"你以前没有见过它，"迪伦插话道，她的脸上现在全无血色，"你根本就不知道它长什么样子。"

"何况，"崔斯坦补充说，"它知道你根本承担不了全部责任。很明显，你在这儿是因为我的错。"他表面上愤怒，眼神中却带着疑问，也许是怜悯吧？

苏珊娜不知该说些什么，似乎没有任何办法可以解决目前的困境，或挽回她造成的损失。

"哎。"崔斯坦继续说，"至少咱们得想清楚后面要处理哪些问题——你们是从哪里穿越过来的？"

"我死的地方。"杰克答。

"那到底在哪儿呢？"崔斯坦尖刻的语气让苏珊娜眉头一皱。

"在此地和格拉斯哥之间一座小城的巷子里。"她担心杰克会说出什么难听的话来，赶紧插话。

"丹尼。"杰克嘟囔了一句。

"好，离得不算太远。咱们看看还能不能发现恶鬼。"他又一次把手伸向她。

苏珊娜依然只注视着他的手。这本是她梦寐以求的——慢慢地把自己的手掌放在崔斯坦手上，十指相扣——但不是像现在这样，现在连空气中都仿佛弥漫着崔斯坦的责难，苏珊娜简直无法呼吸。

苏珊娜闭上眼，随着她的感应力被崔斯坦放大，她感觉自己的神经末梢一阵阵刺痛。她一面对自己要找的东西心有余悸，一面还是伸出了手……在她脑海边缘律动着一片黑暗的深渊，黏稠而滑腻，她吓得身子往后一缩。

崔斯坦把手拿开，她睁开了眼，只见他面色惨白。

"怎么了？是什么？"迪伦揪住崔斯坦的胳膊肘问，他随即低头看着她。"恶鬼们肯定已经穿越过来了。"他说。

"恶鬼们？"迪伦尖叫道，"复数？"

"有一大群。"苏珊娜低语。

"你说那是条巷子。"崔斯坦说。

苏珊娜明白他心里在想什么。"正好在一个住宅区中间，"她回答，慢慢抬起手捂住了嘴，"要是一大群恶鬼从那儿穿过来……"一想起来她就犯恶心。她脑海里浮现出恶鬼在居民区里大肆杀戮、积尸如山的画面,"我都做了些什么啊!"

杰克听到这个消息,只是哼唧了一声。几乎可以肯定,这些死亡都是他们造成的。对此他知不知道,关不关心呢?

"你为什么要这么做?"迪伦的一声问把苏珊娜的注意力从杰克身上拉了回来,"你为什么要跟着我们?"

"我——"苏珊娜看着迪伦的手攥着崔斯坦的胳膊,看着他像是无意似的把身体转向她。她无法坦白心迹,无法把自己隐秘的梦想公之于众,尤其是在这一梦想已经彻底破灭的时候,就更不能说了:"我犯了个错误。"

"是的,可……"

"迪伦。"崔斯坦的大拇指轻轻滑过迪伦的脸颊,不让她再说下去,"这个不重要。事情已经发生了。"

他注视苏珊娜的目光严峻而阴郁,他若有所思。苏珊娜疑心他已经猜到了自己来到人间的真正原因。她把头转向一边,回避着他的目光。

"崔斯坦,我们现在该怎么办?"迪伦轻声问道,"审判官明天就要到了。"

"我们今晚就得把破洞修补好。"崔斯坦说。

苏珊娜微微点点头,表明赞同崔斯坦的计划。崔斯坦冲她淡淡一笑,不过她知道这一笑改变不了什么。

"天黑的时候处理那个洞会更容易些,"崔斯坦说,"何况那个洞还在公共场所。"

"可是那些恶鬼,"迪伦提醒他,"晚上不是更危险吗?"

"我们要等到拂晓时再来对付它们。"崔斯坦表示赞同。

"可那就是最后一天了。"迪伦提醒他。

"我知道。"他说。他看起来心事重重,但把她搂得更紧了,

"会没事的,我保证。我会处理好的。"

苏珊娜多么希望他捧着的是自己的脸,安慰的是自己。她需要崔斯坦告诉自己一切都没有问题,他会把这个事情解决好的;她需要他告诉自己,他已经原谅了她利用杰克以及对他撒谎。

但她知道自己不配。

Chapter 32

他们站在长街上，路两侧是公寓和排屋。小路上杂草丛生（之前我们提到过，在这里"花园根本说不上"），路边停的汽车尽是些蹩脚货色，这里的确不是什么富人区。迪伦看到一群年轻人在报摊外面游荡，他们让她想起了学校里那些朝她走来的白痴。只不过眼前这些家伙看起来更危险罢了。

"我不喜欢这个地方。"她小声对崔斯坦说。

"明白。"他抓着她的手安慰她。不过，他看起来一点也不怵这群小流氓，这更让迪伦感到宽慰。他背对着那群小流氓，看着苏珊娜说："带我们去找那个破洞吧。"

只用了四分钟，一行人就走到了那里。

哪怕没有苏珊娜或者杰克领路，他们也可以找到那个地方。匕首刺死杰克的现场仍然用警戒线围着，巷子外围的人行横道还有一部分马路都被警方围起来了。

"就是这儿了。"杰克噘着嘴，声音低沉地吼了一句。他向前一步，眼中闪着怒火，不过很快他的愤怒就变成了惊恐。

苏珊娜看着他捂着胸口跌跌撞撞地朝后倒退了几步，不禁倒吸了一口凉气。

"别靠太近。"崔斯坦小声叮嘱他，语气听起来并不怎么关切。

迪伦觉得，哪怕杰克的灵魂被拖回荒原，他也未必在意。

"你感觉到了什么没有？"崔斯坦抓着迪伦的手。她知道，把自己带到任何回冥界的通道附近，崔斯坦都会惴惴不安。

过了会儿，迪伦摇摇头说："没什么感觉。"

"是吗？"崔斯坦听起来有些诧异，"一定是因为这不是你的荒原。"他面露喜色，"这样挺好。"他把双肩包从肩头放下（包里的东西都是匆忙间补充的，因为最近的一家Homebase晚上就要关门了），抬头看看苏珊娜，"这件事我们来办。你和杰克严密监视恶鬼，在这附近搜一搜，看能不能感应到它们。"

"我能帮你的。"苏珊娜弱弱地说了一句。她瞟了一眼杰克，用恳求的目光看着崔斯坦："给我最后一次机会。"

"迪伦能帮我，"崔斯坦驳了回去，"她知道该怎么做。"

"可上次……"苏珊娜继续说。迪伦感到有些局促不安，上次自己没有力气把崔斯坦拉回来，要是苏珊娜不出现的话，自己就失去他了。

"也许苏珊娜应该……"

"不！"崔斯坦转向她，一副毫不妥协的样子，"我只需要你。"迪伦屏住了呼吸，幸福感充溢在胸口。虽然她知道崔斯坦只是在就事论事，谈论封闭生死帷幕上的破洞。苏珊娜却像挨了重重一击，似乎她也从崔斯坦的话里听出了双重含义。很好！

"来吧，苏珊娜！"杰克的喊声打破了这尴尬的沉默，"咱们留神看看有没有该死的恶鬼。"

苏珊娜用凝重的目光瞥了一眼崔斯坦，然后匆匆地跟着杰克走了。

"哦!"等他们两个走远了,迪伦嘀咕了一句,"他们两个不是很搭。"

"是不搭。"崔斯坦表示同意,"他不适合她,当初真不应该让她领着。"

"那为什么是她?"迪伦很纳闷。

"这个嘛,"崔斯坦把背包放在地上,忙着在里面翻找东西,"也许是本该带他的那个摆渡人恰巧不在吧?"

迪伦喘息着说:"你的意思是……"

"对。"崔斯坦说,"他本来应该是由我带的,我确定。"他吸了一下鼻子,然后使劲拎了拎那根安全绳,"这也是我们要帮助他们的另外一个理由。"

"好吧。"迪伦顿了一下,还在想着苏珊娜,"我还是不大明白,为什么她不早点告诉我们?她看到我们做的事情,她还帮着我们一起猎捕恶鬼。看在上帝的分上,她为什么不把一切都讲出来?"

"我不知道。"崔斯坦摇摇头,凝视着那根绳子,牙关紧咬,"不明白她为什么要对我撒谎。我们已经认识很长时间了,我只是猜测。我是说,当她看到我和你离开荒原的时候,我猜她是跟着我们一起穿越过来的。"他有些生气地摇了摇头,"我从来没想过,她居然悟出来我们是如何穿越的,连我自己都不确定我们是怎么做到的。我本应该核实一下的,本应该多问她几个问题。太笨了,笨死了!"

迪伦看着他把绳子系在腰上,皱了皱眉。他刚才因为苏珊娜说谎而发火,让迪伦心里好受了一些,但是她依然无法确定苏珊娜的动机是什么。

她环顾四周,街道上虽不热闹,但每隔一会儿就会有车辆驶过，还能看到有几个人在漫无目的地乱转。那些人并不在近前，但既然她能看到他们，他们就应该也能看到她还有崔斯坦。

这几个人看上去很像是黑巷子里的年轻小混混，不怀好意。

"你现在就要干吗？"迪伦犹豫着问，"别人会看见的！"

"我们只剩一晚上时间了。审判官明天就来，我们不知道他明天什么时候过来。"

迪伦一下子闭口不语了。

"我知道该怎样做，"他做着保证，"要不了多久的。"

"崔斯坦。"迪伦说着，又看了一眼那条巷子，"你确定这办法有用？这次根本没有屋顶可炸。"

"我知道。"崔斯坦说，"但这两堵墙挨得更近，盼着把它们炸塌。"

"要是不塌呢？"

"不知道。"崔斯坦回答道，"咱们先盼着这法子能管用，先别发愁，等真不行了再说吧。"

他悄悄钻到警戒线下面，把绳子的另一头绕着路灯柱系好，然后再偷偷从警戒线下面钻出来，背上双肩包。

他正准备趁着这个时机迈出第一步，迪伦喊了一声："等一下！"把他叫住了。她快步跑上前抱住了他。双肩包鼓鼓囊囊的，她抱着他的样子不甚雅观。

"没事的，迪伦。"崔斯坦笑着对她说，"别忘了，"他指指身后，"毕竟恶鬼们通常不会离生死帷幕这么近。"

迪伦放开了崔斯坦。鉴于上次的经验，她只能略感宽慰。崔斯坦咧开嘴冲她一笑，指背轻轻抚过她的左脸颊，然后迈步走入巷子……终于不见了。

迪伦看着他背影消逝的地方，盯着那根越拉越长最后似乎消失于无形的绳子。要是有人看到……

她背对着巷子，眼睛注视着街道。这样做太冒险了，他们很容易被别人发现。几英尺之外，就有车缓缓经过，此刻还能看到一群在商店里闲逛的人。马路对面，一个退休的老人正从自家窗户向外张望，目光正聚焦在她身上。迪伦被人看得挺不自在，于是笑了笑。这反而让那个老妇的脸上显出不悦之色，咔嗒一声她把百叶窗摇了下来。迪伦懊恼地咬着嘴唇，但愿那位老太太不要报警，举报她正在破坏犯罪现场。到时候他们又该作何解释呢？

"赶快，崔斯坦！"

不过，她也不指望他马上就能回来。他才进去，整个操作相当复杂。

迪伦心神不宁地看了一下表，快到晚上十点钟了。她本该在崔斯坦进去的时候就看一下时间的，现在再补救有些为时已晚。他大概已经进去五分钟了，也许还不到吧？

前一次他走到隧道那儿花了多久？迪伦不知道，感觉就像是耗了无穷无尽的时间一样，然后就开始拖拽那根绳子，她当时一门心思要把崔斯坦从里面拉出来，别的什么也没想。

崔斯坦的绳子现在依然软塌塌、松垮垮地拖在地上。到目前为止，一切正常。她舒了口气，转身继续监视着街道。那一伙小流氓现在已经散开了，其中有三个在朝她这边走来。

糟糕！

他们慢悠悠地沿着人行道走，所有人都是一副趾高气扬、信心满满的样子。迪伦想，要是谢莉尔遇到她现在的情况，一定会扬扬得意、忘乎所以，她看见这种白痴货色都会犯花痴、流口水。而迪伦对这种人避之唯恐不及，尤其是在现在这样的生死关头。

那几个人显然已经发现了她这个目标——十几岁的少女，深夜独自一人，明显还不是这附近的人。迪伦察觉到自己心里的不安可能都写在脸上了。换句话说，她现在成了这些人的首要目标。

她突然有股冲动，想要逃走把他们引开，不过强忍住了。以防万一，她现在必须留在这里，好随时在需要的时候把他拽回安全区域。

该死。

"快点啊，崔斯坦！"她又一次嘀咕着，急得脚后跟微微跃起，盼着他马上在巷子里出现，"快点啊！"

什么也没有，绳子还是软塌塌的。一阵放肆的笑声让她急忙回头——天，这几个人正在逼近。他们不再顺着路走，而是把人行道挡住了，摆明了是奔着她来的。

迪伦又在不自觉地找防身武器，这已经是一天之中的第二次了。可是实在没有什么东西可以抓在手上，除非她打算用警察的胶带把这几个家伙勒死。

她不得不跟他们说话，大家相安无事，然后，等崔斯坦突然出现……

"真是该死！"她低声说着，尽量避开他们的目光。十五米、十米……

哦，天哪！天哪！天哪！

"嘿，美女！"三个人里一个瘦得皮包骨、脸色苍白的家伙先开了腔。他十七岁左右，右耳上戴着耳钉，冲着迪伦满脸堆笑，笑得不善，更像是老猫在吃耗子前对自己的猎物露出的笑，"就这么一个人单着呢？"

尽管此时此刻他这话在严格意义上是事实，迪伦还是想要否认，可她干张嘴说不出话来。不过无妨，因为有一只手按在了她的肩头："你还好吗，迪儿？"

迪儿？到底什么时候她改叫迪儿了？不过她也没有深究，因为面前的那三个小混混突然看上去没那么信心十足了，有点小心提防的样子。

"我没事。"她说，尽量让自己的声音听起来很自然。她能感到身后的崔斯坦一阵鼓捣，毛手毛脚地拽着那根绳子，要把它解开……

身后突然传来一声巨响，一股热浪燎到了她的耳朵。

崔斯坦紧紧拉着她向前冲去。

那三个小混混吓得不轻，磕磕绊绊地往后退，脸上全都是一副六神无主的表情。

"我的天！你看到了吗？"

"那个巷子炸了！"

从刚开始的疑惑中缓过来之后，他们从崔斯坦和迪伦身旁奔过去，打算探究一下爆炸的源头在哪里。

与此同时，崔斯坦护着迪伦离开了现场。

"等一下！"她着急地说，"包。"

"里面没什么重要的东西，不用管它。"

"警察会……"

"里面没什么东西能用来确定我们的身份，"崔斯坦说，"咱们快走吧！"

等他们走出街上所有潜在目击证人的视野后，崔斯坦开始拽着迪伦跟他一起飞跑。她拼尽全力跟着，直到再也跑不动了，才停下来。

"让我缓一会儿，"她求他，"天哪，我不行了。"

"快点，迪伦，至少走一下。"

她大口喘着气，冷气像刀子一样扎在胸口。

迪伦强撑着一瘸一拐地慢跑。"现在该怎么办？"她问崔斯坦。

"现在，"他边说边闭目凝神，"我们去找苏珊娜，还有那些恶鬼。"

Chapter 33

"现在有什么感觉？"杰克问。这是苏珊娜认识他以来，他第一次看上去饶有兴味的样子。想到这点，苏珊娜莫名其妙地有些想笑。她感觉崔斯坦正在靠近，这说明他和迪伦已经大功告成了。

"它们黏糊糊、油腻腻，无比贪婪。我们离得越近，这种感觉就越强烈。近到我一个人就能感觉到它们的存在。"他们离开崔斯坦和迪伦才走了不到十分钟。

"它们？"

"嗯，感觉不止一个，多得很。"

"它们就在丹尼城里晃来晃去？"

"这也说得通。"她边说边表情凝重地注视着街道四周，"恶鬼没走多远。既然这里这么多现成的鲜肉，它们干吗还要走呢？"

杰克扮了个鬼脸，她知道这是因为她把人唤作"鲜肉"。可恶鬼们就是如此行事的，这就是它们的本质。一言以蔽之，它们就是一群食人的恶灵。通常苏珊娜会尽量不去想这些，特别是现在，在她即将面对一个或数个这样的恶灵的时候。

现在对付这些恶鬼，他们可有罪受了，哪怕四个人合力（其中两个还是摆渡人）也还是够呛。她不知道到底应该怎么做才能既除了恶鬼，又没有目击证人看到他们不该看到的。

她希望崔斯坦能拿个主意，她是一点办法都没有了。

老天，这可跟她当初的计划完全不一样啊！她无数次这么想道。

她和崔斯坦本应该携手并肩感受这个新世界，他们本应该脱离旧日的生活和职责，无拘无束地做回自己。可现在，她还是摆脱不了杰克，而崔斯坦帮她只是因为他需要把她留下的烂摊子收拾干净。他做这一切不是为了她，而是为了迪伦的安全。他乐得和那个灵魂绑在一起。他穿越生死之间的帷幕来到人世间，只是为了和她在一起，只是为了他们两个能一起过小日子。

苏珊娜啊，你真是蠢到家了！

这里现在还有她的位置吗？仅仅做崔斯坦的朋友吗？她不能重返荒原，回去继续摆渡一个又一个无谓的灵魂。她根本不能再那样生活了。

"那现在，"杰克开了口，让她从自怨自艾中醒过神来，"我们该怎么做？"

"我们差不多已经到了，我肯定。等崔斯坦和迪伦到这儿，我们就商量出一个作战计划。"苏珊娜用手抹了一下脸颊，欣慰地发现脸上没有汗水，"现在是黑天，凡事小心点，找找有没有隐秘诡异的地方。"

"像地堡之类的地方？"

"差不多吧，"苏珊娜点点头，"不过要更大一点。还有，杰克，一定要小心。你只要离开路灯，就会更容易受到攻击。那些家伙是不喜欢光的。"

他们检查了排屋后面那一排车库，然后小心翼翼地把所有垃圾箱的盖子都打开看了看。苏珊娜甚至还悄悄钻进一处已经废弃的底层公寓，惊醒了一个无家可归的流浪汉和一窝流浪猫。

一无所获。

没有崔斯坦帮忙，苏珊娜顿感晕头转向。恶鬼就在附近的感觉越来越强烈，可剩她一个人无法精确定位。现在她的感应力没有两个人在一起的时候那么敏锐、那么强大。

她正觉得心头一阵恐慌，就听到杰克压低的声音。要不是使劲忍着，他早喊出来了。"苏珊娜！"杰克气喘吁吁地说，"那边！"

一只只绿化垃圾袋挡住了视线（刚才杰克走过去就为了再看一眼那些垃圾袋），她看不清杰克看到的到底是什么。小路两边高高的栅栏让这个地方比之前杰克殒命的那条巷子更加逼仄、更加阴沉。

"你看到了什么？"她一边靠近，一边问。

她首先看到的是一只脚，穿着双厚重的耐用靴，牛仔裤遮住了脚踝。再上前一步，看得更清楚了。只见一个穿着皮夹克的男人，贴身T恤衫的下半截血迹斑斑。苏珊娜吓得像被人扼住了喉咙，本想赶紧逃走，但她必须看一下那人的脸，只能走近一步。

映入眼帘的是一张扭曲的脸，似乎死的时候无比痛苦。都怪自己，苏珊娜胃里一阵翻腾欲呕。

"看这里！"杰克在尸体旁蹲下，"感觉像是有人刚好从他身体中间掏了一个洞，那个人的拳头真不小。"

"是恶鬼干的！"苏珊娜粗声粗气地说，"在荒原上，它们搞不出这样的伤。在这儿！"

"老天！"杰克轻轻吹了声口哨。他抬头看着苏珊娜，神情中没有了往日的暴躁和傲慢。现在他面色苍白，上唇上一层冷汗闪闪发亮。这还是她第一次看到他这副样子。

"可能不止一个。"苏珊娜提醒他,"这仅仅是一只恶鬼的一顿大餐。"

听她这么一说,杰克的脸又是一阵煞白。

"来吧,"苏珊娜感觉稍微稳住了心神,"我们已经帮不了他了。"她返回到主路上,仔细观察栅栏周围,还朝比邻的房子里面看了看。还好,没有看到什么人在窥视着她。

可接下来她看到的一幕,比之前的恐怖得多!

血迹斑斑。

屋里光线昏暗,但她能分辨出米色的墙壁上到处是绯红色的斑点和喷溅的痕迹。她悄无声息地挪动步子,慢慢上了台阶,推开本已半掩的前门。

屋里一片死寂。门厅里的血迹更多,这里还躺着一具男尸,看上去此人死的时候异常恐惧而且备受痛苦,死法跟那条小路上的人如出一辙。

此时查看尸体上的致命伤,要比刚才容易多了。

凶案一定刚刚发生,所以现在还没有被人发现。

杰克跟在她身后进了屋,屋里没铺地毯,地板发出嘎吱声。苏珊娜依然呆立在门厅,杰克从她身边走过,进了里屋。

"还有好几个死人,"他说,"估计有三个,也可能是四个。"

苏珊娜吓得合上了眼。所有这些人的死都是因为她的错,都是因为她当初要实现自己的心愿,而那心愿曾经看似那么简单——她不过是想要一个能真正活一次的机会。

"苏珊娜,你得过来看看这个。"从屋子最里面传来杰克的声音。声音不高,也很冷静,但是有些尖厉。

他一定是发现了什么。

她不想进去,真的不想。但终于还是挪动步子,一脚在前一脚在后,用余光看到最初吸引她注意的那间亮灯的前屋。

她故意不去看，头不朝那边挪移分毫，但她依然意识到里面一定是尸骸遍地。

"苏珊娜？"他的声音更近了。苏珊娜随着这声音到了一间里屋，杰克跪在一把倒下的椅子旁，手在地上搜索着地板上的接缝。

头脑里犹如烟花绽放倏然一亮，她对恶鬼的感应瞬间开启。不过，现在也不需要什么感应了。

她看着歪着头在地板上查找的杰克说："我知道恶鬼们在哪儿了——听。"

Chapter 34

"巢穴？"迪伦低语道，"你说的'巢穴'是什么意思？"

可能因大快朵颐而变得行动迟缓的恶鬼们已藏身于地下室，等到崔斯坦和迪伦赶到的时候，苏珊娜和杰克已经发现了三处进入它们地下隐秘空间的入口：一处是餐厅的活板门，一处是建筑物后面一扇狭小的窗户，还有一处是一扇侧门。活板门是闩上的，那扇窗户又太窄，上面有一个边缘参差不齐的破洞，里面塞着块破抹布敷衍了事。

现在只剩下那扇门了。

门也上了锁，但无论是木门还是门框都已朽烂，受潮发胀。崔斯坦觉得只要自己稍一使劲，就可以把门弄开。

现在还不到清晨，但是已经可以借着天光看清幽暗的后花园里的情况了。崔斯坦等不及了。

"我们该怎么做？"杰克看着崔斯坦，等他回答。迪伦看在眼里，心想崔斯坦可能说得没错，他真的本该是杰克的摆渡人，如果他仍在荒原的话。

"崔斯坦？"苏珊娜在催他，她同样把所有的重担都压在了崔斯坦肩上。

崔斯坦漫不经心地踹了一脚那道木门。从门和门框之间的罅隙中传来一片吼叫。尽管迪伦没有判断恶鬼多寡的经验，但是在她听来，里面藏着的恶鬼不在少数。"火！"崔斯坦最后开口说，"我们点火，把它们烧死在自己的老窝里。"

"点火？"迪伦重复了一遍。她咬了咬嘴唇，抬眼看了看这幢死尸横陈的房子。苏珊娜已经把屋里的场景描述了一番，崔斯坦自己也去查看过了，回来以后，他的表情告诉迪伦，不必再去看了。

然而，死者总有亲戚朋友，在他们的死讯尚无人知晓的时候就架起火葬柴堆把他们焚化，恐怕不妥。如果把这屋子里的一切都付之一炬，这些死者的身份还有人能辨认出来吗？

"崔斯坦——"

"我明白你的意思。"他沉静地说，"但他们已经去世了，火焰不会伤害他们。而且，看起来警方也调查不清这类凶案，不是吗？"

这话的确很难驳倒。警察们就算后半辈子都用来调查这桩案子，也依然无法接近事实真相。

"你确定这法子有用？"她问道，"能把它们都烧死吗？"

"在荒原上肯定不行。可在这儿，它们也跟我们一样，更像是血肉之躯，这法子会管用的。吃过一顿大餐后，它们会变得行动迟缓，但愿火烧起来之前我们能一直把它们困在里面。要是有逃出来的，但愿这些家伙至少会变得虚弱一点，我们好干掉它们。"

"好吧。"

"那咱们就赶紧干吧！"杰克说，似乎放火的想法没让他感到有什么不安的。迪伦看着他，暗自琢磨，这家伙很可能不是第一次放火了。

在垃圾遍地的街道和附近的花园里，杰克和崔斯坦找到了尽可能多的引燃物，包括一瓶打火机油。他们很快回到屋里——为了不让街上的人看到，他们走的是后门——然后把打火机油通过活板门倒了进去。他们用小刀撬开一道缝，正好够把那个小罐子的喷嘴塞进去。

"没剩下多少了，"回来的时候，崔斯坦说道："不过我觉得也够让火势变旺了。"

"就这样了？"等他站定，迪伦问道。崔斯坦点点头："一切就绪。"

他们回到后院搜寻一切可以用来当武器使的东西。那个花园也实在不像是个花园，不过至少看上去还是个扔垃圾的好地方。

"就是它了！"崔斯坦最后选了一把铁锹和一柄生锈的撬杠，他把铁锹递给迪伦，"我想让你站在窗边。我觉得应该不会有恶鬼从那个方向逃跑，如果有的话，狠狠地揍它们。"

迪伦没有伸手去接："我倒宁愿要那个撬杠。"

"铁锹打起来要趁手些。"他告诉她。

"看起来挺沉的。"

崔斯坦调整了一下握姿，把铁锹放在手里来回掂量了好多次，然后把撬杠递给迪伦："别打偏了。"

杰克拿了一截凹凸不平的木头，挥动起来就像是打棒球的球棒一样。苏珊娜一手拿了一只破玻璃瓶。

迪伦刚刚把腿扎稳，崔斯坦就点着了那块抹布。他等了宝贵的几秒钟，让火苗燃起来，然后用尽全身力气往回猛地一拽门的边缘。跟他之前预想的一样，那扇门随即就被拉开了，螺栓也从潮软的木头上脱落了。

从地下室里传来的呲呲声和吼叫声越来越大，但没有什么东西从里面冲出来。

崔斯坦把那块着火的抹布扔进地下室的中心位置，迪伦看到他停下来，透过豁口密切注视着里面的动向。她想，也许他是在等着亲眼看到抹布引燃里面的打火机油。一定是点着了，因为他嘭的一声关上门的时候，脸上露出了满意的表情。

迪伦全神贯注地盯着窗子。上面塞着布，但玻璃是破的，恶鬼们总有办法进进出出。肯定不是从活板门那里。

一开始并没有什么事，可后来恶鬼们的动静就越来越大了。它们发出咝咝的声音，嚎叫着，一时间撞击声与哀号声不绝于耳。迪伦瞥了一眼那些俯瞰花园的房子，想着可能会看到一张好奇的脸在朝自己张望。还是什么都没有。

她将手指交叉①了片刻，盼着住在附近的人都在睡觉。

等她再回过头，一缕缕的浓烟已经从玻璃的破洞里冒了出来。这些烟在户外空气中盘旋了一阵，很快就消失了，但更多的烟还在源源不断地钻出来。大概也就一分钟的样子，烟雾就变得又浓又黑。地下室真的被烧着了，但愿那些恶鬼也着了。

它们开始狂叫，听起来很诡异，完全不像是人类发出的声音。但那声音足以传到地下室外面，也许够把邻居们吵醒了。

"崔斯坦！"迪伦喊了一声。这样不是办法，他们这边还没完事，人家就找上门来了。他们会被捕的。天哪！纵火烧人家屋子，到时候他们根本解释不清楚在这里做什么，也说不清那些尸体是怎么回事。

"崔斯坦！"

他一定是跟她想到一块了。崔斯坦放弃了活活烧死恶鬼的计划，把那扇窄小的门拉开。

迪伦知道，新鲜空气可以助燃，但这样一来，也会给恶鬼创造逃生的通道。

---

① 手指交叉，指的是将一个人的中指叠在食指上，两根手指交叉形成类似十字的形状。在西方，手指交叉通常用来祈求好运或成功。

果不其然，大概也就过了一秒钟的光景，一只恶鬼就从里面冲出，直奔崔斯坦而来。迪伦看着他把铁锹重重一挥，哪的一声正中目标。恶鬼在空中翻滚了几下，最后落到几英尺之外。崔斯坦此时已经转身更加谨慎地准备迎击下一个了。但是迪伦看到先前那只恶鬼只是在地上抽搐扭动，在泥土和碎石间蹦跶，并没有死。

迪伦还没来得及发出警报，杰克就赶到了。他恶狠狠地用手里的家伙朝下一劈，登时将恶鬼斩为两段。

"迪伦！"崔斯坦一声喊，迪伦赶紧抬头看。但他没有看她，而是盯着那扇窗子。迪伦瞧见一只恶鬼正从玻璃上的破洞里使劲往外挤，发出咝咝的怪叫，全身在猛烈地摆动。

"看到了！"她三步赶到，第一下没打中——撬杠砸到了窗框下面的砌砖上，迪伦的手臂随之一震。不过她的第二下命中了目标。接着她连续击打，最后一下不仅打中了恶鬼，也打中了窗户的边缘。这一击足够结束那只恶灵的性命，但也把剩下的玻璃震碎了。窗户支离破碎，黑烟滚滚。

恶鬼们跟着拥出，一只、两只、三只……

此时已近黎明，恶鬼们藏在刺鼻的缕缕黑烟中，径直扑向迪伦。等她转身面对第一只恶鬼时，那家伙已经离她很近了，近到她能看到它锋利的爪子和黑色的眼眶。她本会大声叫喊，但是没时间了。她以最快的速度扬起撬杠，差点打到自己的眼上，但这一下还是把恶鬼击出去好远。她趁机一个回抽，手中的撬杠划过一道弧线。她这一下使足了全身的力气，那家伙尚未落地，迪伦就知道它必死无疑。

从她的左耳边传来玻璃碎裂的声音，迪伦身子一躲，叫出声来。

"没事！"苏珊娜一边喘息着说，一边挥动着手中半截玻璃瓶，把另一只恶鬼从当中劈成两截，"搞定！"

"还剩一个呢？"迪伦问。

"崔斯坦把它解决了。"苏珊娜告诉她。

迪伦现在上气不接下气，心脏狂跳不止，头晕目眩，既兴奋又害怕。她擦擦额头上的汗水，环顾四周。只见火势汹汹，缕缕黑烟从底层窗户和面前那扇地下室的小窗户里冒了出来。火舌从崔斯坦身边那扇门里蹿出来。没时间了，要是在此再多做停留，很容易被发现的。

与此同时，崔斯坦似乎也得出了同样的结论。他扔下铁锹，转身看着其他人："都干掉了。"他看看苏珊娜，她点头表示确认："我们得离开这儿了。"

他们干掉的恶鬼们正在化作一团烟雾，飞腾而上，汇入从建筑物的每一处裂缝中钻出的刺鼻黑烟中，烟尘现在更加浓了。崔斯坦尽量把地下室的门掩好，然后特意快步走到了迪伦身边："咱们走吧。"

他们没有走房子周围那条小路，而是由崔斯坦领着越过邻居家的篱笆，悄悄穿过花园。这样他们四个最后现身的那条街就跟火场隔了一幢房子，跟那条窄路上的尸体隔了两幢房子。崔斯坦立即朝相反的方向走，低着头，步子迈得飞快。杰克与他一步之遥，紧随其后。迪伦却忍不住向四周张望，苏珊娜也在她身旁停了下来。

路上已经围了一群人。有一些人穿着睡衣在慢慢靠近那幢房子，对蹿出的黑烟指指点点。她正看着，人群中有人转过身来看她。迪伦赶紧扭头，她不想让人记住自己的长相。

"我们要不要跑啊？"迪伦问。她快走了几步，追上了崔斯坦和杰克。

他们现在离犯罪现场还是很近——嗯，犯罪。不管怎么说，他们都犯下了纵火罪，在她看来是这样。

"不用。"崔斯坦说着，抓住了她的手，免得她一时忍不住，真跑起来。

"那样反而让我们看起来像罪犯。"杰克也附和着说。

他倒清楚得很！迪伦在心里说。

她一边疾步前行，一边想：拜托，就此打住吧！她已经受够了那些亡魂，还有额外冒出来的摆渡人与恶鬼，还有审判官，还有另一个世界的那些破洞。

别再有刺激，也别再有灾祸了！她已经在列车事故中死过一次了，后来在她的劝说下，来自另一个世界的他跟她一起来到人间。现在她只想和他一起过美好平凡的生活。这点要求，真的很过分吗？

Chapter 35

十四步，二十七秒。

走这么几步路，用这么一点时间，苏珊娜本指望一切会安然无恙。

杰克和迪伦似乎还没有察觉出有什么地方不对头，她身旁的崔斯坦已经动弹不得了。一开始，她还以为他只是又出现了那种异样的感觉，感觉到危险正在逼近，感觉到有一双愤怒的眼睛在窥探自己。可只过了一瞬，她就意识到自己也被定在了原地，一动也动不了。动一下胳膊，感觉就像在水泥中穿行一样费力，但她还是使尽全力，伸手攥紧了崔斯坦的胳膊。

"怎么回事？"她喘息着问。

"它来了。"

"谁？"迪伦问，不过她瞬间就明白了，"审判官？"

崔斯坦费力地点了一下头。

远处的火光突然就被一道冰冷的白光遮盖了。

迪伦此刻就在崔斯坦身边，她的身体紧紧地靠着他。她的目光扫过街道，搜寻着审判官的踪影，身体紧绷、牙关紧咬。苏珊娜意识到，迪伦正在做准备保护崔斯坦。这次她没有藏在他身后寻求庇护，她要拼尽全力保护自己的摆渡人。

惊愕之际，苏珊娜转头寻找杰克。只见他正四处张望、握紧拳头，摆出一副防御的架势。他小心翼翼地迈开一小步，跟这三个人隔开了点距离。苏珊娜有种不祥的预感，只要有可能，他就会马上开溜。

刚一想到这些，她就感觉到肚子一阵刺痛。与此同时，她看到杰克双手捂着小腹，指间有滴滴鲜血渗出。

"杰克。"她痛得只能小声说，"靠近点。"

他不想靠近。她看得出来，很明显他和自己一样都疼痛难忍。不过他每朝她走一步，剧痛就会减轻一点。很快他的步子就快了起来。一直到他站在苏珊娜身边，她才能把气喘匀。

"这他妈的是怎么回事？"他骂道。

但她没时间回答，因为审判官已经突然间站在了他们面前。只一眨眼的工夫，它就填满了苏珊娜的视野。

"摆渡人。"它开口了，眼睛紧紧盯着她，没有问她是谁，而是接着说道，"你知道我是谁吗？"

惊得目瞪口呆的苏珊娜只能勉强点点头。崔斯坦告诉过她，审判官有法力，能让她肌肉僵硬动弹不得，还能窃取她的意志。可知道有这回事，跟自己亲身感受毕竟截然不同。

它短暂地回过头，用锥子一般的目光投向崔斯坦。苏珊娜也仅仅放松了一次心跳的时间，便又成为它关注的焦点："摆渡人，你已经犯下玩忽职守的罪行。"

苏珊娜张了张嘴，但什么也说不出来。

"你没有履行你的职责，把交给你的灵魂送出荒原。更为恶劣的是，你还带着他还魂重回人间。"

它在说这番话的时候不带一丝感情，也没有愤怒。就好像它是在读稿子，机械地背诵法规条文。

"擅离岗位，放弃你神圣的职责。你一直想尽办法把自己当作人类，而你根本就没有被授予这种权利。你容许恶灵混入人世，致使他人死于非命。"说到这儿，审判官顿了一下，苏珊娜感到它的目光灼人，"你造成无辜者被害身亡，你手上沾满了他们的鲜血。"

尽管知道审判官只是在比喻，但苏珊娜还是不由自主地低下头，想看看自己手掌上沾染的那些黏稠的东西。她只看到自己苍白的皮肤一尘不染，接着眼前出现了杰克的手指：皮肤粗糙，但指甲并不锋利。他的手握住了她纤细的手腕，用力一拉。

"我搞不懂这到底是怎么回事，"他在她耳边低声说，"咱们走吧！"

苏珊娜发觉这是自己第一次跟杰克的意见完全一致，问题是，她就是动弹不得。她的双脚像是粘在了地上一样，肌肉毫无反应。她的肩关节被杰克拽得生疼，眼看就要脱臼了，忍不住直叫唤。

"我不管你了！"他威胁说，"我说到做到！你不走我就自己走。"

苏珊娜回头看了一眼审判官，它表情麻木，一副无动于衷的样子。

"你走不了的，"她又转回头对杰克说，"你会死的。我们两个都会死。"

苏珊娜的话让杰克一下子泄了气。她把手腕从杰克牢牢抓住的手中挣脱出来，然后又转向审判官。

"摆渡人。"它继续不动声色地背它的律条，好像杰克刚才那番威胁对它没有一丝一毫的影响，"你的罪行已经陈述完毕。在最后判决之前，你还有什么要讲的？"

判决？苏珊娜搜肠刮肚，想找出说得通的为自己辩解的理由。可她什么也想不出来，她现在能陈述的就只剩事实了。

"我只是想真正活一回。"她告诉审判官，"我很抱歉，我……"她艰难地咽了下口水，瞥了崔斯坦一眼。不该在讲述自己的决定时把他牵扯进来，何况现在他和那个灵魂都还有一线生机："我只是想真正活一次。"

审判官那双似乎从来不眨动的眼睛看着她，闪闪发亮。时间在煎熬中流逝，周围世界的声音越来越微弱，直到她听到杰克不断地在她耳边低声呼唤自己的名字。

"你罪名成立。"

紧张感骤然释放，苏珊娜先是感到片刻轻松，随之而来的是一阵恐慌，不知等待她的会是什么。

"你要失去你在人间窃取的生命。你将被遣返荒原，在那里接受惩罚。"

"惩罚？"

"见鬼去吧。"杰克转身离开，"我要走了。"

"杰克！不！"苏珊娜睁大了眼睛看着杰克怒气冲冲地离开。十步、二十步，走到第二十五步，他一个踉跄，手紧紧抓着半边身子。与此同时，苏珊娜感到曾经刺进杰克身体内的匕首像是也扎在了自己身上："停下，杰克！"

她依稀听到迪伦也在喊，让杰克不要再走了，赶紧回来。他同样没有理会。他唯一可能听进去的就是崔斯坦的话，但现在崔斯坦一言不发。

苏珊娜两眼含泪，既害怕又伤心，她转身恳求审判官："求求你了！"她喘息着说，"让他停下来吧！"

"你真不会挑选灵魂，"审判官责备道，"我能看到你们两个之间的纽带是黑色的，全由贪婪和自私结成。你为了实现自己的私欲,让无辜者枉送性命。你不配接受我的同情和怜悯。"

"求求你了!"苏珊娜双膝跪地,不住地哀求。

"不行!"审判官摇摇头说,"你要回到荒原,重返自己的岗位。我没有把你变成愚蠢的恶鬼,反而赐给你将功赎罪的机会,你应该感恩。"

"那杰克怎么办?"

审判官将冷冷的目光投向杰克。他仍然在地上努力匍匐前行,身后留下了一道血痕。

"你引导的灵魂选择了死,"审判官说,"我什么都不需要做。"

审判官的话刚说完,杰克就应声瘫倒。他奋力最后挣扎着想起来,接着又栽倒,胸口起伏了三次,最后一动不动了。

审判官身子转到苏珊娜身旁,抬起了手。

"等一下!"崔斯坦猛然一晃身子,像是要往前迈步似的。当然他跟苏珊娜一样,现在都被定在原地没办法动。"再给她一次机会吧!她帮了我们的忙,一起修补……"

"等会儿跟你还有账要算呢。"审判官拖着长音说,"聪明的话,这些求情的话待会儿留着给你自己用吧。"

崔斯坦张着嘴,似乎想要再争辩几句。但他往迪伦那儿扫了一眼,一直在观察整个事态发展的迪伦此时已是目瞪口呆。见此,崔斯坦突然缄口不语了。他向苏珊娜投来的目光中充满了歉意。她心里明白,她已经认识崔斯坦很久很久了,但他从来没有用看迪伦那样的眼神看过自己。她只是他的朋友,也许吧。迪伦却是他的心灵伴侣。

苏珊娜的双眼闪着泪光,她低声说道:"我准备好了。"

Chapter 36

迪伦看着苏珊娜倏忽间消失不见了。

她眨了眨眼,这不是幻觉。就在刚才,那位长着黑头发和深色眼睛的摆渡人还站在自己身前,在审判官宣判时还定在原地,可转瞬间她就杳无踪影了。在远处,杰克躺在人行道上一动不动。他也死了,只留下了一个空空的躯壳。

她心里涌动着对他们的同情,但她同时也在为自己和崔斯坦担惊受怕,还不敢把这份同情完全表露出来。

"该你了,摆渡人。"审判官把注意力转向了崔斯坦。

迪伦感觉到自己的心突突直跳。

"你要我做的,我都做了。"崔斯坦先拿话堵它的嘴,"恶鬼们都除掉了,我也把荒原上的破洞封闭了,两个全都堵上了。"审判官没有搭话,"我们之前就是这么约定的。"

迪伦仔细观察着审判官的脸,可是什么也看不出来,一无所获。

"你觉得你现在可以这么跟我讲话了,是吗?"

崔斯坦谨慎地把目光放低。这个动作似乎来得恰逢其时,因为审判官见状,微微点了点头。

"你真够幸运的。"审判官继续说道,浑身上下都散发着不满,"我可以,也应当判你接受同样的惩罚。"它停了一下,目光从崔斯坦转到迪伦,然后又转回来,"他们之间的纽带是邪恶的,源自贪婪;而你们两个之间的纽带明亮、干净,闪着光芒,我不愿将这光熄灭。"它咄咄逼人地往前迈了一步,"但假如这种事情再发生,假如今后还有任何恶鬼出现在此地,我就要你们来善后。"

一想到以后还可能会有麻烦,崔斯坦身边的迪伦吓坏了,忍不住轻声啜泣起来。但崔斯坦毫不犹豫地点头应允,毕竟他们之前已经答应了这些条件。

"你和你引导的灵魂绝不能将你们知道的情况泄露给他人。如有违反,你们还有那些知情人,都性命难保。"

崔斯坦又点点头,迪伦也跟着点头。

审判官的威胁其实并不要紧,他们两个都不会把这些事告诉其他任何活着的人,永远不会。

审判官垂下头说:"那我们的事就算了结了。"

突然的如释重负让迪伦身子一软,她靠在崔斯坦身上。她看着审判官转身,几乎不敢相信就这么结束了。它终于消失不见,晨光依然昏沉。

崔斯坦的身体猛然动了一下。迪伦知道,他又可以控制自己的身体了。他做的第一件事就是双手将她紧紧揽在怀里,迪伦感觉自己的骨头似乎都被他压出裂痕,整个人简直无法呼吸了。但她没有后退,而是伸出自己的手臂也搂着他,抱得更紧。

"我们自由了,迪伦。"

"我说,"她耳语着,脸埋进了他那件厚厚的套头针织衫里面,他身上还散发着刚才的烟火气,"我说,我们现在能回家了吧?"

"能!"崔斯坦沙哑的嗓音里满是激动,"我想我们现在可以回家了。"

Chapter 37

似乎过了很久，他们终于站在了迪伦家的楼外面。这是他们两个的家，崔斯坦想。他现在住在这里。

他也有家。

但愿，明天这里还是他的家。

他们花了几个小时回到了格拉斯哥，没有开杰克的车。一路上两人一言不发，精神萎靡。崔斯坦总有种感觉，事情还没有完。他看了一下表，现在时间已近中午，距离他们前天离开家已经远远超过了二十四小时。迪伦的父母一定急疯了、气坏了。

"来吧。"迪伦在他身旁轻轻说。她身子乏极了，两腿都在打晃，"咱们一起过这最后一关。"

她试了两次才把钥匙插进锁孔里，但她两手没法配合用力，依然没打开。失败了两次之后，崔斯坦轻轻把她推到一边，帮她开门。他刚才几乎是把她扛上台阶的。

"好吧，这样一来，会让我们的故事显得更加可信。"迪伦昏昏沉沉地对崔斯坦说，"我感觉头轻飘飘的。"

他们之前已经编好了一套说辞，解释为什么两个人彻夜未归。参加聚会？交通事故？开车旅行？他们知道，不管编出什么样的故事，琼这次都不会轻易放过他们的。

自从审判官现身以来，他们经历了这么多磨难，也做成了那么多事。在此之前，对崔斯坦来说，为编套说辞糊弄一下迪伦母亲这样的琐事发愁也挺荒唐可笑的。不过，迪伦为这事操心劳神也有道理。这毕竟是琼的公寓，不是迪伦的。何况，不管对崔斯坦来说迪伦有多么成熟，她也仍是未成年人。如果琼把他扫地出门的话，她，还有相关政府机构，完全可以也一定会阻止迪伦和他一起出走。

那样就无疑是判处死刑。

崔斯坦他们就这样进了门厅。

"不，警官，请稍等片刻，"是琼的声音，"家里有人来了。"

迪伦的爸爸詹姆斯往走廊上看了过去。

"他们回来了。"他一边对琼说着，一边朝他们走过来。

他身材魁梧，比崔斯坦个子还高，对这个年纪的中年人来说，身体也算是很健康的。在他顺着门厅一步一步逼近的时候，崔斯坦心里暗自琢磨，如果自己慢慢往后退，显出害怕的样子——事实上，他也的确有一点点害怕——给他留下的印象会不会好一些，但现在他已经无路可退了。

"你们好大的胆子！"詹姆斯怒吼一声，"你们到底跑到哪儿去了？"

"就是出去了。"迪伦小声说，警觉地眨眨眼，她似乎没有注意到爸爸没有跟她讲话。

"迪伦？"琼的声音听起来既紧张又焦虑，这声音并没有压住詹姆斯声音里的威胁。她顺着走廊飞奔过来："你没事吧？"

詹姆斯轻轻地但不由分说地抓着迪伦的胳膊，把她带进起居室，安置在沙发上坐下。崔斯坦跟在后面，紧挨着她坐。

"你们去哪儿了？"这次是琼在发问。她抱着臂，眼睛眯着。

"我们去旅行了。"迪伦说道。

"旅行？"琼的眉毛高高挑起，几乎要扎进头发里，"你一晚上都没回家，谁也没告诉，就跑去通宵达旦地旅行，有哪个十五岁的女孩子干得出这样的事？"

"嗯，谁知道呢！"迪伦说，听起来就像个生闷气的大孩子。崔斯坦搞不清楚，她这到底是在演戏还是真情流露，反正看上去挺像真的。"就是一时心血来潮，情不自禁了，不好意思。"她说。

"不好意思？"琼重复着她的话，"不好意思！"她一只胳膊像在表演似的在空中挥舞，"你这一走就是快两天，也不跟家里联系，我还以为你又死了呢！我只有请假回家，今天这班的钱也没了！我们都快急疯了，你就只会说'不好意思'？你们去哪儿了？到底去做什么了不起的大事了？"

迪伦张着嘴，但是没有机会说话。

"我真不知道你最近都在搞些什么名堂，小姑娘。其实，我也明白是怎么回事。"她的话锋一转，现在轮到崔斯坦成为盘问的焦点了，"你，"琼指着他，手指在空中划过，"就是你！她变了，问题就在你身上。"

詹姆斯走过来跟琼并肩而立，气势汹汹的样子："我对你了解不多，可自从你一出现，迪伦的举止就变了。"他话里带着刺，"你明显比她大，我不了解你的背景，不过我觉得，就是你把我女儿带到邪路上去了。"

"这不是崔斯坦的错！"迪伦插话了，"是我的主意，是我想去旅行的。"

"好，行。"詹姆斯走到她们中间，不管是琼还是迪伦，看上去都对他刚才那番说教完全无动于衷。他又不屈不挠地转向崔斯坦:"我注意到你一直不说话。你有什么要为自己辩解的吗?"

"对不起。"崔斯坦柔声说。

琼冷笑了一声。

"詹姆斯、琼,我爱你们的女儿。"他继续说,"真心爱她,她就是我的一切。"他看了一眼琼,她依然板着脸不为所动。

"出去。"詹姆斯的声音平静而坚定。

"不!你们根本不了解情况!"迪伦打算伸手去拉崔斯坦,可詹姆斯的手从半空中劈下来,迪伦的手势只能戛然而止。

"我们给他的机会够多的了,迪伦。怪事不断,你现在很危险。崔斯坦,你帮了很多忙,可你惹出的乱子也够多了。我们不能再留你待在家里了,何况,迪伦现在基本上已经痊愈了。"

"请您——"崔斯坦刚开口,詹姆斯就已经大步流星地走出起居室,打开了前门:"出去。"

"您不明白,我不能——"

"不要让我叫警察,小子。走吧!"詹姆斯回身走到他跟前,抓着他的肩膀,开始硬拽着把他拖过走廊,然后往大门外拉。崔斯坦忍住了,没和他动手。当听到迪伦在和琼争吵时,他只有加倍努力克制自己的冲动。

刚走到公寓外面,他就感到胸口发紧。站在楼梯的最上面,好像有无数碎片划过双腿,疼痛难忍。他尽量撑住,不愿走远,因为他知道迪伦现在肯定也忍受着相同的痛楚,情况说不定会更糟。

"崔斯坦,不要跟我对着干!"詹姆斯警告说。他逼着崔斯坦朝下走了一级台阶:"走吧,现在就走!"

"求你了,听我说!"崔斯坦喘息着说,"你不明白你这样做会对迪伦造成什么后果,你这样是在害她。"

"她会挺过去的。"詹姆斯轻轻推搡着,他离迪伦又远了一步。

不！崔斯坦心想，她挺不过去的。但他已经疼得说不出话来了。

他们之前也曾彼此分开过，但从没有像今天这样。他们心里清楚，现在的分离，可能就是真正的诀别。

"爸！住手啊——你不能这样。"

迪伦从公寓门里冲出来，跌跌撞撞地扑向父亲，但她还没有走到楼梯口，腿就软得站不住了。她的手紧紧抓着自己的后背，泪水从脸上滚落。

"迪伦！"崔斯坦用嘶哑的声音喊。

"看看你都对她做了什么！"詹姆斯摇着他的肩膀，粗暴的声音在他耳边响起，"走吧，这样她才能重新振作起来。"毫无征兆地，詹姆斯突然向前一趔趄，崔斯坦赶紧跟上，试图阻止他从楼梯上栽下来。

他们又往下滚了三级台阶，倒在了下一层楼板上。

此时，迪伦痛苦的尖叫声划破了空气。

"你这是在要她的命。"崔斯坦从牙缝里挤出这几个字。

"她会没事的。"

"不，她不可能没事。"崔斯坦再也忍受不了身体的剧痛了。他倒了下去，但仍挣扎着爬行。詹姆斯被激怒了，他粗暴地趴到崔斯坦身上，拽着崔斯坦的胳膊要把他揪起来。

"崔斯坦！"崔斯坦头一歪，看见迪伦慢慢移到了楼梯口，伸向他的手上满是血痕。

"詹姆斯。"崔斯坦哀求道，"看看你的女儿吧。"

詹姆斯犹豫了片刻，抬头一看，不禁倒吸一口冷气："迪伦！待着别动，宝贝儿，你把自己弄伤了！"

"不！"崔斯坦疼得已经分不清东西南北了，他低声说道，"让她受伤的人是你。"

詹姆斯低头看着瘫倒在地的崔斯坦，只见他脸上没有一点血色。崔斯坦能感觉到血正从自己T恤衫的后背渗出来，他知道，地板上一定也满是血迹。

"这到底是……"詹姆斯嘀咕着。

"之前就跟你说过，"崔斯坦说，"你不会明白的。但你不能把我们分开，绝对不能。"

有好几秒钟的时间，詹姆斯就这么一直俯视着他。崔斯坦能听到楼梯上迪伦轻柔的抽泣，詹姆斯一定也听到了，因为他抬头看她的时候，脸上的表情也变了。

"好吧！"他粗声粗气地说，"好吧，先把你弄上楼再说。"

把他弄到楼上挺不容易的，因为崔斯坦的腿似乎完全不听使唤了。不过詹姆斯还是设法把他扛到二楼，放在了迪伦身边。詹姆斯站在女儿身边，摆出随时要保护她的架势。但崔斯坦根本不管这些，他把迪伦拉近自己的胸口。她的身体像是彻底垮掉了一样，不停地颤抖着，脸色惨白，宛如幽灵。

"我不……"詹姆斯摇着头说，"这到底是怎么回事啊？"

"我没办法跟你解释。"

"是那场火车事故，爸。"迪伦轻声告诉他，"现在的我和以前不一样了，我离不开崔斯坦。"

"可……"

"我们不能再多说什么了。"崔斯坦语气坚决地说。审判官说得很清楚了，他们现在告诉他的这一点真相可能都已经太多了。

詹姆斯叹口气，伸出手指捋了一下头发："咱们还是先进去处理一下你的伤吧。琼可以……"

"不！"迪伦摇摇头，"你不能告诉她，这很重要。"

"迪伦，你在流血。"

"她现在已经不再流血了。"崔斯坦向他保证。

他对迪伦说:"让他看看。"

迪伦多少有些尴尬,但崔斯坦现在完全无法承受跟她分开。于是她转过身,把后背的衬衣撩起来。崔斯坦很清楚,詹姆斯会看到在浸满鲜血的衣服下,她的背部皮肤光滑如常,上面只有几道浅浅的疤痕。

"简直不敢相信。"詹姆斯喃喃自语。

"看见了吗,爸?"迪伦说,"我们两个必须在一起。我知道这听起来很荒唐,可事实就是这样。"

"出什么事了?"琼突然出现在公寓门口,三个人不禁吓了一跳,"他怎么还在这儿?"

"妈——"

"好了,迪伦。"詹姆斯插话道,"我来处理吧。"

"处理什么?"

"我们刚才谈了一下,我们三个。"詹姆斯说,"崔斯坦刚才和我推心置腹地谈了谈。我觉得我们已经解开了一些疙瘩。"

"推心置腹?"琼的语气有一丝尖刻,但更重要的是她的声音听起来很疲惫,她因为担心而显得憔悴。崔斯坦为这个女人所经受的所有痛苦感到一阵内疚。

詹姆斯清了清嗓子:"我觉得我们现在互相谅解了,以后再也不会有逃学这样的事了,也不会让迪伦晚上还在外面晃了。"

崔斯坦温顺地点了点头:"是的,先生。"他抬头,看到詹姆斯正满脸柔情地注视着琼,"再给他们一次机会吧,琼?"詹姆斯低声说。

Chapter 38

"我看不到他们在干吗！"迪伦抱怨说。

她回头看崔斯坦，他正斜躺在她的床上，读着她的Kindle电子书。她已经让他把屋里所有的灯都关了，屏幕上的光照在他的脸上。

"我只能把窗户打开。"

他没有表示异议，所以她打开了插销，然后把窗户推开，尽量不发出声音。她尽力抻长了脖子向外张望，直到大楼正面映入眼帘。

眼前的一幕让她身子往回一缩，跳到了床上："哇！"

"怎么了？"崔斯坦还在看书，头也没抬。

"他们正在接吻！"

他继续看书，不过嘴角挂上了一丝微笑："嗯，那你以为会看到什么？他们本来就在约会嘛。"

"可他们在接吻啊！"

崔斯坦终于把Kindle放下，注视着她，眼睛含笑。他把她拉到身边，然后，像过去四个月里每天做的那样，在她耳边轻声说："我爱你。"

她的反应也和过去四个月里每天的反应一样，他的情话让她由内到外都感到一阵暖意。

"我也爱你。"她对他说，"在你来之前，我每天都不开心。没有爱人，只想自己躲起来。现在，我都等不及和你一起出去探索一下这大千世界了！我想和你在一起，看所有的风景，做一切事情。"

"没问题。"崔斯坦回应她，"我们现在有的是时间在一起。不过，"他的眼睛闪着光，"我真心盼着你不想再去体验那些校园舞会了，因为有一次就够了。"

"哦，可你还没去过圣诞舞会呢！"迪伦对他说，"这你可不能错过！你还没跳过《盖伊·戈登》呢！还有《剥柳树叶舞》！你跳《勇敢的士官》会很棒的！"①

崔斯坦无奈地叹息一声。迪伦笑了，逗他很好玩，无论是男朋友还是目前的生活都让她很开心。她注视着他钴蓝色的眼睛，这也是他最初让她印象深刻的地方之一，低头吻了他。他的胳膊搂着她，把她抱得更紧。迪伦的心跳开始加速，现在她的人生无比美妙、鲜活。

---

① 《盖伊·戈登》(*Gay Gordon*)、《剥柳树叶舞》(*Strip The Willow*)和《勇敢的士官》(*Dashing White Sergeant*)都是苏格兰舞蹈。

尾　声

风在呼啸，抑或是恶鬼们在嚎叫？苏珊娜不知道。她感觉头晕目眩，辨不清方向。

眼前的景象非比寻常。先前的一切哪儿去了呢？那些塔式高楼和生锈的汽车呢？人行道上那些血迹呢？刚才杰克在地上拼命爬着想摆脱危险，结果最后还是死路一条。

"这里是哪儿啊？"杰克大叫着。在一片飕飕的风声和尖叫声中，很难听见他的声音。

"荒原。"苏珊娜回答道。

"为什么看起来跟以前不一样了？"

因为现在才是真实的荒原，每一个亡魂投射的幻象之下隐藏着的血淋淋的红色世界。在这里最易受到恶鬼攻击，它们可以不必遵守阳光下不能出来、只能在阴影中活动的规矩，因为空中燃烧的火球放射出深红色的光，让这里陷入永恒的半黑暗状态。

它制造出的暗影犹如迷宫，这里有无数地方可以供恶鬼隐藏、伏击。

苏珊娜看看杰克，心头升起一阵恐惧。这就是审判官对他们的惩罚。眼前的人行道细长狭窄、一团漆黑，蜿蜒穿过浸染着鲜血的沙漠，要顺着这条路穿越荒原是不可能的。

这相当于判处死刑。

"杰克！"苏珊娜回头对他说，她把这个亡魂引入了歧途，他们走得太远，再也回不去了，"对不起！真的对不起！"